btb

Aus Freude am Lesen

Es ist keine Liebe auf den ersten Blick, eher das Versprechen von Verläßlichkeit: zwei Menschen, einander nah und vertraut wie Geschwister. Diese Nähe ist so stark, daß sie die dunklen Seiten ihrer Liebe und Ehe, Untreue, ihre einander oft ausschließenden Obsessionen und sogar die scheinbar endgültige Trennung übersteht. Jetzt, lange Jahre später, sieht es so aus, als gäbe es die Möglichkeit, noch einmal ganz neu anzufangen. Da geschieht das Unfaßbare. Jerome stirbt. Verzweifelt versucht die verlassene Erzählerin, gegen die Realität des Todes aufzubegehren. Sie kämpft, als könnte sie den Toten zurückholen oder ihm wenigstens ein letztes Wort, ein Zeichen seiner Liebe abringen, sie beschwört die Glücksmomente wie auch die gegenseitigen Verletzungen in ihrer langen Liebesgeschichte. Den gesellschaftlichen Ritualen der Trauer, den Bemühungen der Verwandten, ihr die Bedeutung als Ehefrau abspenstig zu machen, steht sie wehrlos gegenüber. Und doch gelingt es ihr in der gemeinsamen Trauer mit der erwachsenen Tochter, die Beziehung zum Ehemann und zum Vater in ihrer ganzen Widersprüchlichkeit lebendig werden zu lassen.

Anna Mitgutsch, in Linz geboren, unterrichtete Germanistik und amerikanische Literatur an österreichischen und amerikanischen Universitäten, lebte und arbeitete viele Jahre in den USA. Zuletzt erschienen bei Luchterhand die Romane »Familienfest« und »Zwei Leben und ein Tag«.

Anna Mitgutsch bei btb
Familienfest. Roman (73349)
Zwei Leben und ein Tag. Roman (73844)

Anna Mitgutsch

Wenn du wiederkommst

Roman

btb

MIX
Papier aus verantwortungsvollen Quellen
FSC® C083411
FSC
www.fsc.org

Verlagsgruppe Random House FSC-DEU-0100
Das für dieses Buch verwendete
FSC®-zertifizierte Papier *Pamo House*
liefert Arctic Paper Mochenwangen GmbH.

1. Auflage
Genehmigte Taschenbuchausgabe November 2011,
btb Verlag in der Verlagsgruppe Random House GmbH, München.

Umschlaggestaltung: semper smile, München, nach einem
Umschlagentwurf von R·M·E., Roland Eschlbeck
Umschlagmotiv: © Frau am Meer, Öl auf Leinwand, 50x70m,
2007 von Gerd Sadzinski
Druck und Einband: CPI – Clausen & Bosse, Leck
MM · Herstellung: BB
Printed in Germany
ISBN 978-3-442-74202-8

www.btb-verlag.de

I

Ein Tag im April

Wir hatten ein Haus am Charles River und einen Anteil an einem Sommerhaus auf Cape Cod. Wir waren in einem Abschnitt unseres Lebens, in dem die Jugend vorbei ist und das Alter noch nicht bedrohlich erscheint. Jetzt haben wir nichts mehr, was uns gemeinsam gehört, nur noch eine Bank im Public Garden. Bevor ich Boston endgültig verließ, beschloß ich, daß sie der Ort unserer künftigen Verabredungen sei. Wenn man von der Arlington Street den Park betritt, ist es die erste Bank auf dem Weg rund um den Swan Pond, die einzige ohne Lehne, und wenn ich auf ihr sitze, macht meine Vernunft dem magischen Glauben Platz, daß er zurückkommt, wenn die Kraft meines Wünschens nur stark genug ist. Dann schrumpft die ganze Stadt auf diese eine Bank zwischen den Weiden am Ende des Teichs, und ich sitze wie in einem Raum, der von einer anderen, dünneren Luft erfüllt ist, und bin in meiner Verlassenheit geborgen, als wäre ich der einzige Mensch auf diesem Planeten, und er säße so dicht neben mir, daß ich seine Nähe spüre. Hier gibt es keine Erinnerungen an Zwist und Verrat, hier sind nur die letzten kostbaren Stunden bewahrt, die wir zusammen hatten.

An unserem letzten Sonntag, dem letzten Tag im April, waren wir zum Brunch in Downtown Boston eingeladen. Wir saßen mit unserem Freund Philip und seiner um vierzig Jahre jüngeren Geliebten im ersten Stock des Four Seasons in einer

Fensternische, und gegenüber, im Public Garden, waren die Bäume voller Knospen kurz vor dem Aufspringen. Wir saßen lange dort und redeten über alles mögliche, das ich vergessen habe, auch den Witz über den Tod, den Jerome machte, habe ich vergessen. Er machte ständig makabre, bittere Scherze über den Tod. Aber ich habe nicht vergessen, daß nur das junge Mädchen darüber lachte. Hast du es auch bemerkt, fragte er mich beim Fortgehen, sie ist die einzige von uns, die sich noch sicher genug fühlt, daß sie über den Tod lachen kann.

Auf dem Weg zum Auto war ihm nicht wohl. Er stand eine Weile an eine Hauswand gelehnt, damit die Übelkeit vergehe, und rang nach Luft. Und ich neckte ihn wegen der vielen Hummerscheren, die er geknackt hatte, und was er wohl einer jungen Geliebten, wie Philip sie hatte, sagen würde, wenn er so hinfällig an einer Mauer lehnte, um das üppige Frühstück zu verdauen. Dann wechselten wir zum Park hinüber, langsam, Schritt für Schritt, auf seine Atemnot bedacht, ich ging neben ihm wie neben einem Rekonvaleszenten im Spitalsgarten und dachte an das Älterwerden, das vor uns lag, aber es erschreckte mich nicht an diesem Frühlingstag, an dem das Grün hell und jung war, die Magnolien entlang der Commonwealth Avenue und die Hartriegelsträucher an den Backsteinfassaden blühten und die Sonne auf dem Teich glitzerte.

Wir setzten uns auf die Bank und schauten zu, wie ein Schwanenboot voller Kinder ablegte und auf seinem großen Bogen über den Teich auf unser Ufer zuhielt. An unser Gespräch erinnere ich mich noch genau. Wir redeten über den Anfang unserer Ehe und was uns im Lauf der Zeit verloren gegangen war, wir erinnerten uns an Reisen und die Wochenendausflüge an den Walden Pond, als ich mit Ilana schwanger war, und an die Celebrity Series in der Symphony Hall, die wir damals abonniert hatten. Wir erinnerten uns an einen Klavierabend von Vladimir Horowitz in den siebziger Jahren und an eines der letzten Konzerte von Jacqueline du Pré und dachten zum zweitenmal an diesem Vormittag an den Tod. Wie schon seit langem nicht mehr machten wir Pläne. Wir nahmen uns vor, wieder regelmäßig Konzerte zu besuchen und im Sommer diesmal nicht nach Cape Cod zu fahren, sondern die drei Wochen im August im Acadia National Park in Maine zu verbringen. Er und Ilana waren einmal dort gewesen, als sie am Bard College studierte. Er hatte sie auf halbem Weg abgeholt, und sie waren nach Maine gefahren, nur er und sie. Es sei die schönste Reise seiner letzten zwanzig Jahre gewesen, sagte er oft.

Vorsichtig, zwischen den Sätzen, zeichnete sich ein neues Leben ab, wie das hauchzarte Gewebe eines leuchtenden Altweibersommers, ohne die Forderungen und Ausweichmanöver, die Ungewißheiten und das Warten auf später wie bisher. Du wirst sehen, sagte Jerome, es kann alles wieder so werden wie früher. Er redete, als hätten wir unendlich viel Zeit für einen Neubeginn. Ich wollte noch nichts mit allzu deutlichen Worten berühren, damit das Gespinst nicht, wie schon oft zuvor, unter dem Gewicht vergangener Kränkungen zerrisse, aber ich spürte zum erstenmal seit Jahrzehnten die Gewißheit, daß es uns dieses Mal gelingen würde. Wir würden das gemeinsame Leben wieder aufnehmen. Jetzt kannst du loslassen, dachte ich, jetzt kannst du aufhören zu fürchten, daß ihr euch ohne Vorwarnung wieder entzweit. Jetzt wird alles so werden, wie es von Anfang an vorgesehen war, und es eilt nicht mehr. Denn was sind Wochen oder Monate, wo du Jahre auf diesen Augenblick, in dem eure Wege wieder zusammenfinden, gewartet hast?

Kannst du dir vorstellen zu bleiben? fragte er. Ein wenig länger als sonst, wenn du im Sommer zurückkommst?

Ich nickte.

Vielleicht sollten wir doch wieder heiraten? Er warf mir einen fragenden Blick zu. Ich muß ihn erschrocken angesehen haben, denn er sagte schnell und leichthin: Wegen der Steuern und so. Nach einer Pause fügte er hinzu: Es muß ja nicht schon in diesem Sommer sein.

Im November, sagte ich, komme ich für länger, vielleicht ein halbes Jahr, dann sehen wir weiter.

Im November, wiederholte er, als versuchte er sich an etwas zu erinnern, und legte seine warme breite Hand auf meine. Wir waren nach fünfzehn Jahren zueinander zurückgekehrt und waren nicht mehr auf der Flucht und auf der Suche, aneinander vorbei und voneinander weg. Ich ahnte nicht, daß seine Gelassenheit vielleicht Erschöpfung war und sein Bedürfnis nach Nähe die Angst vor dem Tod.

Später fuhren wir zum Flughafen, und er hielt kurz im Parkverbot. Wir umarmten uns, lange, und wenn ich mich jetzt genau erinnere, mit einer Spur Verzweiflung, aber vielleicht kommt es mir nur mit dem Wissen vom Ende her so vor, so als wollte er mich nicht fortlassen. Wir küßten uns, zärtlich, vertraut, ohne Verlangen, und Jerome flüsterte: Bis zum nächsten Mal, dann wollen wir auch wieder miteinander schlafen. Ich drückte ihm einen letzten Kinderkuß auf den Mund, wie bei jedem Abschied und jedem Wiedersehen, und lachte, und mit diesem Lachen ging ich weg, drehte mich an der Eingangstür noch einmal um und winkte, er stand am Heck seines blauen Toyotas und schaute mir nach, und während ich in der Abflughalle zum Check-In-Schalter ging, fühlte ich mich so jung und geliebt, als wäre ich zwanzig und wir hätten uns vor kurzem erst kennengelernt.

Das Flugzeug stieg in einen wolkenlosen Abendhimmel

eigentlich weder um seinen Rat noch um seine Meinung gebeten hätte. Dann schwiegen wir. Als der weiße Sandstrand und die flachen Dächer von Tel Aviv in Sicht kamen, fragte ich ihn, wie er sich fühle. Wie Moses auf dem Berg Nebo, sagte er und lachte, aber in seinen Augen standen Tränen.

Wir verabschiedeten uns in der Ankunftshalle, einer großen provisorischen Baracke, die der Flughafen von Lod damals noch war, lange bevor er Ben Gurion-Airport hieß. Jerome schrieb mir die Adresse des Kibbuz auf, in dem er einen Sommer lang als Volontär arbeiten würde. Dort würde er sich verlieben, aber das ahnte er noch nicht, und obwohl diese Liebe nicht von Dauer sein würde, sollte sie eine lebenslange Sehnsucht hinterlassen.

Just in case, sagte er und drückte mir den Zettel in die Hand: Wenn Sie etwas brauchen.

Im Unterschied zu Gary, dem ich mich aufdrängte, vergeblich, wie sich bald herausstellen sollte, strahlte Jerome eine unerschütterliche Verläßlichkeit aus. Ich wäre gern ein wenig länger in seinem Schutz weitergegangen, als wir unvermittelt in die blendende Hitze eines israelischen Juninachmittags hinaustraten. Ich schrieb ihm meine Adresse in Yorkshire auf: Für den Fall, daß Sie in nächster Zeit wieder einmal nach England kommen.

Ein unwahrscheinlicher Fall, sagte er und lachte, aber er nahm den Zettel.

War es Liebe auf den ersten Blick? hatte Ilana ihren Vater einmal gefragt. Auf den zweiten, hatte er diplomatisch geantwortet. Auf mich wirkte er wie der große Bruder, den ich mir immer gewünscht hatte, von dem man sich mit einem freundschaftlichen Klaps verabschiedet, ohne sich fragen zu müssen, ob er danach noch an einen denkt.

auf, gab einen langen Blick auf den Hafen und die vertraute Skyline frei, auf den glitzernden Saum des Meeres, während die Küste sich im Dunst auflöste. Es flog über den langen gekrümmten Haken von Cape Cod in die Dunkelheit, wo nur mehr der Leuchtturm von Provincetown blinkte. Ich hielt mich mit den Augen an der Landschaft fest, als könnte ich das Flugzeug mit der Kraft meines Willens hinunterziehen, als könnte ich den Lauf der Dinge aufhalten, aussteigen, bleiben. Wir haben an jenem Tag so viel mehr gespürt, als wir wußten, aber wie immer haben wir unsere Gefühle und Ahnungen nicht ernst genommen.

II

Drei Tage im Mai

Ich hatte geglaubt, ich sei von früheren Verlusten her vertraut mit der Dunkelheit, in die man unter dem Griff des Todes Stufe für Stufe hinuntergezwungen wird, aber jedesmal ist es anders. Zuerst kommt das sich Aufbäumen, denn man stößt mit dem Tod zusammen und trägt die ganze Kraft des noch ungebrochenen Lebens in diese Kollision hinein. Es beginnt mit der Todesnachricht mitten an einem angenehm bedeutungslosen Tag, und man glaubt sie nicht, weil das Unvorstellbare noch keinen Platz im Leben hat. Man verrichtet etwas, das man normalerweise am Ende des Tages bereits vergessen hätte. Nun aber wird man sich das ganze Leben lang daran erinnern, daß man gerade das Geschirr gespült und mit halbem Ohr Radio gehört hat, aber jedesmal wird man es mit dem Schwindelgefühl vor dem Abgrund tun, der im nächsten Augenblick die vertraute Welt verschlingt.

Dad hat uns verlassen, sagt unsere Tochter, und trotz des transatlantischen Rauschens in der Leitung erkenne ich am Klang ihrer Stimme beim ersten Wort, daß etwas Schreckliches passiert ist. Aber ich verweigere mich dem Wissen.

Wie meinst du das? frage ich.

Dad ist gestorben, schreit sie mit erstickter Stimme, versteh doch, er ist tot!

Nein, sage ich. Nein, das kann nicht sein, wir haben doch gestern abend erst telefoniert.

Im Hintergrund höre ich die Katzen, sie miauen, als hätten sie tagelang nichts zu fressen bekommen. Füttert denn niemand die Katzen? frage ich in meinem verzweifelten Beharren auf einem normalen Alltag. Aber Ilana geht nicht darauf ein, sie ist schon weiter, vor ein paar Stunden hat sie die erkaltende Wange ihres Vaters geküßt.

Während ich mich noch mit aller Kraft gegen die Wahrheit stemme, beginnt bereits dieses sinkende Gefühl, als fiele mein Kopf mit allen Gedanken, danach mein Körper an mir vorbei in eine bodenlose Tiefe, und ich erwarte von der Überbringerin der Unheilsnachricht, daß sie mich rettet, daß sie sagt: Falscher Alarm, ich habe mich geirrt.

Der Tod gehört zum Leben, sagen die Leute, die keine Ahnung haben, weil es tröstlich klingt, aber es stimmt nicht. Er ist das Undenkbare, die uneinholbare, fremdeste Fremdheit, und deshalb sage ich im ersten Augenblick, in den ersten Stunden: Nein. Das kann nicht sein. Das glaube ich nicht. Als Ilana sagt, das Begräbnis ist übermorgen, denke ich: Jerome und Begräbnis, in einem Atemzug? Welche absurde Idee, das klingt, als sei es einer seiner makabren Scherze. Die anderen Sätze nehme ich widerstrebend hin, *zusammengebrochen*, *Spital*, ja, aber nicht *Begräbnis.* Andere Leute werden begraben, alte Leute, alles, nur nicht Begräbnis.

Was soll das heißen, übermorgen? frage ich verständnislos.

Das geht mir zu schnell, das ist zu nah und zu groß, es paßt in meinen Kopf nicht hinein, man muß mir Zeit geben.

Rabbi Schaefer macht das Begräbnis, sagt Ilana, und morgen ist Schabbat.

Jerome und Rabbi Schaefer? Eine weitere Absurdität. Ein ungläubiger Jude und ein frommer Rabbiner. Vor vielen Jahren, als wir nach Dedham zogen, gingen wir jeden Freitag abend in eine andere Synagoge, aber wir konnten uns nicht einigen, wo wir uns als Mitglieder eintragen lassen wollten. Rabbi Schaefers Schul gefiel Jerome, sie gab ihm das Gefühl, in seine Kindheit zurückzukehren, inmitten alter Männer, Emigranten aus Osteuropa, die Jiddisch in ihr singendes Englisch mischten. Die sind zumindest authentisch, sagte er, ein Betstiebl im Stetl, wie im neunzehnten Jahrhundert in the old country. Jerome kannte außer dem Kaddisch, das er zur Jahrzeit seiner Eltern sagte, kein einziges Gebet mehr, und sein Hebräisch bestand aus den Resten seines Bar Mizwa Unterrichts vor fünfzig Jahren, aber das störte ihn nicht, er bewegte die Lippen und wiegte den Kopf, stand mit den andern auf und setzte sich mit ihnen, er war der Jüngste und verstand es, an ihre väterlichen Gefühle zu appellieren. Ich wollte nicht in der Frauenabteilung hinter einem Vorhang sitzen, deshalb fanden wir für die Hohen Feiertage eine liberale Gemeinde mit einer Rabbinerin. Hier beteten und sangen Männer und Frauen gemeinsam in einer modernen Synagoge, die Hunderte von Besuchern faßte, nur Jerome störte die Andacht, indem er mit boshaftem Vergnügen sarkastische Bemerkungen vor sich hinmurmelte. Unter Seinesgleichen fühlte er sich als Außenseiter, er mißtraute ihrer Aufrichtigkeit. *Die Bourgeoisie erschrecken*, wie er es nannte, war ein Vergnügen, das er sich nie verkneifen konnte, wenn er sein Gegenüber humorloser Aufgeblasenheit vedächtigte. Aber wenn Rabbi Schaefer an einem Wochentag um die Zeit des Ma'ariv-Gebets anrief, und das kam immer öfter vor, weil seiner schwindenden Gemeinde die Männer wegstarben und keine jüngeren hinzukamen, stand Jerome sogar während des Abendessens auf und fuhr die kurze Strecke zur Synagoge. Warum machst du das, fragte ich? Weil ich ein Lamed Vav werden will, antwortete er halb im Scherz.

Jetzt erst trifft mich die volle Wucht der Nachricht. Mit der unsinnigen Gedankenverbindung *Jerome*, *Rabbi Schaefer* und *Begräbnis* steigt eine erste Ahnung der Endgültigkeit dessen, was geschehen ist, in mir auf. Sie kommt von Draußen, aus einer Welt hinter einer hohen undurchdringlichen Mauer, außerhalb des Menschlichen, unmenschlich. Es ist die erste Stufe auf dem langen Weg in die Nachbarschaft des Todes.

Sei tapfer, mein Schatz, sage ich zu Ilana, und weiß, daß es eine sinnlose Floskel ist, was ich da sage. Daß jeder Satz, der mir einfällt, mißlingen muß. Vor dem Tod verlieren die Wörter ihren Sinn, nur das Schweigen ist angemessen. Ich beneide sie um ihre Tränen. In mir breitet sich eine Kälte aus, daß mir die Zähne aufeinanderschlagen.

Ich glaube es nicht, nicht wirklich, aber wie ein Roboter, mit der Klarheit, die mich von mir selber abtrennt, tue ich, was notwendig ist, rufe Freunde an, rufe das Reisebüro an, hole den Koffer unter dem Bett hervor und weiß nicht, was ich hineintun soll. In meiner Vorstellung bleibt das Bild unangetastet, wie er am Logan Airport mit seinem Toyota an den Gehsteig heranfahren und aussteigen wird, um mich zu umarmen und zu küssen und den Koffer zu verstauen. Und während mein Verstand weiß, daß ich ankommen werde und er nicht da sein wird, erwartet eine blinde, unbelehrbare Gewißheit, die sich von mir losgemacht hat, daß es so sein wird wie immer.

Am Abend denke ich, du mußt essen, du hast seit dem Morgen nichts gegessen, es kommen schwere Wochen auf dich zu. Und weil ich aufbrechen und alles Verderbliche wegwerfen muß, stelle ich auf den Tisch, was im Kühlschrank ist, gebratenen Fisch und Avocados mit Eiern und Zwiebeln, aber die Avocados schmecken wie Sägespäne und der Fisch geht auf wie Hefe. Ich werde viele Tage nichts essen können, und es wird Monate dauern, bis ich das, was ich hinunterwürge, wieder schmecken kann. Der Körper begreift schneller als das Bewußtsein. Der Körper ist in Aufruhr, er läßt keinen Schlaf zu, nicht eine Minute, will sich schier auflösen, von innen nach außen stülpen, er ist von einem unkontrollierbaren Zittern befallen, das Herz rast, als hetze man es zu Tode, selbst das Weinen ist ein krampfartiger Reflex.

Wir haben uns nicht auf Wiedersehen gesagt, sein letzter Satz am Flughafen begann mit *Next time.* Von nun an werden die zufälligen Dinge, die mir begegnen, zu Symbolen, sie bekommen eine unheimliche Bedeutung, aber sie verweisen nirgendwohin. Es ist Samstag, und ein Flugzeug der El Al steht neben der Lufthansa-Maschine, in der ich denselben Weg zurückfliegen werde, den ich vor wenigen Tagen gekommen bin. Obwohl ich weiß, daß es purer Zufall ist, der nichts bedeutet, reißt die Erinnerung einen Abgrund auf, vor dem mir schwindelt: Wir haben uns in einem El Al-Flugzeug kennengelernt.

Es war meine erste Reise nach Israel, ich flog einem Zwanzigjährigen nach, in dessen Gitarrespiel ich mich verliebt hatte und dem ich seither sehnsüchtige Briefe schrieb. Jerome und ich waren vor dem Check-In Schalter in Heathrow ins Gespräch gekommen. Er hatte mich mit seiner absurd spitzfindigen Berechnung der Wahrscheinlichkeit eines Flugzeugabsturzes zum Lachen gebracht. Aber keine Sorge, tröstete er mich, ich halte das Flugzeug schon mit der geballten Kraft meiner Konzentration in der Luft, nur schade, daß El Al keine kostenlosen Spirituosen ausgibt. Der breite, nachlässige Bostoner Akzent fiel mir auf, ich war an britisches Englisch gewöhnt. Und sein petrolfarbenes Hawaiihemd mit den Wassernymphen wirkte, als hätte er es darauf angelegt, lächerlich zu erscheinen. Er war kleiner als ich, stämmig, ohne dick zu sein, und von einer Herzlichkeit, die keine Verlegenheit, aber auch keine erotische Spannung zwischen uns aufkommen ließ. Auf unseren Wunsch bekamen wir nebeneinander Sitzplätze. Ich erzählte ihm von Gary und daß er meine große Liebe sei und ich zu ihm wolle, daß es mir egal sei, ob er dort eine Freundin habe, denn wir seien füreinander bestimmt. Es fiel mir nicht auf, daß ich mich im selben Atemzug bitter über den Mann, den ich liebte, beklagte, er beantworte meine Briefe nicht, er schreibe mir kühle Aerogramme mit Listen von Dingen, die ich ihm schicken solle, Gitarresaiten, Noten, einen Rucksack, einen Schlafsack, Bücher.

Hat Ihr Bob Dylan in spe schon einmal etwas anderes für Sie getan, als Geschenke anzufordern? fragte Jerome.

Ich stutzte, verneinte, beeilte mich zu beteuern, daß mir das nichts ausmache.

Wenn ich das richtige Mädchen finde, sagte Jerome, dann wird sie meine Königin sein. Ich werde ihr alle Wünsche erfüllen und alles tun, um sie glücklich zu machen. Wie viele T-Shirts haben Sie denn mit? wollte er wissen.

Fünf, sagte ich.

Und wie viele Röcke, wie viele Sommerkleider, wie viele Paar Sandalen?

Nur die Jeans, die ich anhabe, gab ich zu.

Sie müssen ihn verführen, riet er mir, aber nicht mit Gitarresaiten. Sie müssen sich hübsch machen. Sie können nicht davon ausgehen, daß Sie geliebt werden, bloß weil Sie da auftauchen und sagen, hier bin ich. Sind Sie überhaupt Jüdin?

Ich verneinte.

Auch das noch, rief er in gespieltem Mitleid.

Ich ärgerte mich über seinen Spott und sagte, daß ich ihn

Noch bevor wir einander liebten, waren wir einander wie Geschwister vertraut.

Wo wollen Sie jetzt hin? fragte er.

Zum Busbahnhof, sagte ich.

Werden Sie das schaffen, ganz allein?

Klar, prahlte ich. Sie haben keine Ahnung, wo ich schon überall war.

Na dann, viel Glück! Er ließ mich stehen und stieg in den Kibbuz-Jeep, der auf ihn wartete. Aber aus dem Fenster des anfahrenden Autos winkte er mir noch einmal zu.

Der Anfang unserer Liebe war noch Jahre entfernt, Liebschaften und Trennungen von Männern, an die ich mich nur mehr undeutlich erinnere, liegen dazwischen. Es war eine flüchtige Bekanntschaft im Flugzeug, wie man sie ständig macht, wenn man jung und neugierig ist.

Es ist Schabbat und das El Al-Flugzeug wird heute am Boden bleiben. Will Jerome mich mit dem Anblick trösten, frage ich mich, will das Unheimliche, das in mein Leben eingebrochen ist, mir bedeuten, daß alles, was damals begonnen hatte, nun zu Ende gegangen ist? Es ist ein Zufall, sage ich, es gibt keine Botschaft.

*

Der Ausläufer eines Hurrikans fegt über Massachusetts hinweg und verzögert die Landung. Warum kribbelt diese Ungeduld anzukommen in mir, so als dürfe ich Jerome nicht warten lassen? Seine Gegenwart füllt mich so vollkommen aus, als flöge ich zu unserer Hochzeit. Aber nicht an unsere eigene Hochzeit erinnere ich mich, sondern mir fällt die junge Frau ein, neben der ich bei meinem ersten Flug nach Amerika saß. Sie war neunzehn und flog zu ihrem Verlobten nach Texas. Den ganzen Raum zu ihren Füßen nahm ein großes, altmodisches Radio ein, ein glänzender brauner Kasten mit Stoffbespannung und einer Reihe gelblicher Tasten. Mit diesem Ungetüm war sie auf Shannon Island in das Flugzeug der Air Icelandic umgestiegen, und in New York würde sie noch einmal umsteigen. In Texas würde sie draufkommen, daß das Radio mit einer anderen Netzspannung nicht funktionierte. Was wohl aus ihr geworden ist, denke ich flüchtig, auch sie ist inzwischen sechzig. Meine Gedanken springen nervös hin und her und lassen sich auf nichts ein, ein wilder Schwarm in meinem Kopf.

Ilana und Jeromes Bruder Harold holen mich ab, wir umarmen uns schweigend, tränenlos, geschlagen, wie nach einem verlorenen Kampf. Ein Regenguß nach dem anderen stürzt vom Himmel, und es ist kalt. Wir fahren durch eine sich in Nebel und Regen auflösende Landschaft zu einem leeren Haus. Der Schwager redet von Vorbereitungen, in weniger als vierundzwanzig Stunden wird ein Begräbnis stattfinden, es klingt wie ein briefing, die zusammengefaßten Informationen zu einer bevorstehenden Konferenz, und mein Kopf nimmt die Einzelheiten nicht auf, sie gehen im Rauschen des überfluteten Highway unter. Wenigstens für Ilana sollte ich die richtigen Worte finden, aber ich habe eine unerklärliche Scheu vor ihr. Sie sitzt schweigend auf dem Rücksitz und hat ihre Hand auf meine Schulter gelegt. Gut, daß du da bist, sage ich, und halte die Hand fest, die noch immer zart und glatt wie eine Mädchenhand ist. Ihr Verlust ist der größte, denn sie stand Jerome am nächsten, von klein auf. Die Anhänglichkeit war gegenseitig und von keiner Krise, keinem Zweifel und keinem Verrat getrübt. Ich erinnere mich an eine Fourth of July-

Parade, als Ilana elf Jahre alt war, sie hatte genug gesehen und wollte heim, aber Jerome war einen ganzen Häuserblock weit von uns entfernt und hinter den Absperrungen drängten sich die Menschen. Ruf ihn, sagte ich zu ihr. Dad, rief sie mit ihrer hellen Kinderstimme, nur diese eine Silbe, und er drehte sich ohne zu zögern nach dieser Stimme um, als wäre es der einzige Name, auf den er je gehört hatte. Hunderte Kinder waren auf der Straße und lärmten, aber er hörte ihre Stimme unter allen andern heraus. Es gab nur einen Menschen, der mit dieser vertrauten Silbe nach ihm rufen konnte. Für die beiden war es eine Selbstverständlichkeit gewesen, nur ich erinnere mich daran als einen der schönsten Augenblicke unserer gemeinsamen Jahre. Wenn ich sie ansehe, finde ich Jeromes Züge in ihrem Gesicht, seine graugrünen, tiefliegenden Augen, die schmale, gerade Nase, das Kinn mit dem Grübchen.

Später erzählt sie mir von den Stunden, als der Tod ihres Vaters in ihr Leben einbrach: der Anruf seines Freundes Leslie, Jerome sei zusammengebrochen und ins Mass General Hospital gebracht worden, ihre überstürzte Fahrt zum Spital, wie sie in einen Stau geriet und das Auto entlang der Route 128 auf einem Parkplatz des Pendlerzugs stehenließ und dann mit der Subway weiterfuhr und sich seither den Vorwurf mache, sie wäre vielleicht mit dem Auto schneller vorangekommen und hätte ihn noch lebend angetroffen. Wie in der dichten Menge des Subway-Waggons ihr Handy läutete und Leslie sagte, das Schlimmste sei eingetreten, und sie verständnislos fragte: Was ist das Schlimmste? Und daß sie noch mehr Zeit verlor, weil sie die Notaufnahme nicht gleich fand. Wie ihr Vater dagelegen sei, als schliefe er, die Kanüle noch im Arm, in seinen Händen ein Rest von Wärme, aber die Wangen kalt. Ich weiß nicht, ob seine Finger noch beweglich waren, sagt sie. Leslie, sein alter

Freund, war da und Louise, sie habe sich als seine Verlobte ausgegeben, damit man sie hineinließe. Ich reagiere nicht, lasse sie erzählen. Ich habe das Sch'ma Jisrael für ihn gesagt, flüstert sie weinend, weil ihm ja doch keine Zeit mehr blieb, es selber zu sagen. Es ist alles so unwirklich, sagt sie.

Keine fünfzig Stunden sind vergangen, seit Jerome das Haus zum letzten Mal verließ, aber es sind nicht mehr dieselben Räume. Die Stöße von Büchern, Zeitschriften und Aktenordnern, von Zetteln in Kartons und Schachteln entlang der Wände, die von Zeit zu Zeit drohten das Wohnzimmer und das Arbeitszimmer von den Rändern zur Mitte hin zuzuwuchern, sind sauber aufeinandergeschichtet und zum Teil verschwunden. Aber es sieht nicht aufgeräumt aus, es sieht wie der Schauplatz einer Katastrophe aus, nachdem die Aufräumtrupps ihn verlassen haben, ein Ort in seiner entseelten Nacktheit.

Fühl dich wie zu Hause, sagt mein Schwager, und läßt mir den Vortritt ins Wohnzimmer.

Ich *bin* hier zu Hause, ich war gerade vor einer Woche noch da, antworte ich und verstehe nicht, was er meint und warum er sich als der neue Hausherr fühlt.

Meine Schwägerin Emily kommt uns zur Begrüßung nicht entgegen, sie sitzt vor einem großen Karton und sortiert Papiere, legt die einen in Stapeln auf dem Tisch ab und wirft andere in einen schwarzen Müllsack. Sie läßt sich kurz meine Umarmung gefallen und wendet sich wieder ihrer Arbeit zu. Sie begegnet mir mit einer Fremdheit, fast Feindseligkeit, die ich nicht erwartet hatte. Statt angesichts des Schreckens zusammenzurücken, wenden sie sich von uns ab, als wollten sie ihre Trauer nicht mit uns teilen. Eifersüchtig wachen sie über ihren Status als Hinterbliebene, es ist etwas Exklusives an ihrer Trauer.

Wer hat ihr erlaubt, sich an seinen Papieren zu schaffen zu machen? frage ich Ilana leise.

Sie zuckt die Achseln. Laß sie, ich habe es ihnen erlaubt, irgendwer muß es ja tun.

Sieht es nicht schon viel netter aus? fragt Harold.

Leerer, sage ich.

Wollen wir zum Abendessen ausgehen oder sollen wir etwas zum Essen holen? fragt Ilana.

Wir brauchen Abstand und Zeit für uns selber, erklärt Harold, am besten, ihr kauft für euch beide ein. Wir wohnen im Hotel.

Wir sehen uns an, keine will in den Wolkenbruch hinaus. Wir werden im Kühlschrank schon etwas Eßbares finden, beschwichtige ich sie. Ich kann ohnehin seit zwei Tagen nicht essen.

Ich auch nicht, sagt Ilana, ich habe eher an euch gedacht.

*

Hast du gewußt, wie schlecht es ihm geht? fragt Ilana am Abend.

Wenn wir allein sind, reden wir deutsch. Ich habe von Anfang an mit ihr nur deutsch gesprochen, und sie wechselt akzentfrei und ohne zu überlegen vom Englischen ins Deutsche, in beiden Sprachen gleichermaßen heimisch. Wir reden von Jerome in der Gegenwartsform, als könnten wir ihn so davor bewahren, tot zu sein.

Er hat es gewußt, sage ich, und er hat es niemandem gesagt, aber ich hätte es trotzdem wissen müssen.

Ich erinnere mich daran, wie oft er im Gehen stehenblieb und nach Luft rang, an seinen verzweifelten Blick am Fuß jeder steilen Treppe, oder wenn er sich aufs Sofa fallen ließ und sich an die Brust griff, beschwichtigend abwinkte: Warte einen Augenblick, es geht gleich wieder. Kaum jemand hat so oft über den Tod geredet, über ihn Witze gemacht wie Jerome. Ein Abwehrzauber, eine Weigerung, den Vorgängen in seinem Körper, die ihn ängstigten, Macht zu geben. Wie groß muß seine Angst gewesen sein. Er muß es gespürt haben, als das Wasser von seinen schmerzenden, geschwollenen Beinen in die Lungen stieg und das Herz überschwemmte. Aber niemandem beschrieb er seine Symptome, mir nicht, seinem Arzt nicht, er wehrte jede anteilnehmende Frage ungeduldig ab, obwohl er immer öfter mit einem nach innen gekehrten Blick auf dem Sofa saß, ganz still, als horche er einer Stimme tief im Innern nach.

Ich habe ihn mit seiner Angst allein gelassen, sage ich leise.

Du hättest ihn zum Arzt schicken sollen, sagt Ilana vorwurfsvoll.

Das habe ich doch immer wieder, wehre ich mich, aber er war stur und uneinsichtig. Er wollte sterben wie ein existentialistischer Held, nicht dahinsiechen, sondern dem Tod trotzen, durch seine Weigerung, ihn anzuerkennen. Er war dem Leben und seinen Genüssen so zugetan, daß Krankheit und Tod ein Scheitern bedeutete, das er nicht ins Auge fassen wollte, er tat, als gäbe es das nicht. Mein Blick fällt auf das Foto einer blonden Frau in der Durchreiche zwischen Küche und Eßzimmer.

Ilanas Augen sind meinem Blick gefolgt: Kennst du die?

Wer hat das Foto da hingelegt? frage ich.

Ilana insistiert auf einer Antwort: Tante Emily meinte, man müsse herausfinden, wer sie ist und sie verständigen.

Ich schüttle den Kopf und reiße das Foto in der Mitte durch, dann noch einmal, der Länge nach. Als habe er auf eine passive Weise Selbstmord begehen wollen, denke ich, weil das Leben ihm immer mehr vorenthielt.

Ja, sage ich, sie heißt Suleyma, ich habe sie kennengelernt.

Um Mitternacht fährt auch Ilana nach Hause. Verzeih, sagt sie, aber ich brauche ein wenig Schlaf.

Du willst jetzt in der Nacht den ganzen weiten Weg zurückfahren, wo du doch morgen wiederkommst? frage ich.

Zu dieser Zeit ist wenig Verkehr, entgegnet sie mit einer Bestimmtheit, die jede weitere Diskussion unmöglich macht.

Ihr Zimmer ist so, wie sie es jedesmal vorgefunden hat, wenn sie während des Studiums nach Hause kam, das Bett bezogen, die Theater-Poster ihrer Highschool-Zeit noch an den Wänden, die Regale leer bis auf ein paar besonders geliebte Spielsachen aus ihrer Kindheit, auf der Kommode der Spiegel mit dem vergoldeten Holzrahmen, den Jerome ihr einmal aus Europa mitbrachte, und eine Schale voll exotischen Modeschmucks, den sie nicht mehr trägt. Ich dränge sie nicht zum Dableiben, vielleicht will sie die letzten Stunden vor dem Begräbnis an einem neutralen Ort verbringen, wo keine Kindheitserinnerungen sie bedrängen. Sie ist einunddreißig und hat ihr eigenes Leben. Und ihre Entscheidungen hatte sie schon früher oft mit einem unzugänglichen Eigensinn durchgesetzt, an dem meine Einwände abprallten. Vielleicht braucht man nur einen Elternteil, dem man besonders nahe ist, bei ihr war es der Vater gewesen. Sie sieht schmaler und älter aus als je zuvor, und sie ist zurückhaltend, als koste jeder Satz sie Überwindung. Oft setzt sie zum Reden an, verwirft dann, was sie sagen wollte, und schweigt statt dessen. Es ist eine ungewohnte Befangenheit zwischen uns, obwohl sie rücksichtsichtsvoll ist wie immer und sanfter als sonst. Es wäre schön, wenn sie bliebe. Sie streicht mir über den Kopf, küßt mich auf die Stirn. Macht sie mir einen stummen Vorwurf?

Die Limousine kommt um halb elf, sagt sie, und ich begreife wieder nur an der fühllosen Oberfläche meines betäubten Bewußtseins, daß die Limousine uns zum Friedhof bringen wird.

Ich bleibe allein zurück in dem leeren Haus mit den Katzen, die den ganzen Nachmittag auf dem Fensterbrett gesessen sind und unverwandt hinausgeschaut haben, als warteten sie, daß Jerome zurückkommt.

Unser Haus liegt am Charles River, an einer Flußbiegung mit einer kleinen Landzunge am anderen Ufer. Wir kauften es wegen seiner zwei verschiedenen Gesichter. Zur Straße hin ist es klein und unansehnlich, ebenerdig, fast eine Kate, direkt in der Kurve, mit einem winzigen Vorgarten, zu klein für einen Rasen, gerade groß genug für zwei Rosenstöcke, ein paar Rosmarinstauden, Lavendel, Salbei, hinter dem niedrigen Holzzaun, eine Fassade wie für ein Puppenhaus. Aber auf der Rückseite ist es ein Floß im Amazonas, mit breiten Fenstern vom Boden bis zur Decke, kaum unterteilten Glaswänden, und davor Eschen und Ahornbäume, die aus der steilen Uferböschung aufragen, und dahinter die Mitte des Flusses zwischen den Baumkronen. Der Abstieg zum Fluß ist beschwerlich, es gibt eine schmale, ins Erdreich gehauene und mit Holzbohlen verstärkte Treppe, die nach jedem Wolkenbruch vermurt. Die erodierten Wurzeln der mächtigen Bäume klammern sich zwischen morschem Treibholz, das sich bei Überschwemmungen festgekeilt hat, und Nesseln an die Böschung. An dieser Stelle ist der Charles River so breit, daß das andere Ufer sehr fern erscheint, aber dort drüben sind ohnehin nur eine Regulierungsmauer und Fabrikschlote, farblos und häßlich. Man vergißt sie einfach, wenn man im Sommer am Rand der großen Veranda wie in einem Baumhaus sitzt. An seiner Rückseite ist das Haus zweistöckig und imposant, aber man müßte schon in einem Schiff vorbeifahren, um es so zu sehen. Ich habe mir vorgestellt, in diesem Haus gemeinsam mit Jerome alt zu werden, weil ich immer davon ausging, daß wir die letzten Jahre unseres Lebens wieder zusammen hier wohnen würden, ohne Eifersucht, ohne die Sehnsucht nach einem anderen Leben, die uns immer wieder entzweit hatte. Auch jetzt stelle ich es mir vor und vergesse einen Augenblick lang, daß er tot ist.

Im Schlafzimmer ist das Bett nicht gemacht. Hemden liegen auf dem zerknitterten Leintuch. Mitten im Raum steht ein grüner Plastiksack mit der Aufschrift MASS GENERAL HOSPITAL. Man hat ihn Ilana mitgegeben, die Kleider, die ihr Vater an seinem letzten Tag trug: Sie haben ihm alles ausgezogen, bis auf die Unterhose. Die dunkelgraue Hose, mit dem Seidenfutter nach außen gestülpt, auch das Hemd mit von innen nach außen gedrehten Ärmeln, ein weißes Hemd, frisch gebügelt, die rote Krawatte, nach der er griff, wenn er es eilig hatte, das grauschwarz karierte Wollsakko, viel zu warm für Anfang Mai, er muß ins Schwitzen gekommen sein, die Socken, die schwarzen Lederschuhe, schwer von den Einlagen, die ihn um einige Zentimeter größer und das Gehen schwer machten, seit ich ihn kannte, trug er spezialgefertigte Elevator Shoes, die Armbanduhr, ein zerknülltes Batisttaschentuch mit seinen Initialen, ein paar lose Münzen, die aus der Hosentasche gefallen sein müssen. Seine abgegriffene Brieftasche gab mir der Schwager bei der Ankunft. Hundertachtzig Dollar waren drin, Kreditkarten, der Führerschein. Ich lasse alles im Schlafzimmer zurück und lege mich auf das Sofa im Arbeitszimmer, denke, das ist die erste Nacht meines Lebens danach, versuche, mir seine letzte Nacht in diesem Haus vorzustellen. Ob es ihm schlechter gegangen ist in dieser letzten Nacht seines Lebens? Zuletzt schlief er lieber halb im Sitzen im Fernsehsessel, ging erst gegen Morgen zu Bett, er hatte oft Schmerzen in der linken Schulter, die er für Rheumatismus hielt. Man fühle einen kalten Schmerz über dem Brustbein, als griffe eine eisige Hand nach dem Herzen – ich weiß nicht mehr, wo ich das gehört oder gelesen habe. Hatte er einen Traum? Er träumte oft von seinen Eltern, er war überzeugt, daß sie aus dem Jenseits eine Art Verbindung zu ihm hielten. Am Morgen erzählten wir einander unsere Träume, und wenn er von seinen Eltern geträumt hatte, fürchtete er sich, daß etwas Schreckliches passieren könnte, denn die Toten nähmen nicht ohne triftigen Grund den weiten Weg zu uns. Die vielen Tode, die ihm nahegingen, bevor der eigene kam. Der Schlaganfall der noch jungen Mutter mit der darauffolgenden Behinderung, bevor sie mit zweiundvierzig Jahren starb, der frühe Tod des Vaters, in einer Nacht, in der Jerome sich amüsierte und nicht erreichbar war, wofür er sich sein Leben lang schuldig fühlte, der Unfalltod seines Kindheitsfreundes vor seinen Augen. Die Toten waren so gegenwärtig, als lebten sie mit uns. Aber die Einübung in den Tod ist eine Illusion, sie lehrte ihn nur die permanente Angst um jene, die er liebte, seine ängstliche Vorwegnahme einer Katastrophe schnürte mich so ein, daß ich fliehen mußte. Als Ilana klein war, gab er oft vor, den Babybuggy im Kofferraum vergessen zu haben, wenn er zur Arbeit fuhr: ein Tag weniger, an dem ich mit dem Kind dem Straßenverkehr und allen möglichen, unvorstellbaren Gefahren ausgesetzt sein würde, ein Tag mehr, an dem ich mit einem Kleinkind in einer Vorstadtwohnung eingesperrt war. Am späten Nachmittag machte er dann mit uns einen Ausflug, um uns zu entschädigen, aber über seine

Ängste und meinen Ärger darüber wollte er nicht reden. Ilana setzte sich später mit gutmütigem Spott über seine ständige Sorge um ihre Gesundheit und Sicherheit, mit der er ihre Freiheit einzuschränken versuchte, hinweg.

Um sich selber hatte er nie gefürchtet. In seiner Jugend hatte er mit nächtlichen Rasereien auf dem Highway das Schicksal herausgefordert. Nur zuletzt überfiel ihn eine irrationale Angst vor etwas, das er nicht benennen und nicht deuten konnte. Wir wußten nicht, daß es das Ende war, aber auch ich spürte seine Angst. Sie machte ihn anhänglicher, weicher, bis auf die Augenblicke, in denen sie sich zur Todesahnung verdichtete.

Unsere letzte Auseinandersetzung zwei Wochen vor seinem Tod hatte ein altes Gesellschaftsspiel zum Anlaß, das jeder unter dem Namen *The lady or the tiger* kannte, eine Version des *Kaukasischen Kreidekreises* um Eifersucht und Liebe. Ein König erwischt seine Gattin mit ihrem jungen Geliebten und stellt sie vor die Wahl mit den zwei Türen. Hinter der einen wartet der Tiger, um ihn zu zerreißen, und hinter der anderen eine neue Geliebte als Ersatz für sie. Er steht wehrlos in der Arena, und es liegt an ihr, ihn dem Tod auszuliefern oder ihn zu retten und dabei an eine andere zu verlieren. Was würdest du tun, fragte er an einem der letzten Abende während des Essens: The lady or the tiger?

Laß mich in Ruhe, sagte ich, das Ganze wurde ohnehin von Männern wie dir ersonnen, die uns weismachen wollen, Eifersucht sei nichts anderes als moralisches Versagen.

Er drängte: Du mußt dich entscheiden, sag schon.

Plötzlich war es kein Spiel mehr, in seinen Augen stand blanke Angst. Ich wollte keinen Streit und sagte: Keins von beiden und wenn du mir etwas mitteilen willst, dann sag es mir direkt. Aber er ließ nicht locker, und so rief ich leichtfertig: Dann eben den Tiger.

You wouldn't, would you? Du würdest mich töten? rief er entsetzt.

Ich begriff die Todesangst in seinen Augen nicht und auch nicht, daß ein Spötter wie er ein Spiel so ernst nahm. Aber er war nur mehr zwölf Tage von seinem Tod entfernt, und vielleicht spürte er die Bedrohung, die er nicht entziffern konnte. Er sah mich an, als könnte ich sie abwenden, wenn ich ihn ins Leben entließe, als wäre ich mächtig genug, den Tod aufzuhalten. In seinen entsetzten Augen sah ich die Tür aufgehen und den Tiger springen, der ihm das Herz aus dem Leib reißen würde. Unsere Ängste standen einander gegenüber und ließen keinen Kompromiß zu: meine Angst vor dem Verlassenwerden gegen seine Angst vor der Auslöschung.

Beruhige dich, sagte ich, und laß die Finger von den Damen, wenn du gerettet werden möchtest.

Aber er war den ganzen Abend schlechter Laune und verfolgte mich mit mißtrauischen Blicken. Wie hätte ich sein fassungsloses Entsetzen deuten sollen? Er nahm das Spiel so ernst, als öffnete ich dem Tod die Tür, ich, der er immer vertraut hatte. Klammerte er sich an mich als den einzigen Menschen, der dem Tod den Eintritt verwehren konnte, weil trotz allem sein und mein Leben unser Leben war? Natürlich hätte ich dich gerettet, sage ich jetzt in der Einsamkeit des leeren Hauses, um jeden Preis hätte ich dich vor dem Tod gerettet, selbst um den Preis, verlassen zu werden.

In jedem Leben gibt es eine letzte Nacht und einen letzten Morgen. Er war allein, und jede Geste war ein Abschiednehmen, jeder Blick ein letzter, aber er wußte es nicht. Hatte er eine Vorahnung, etwas wie eine unbestimmte Furcht? Das letzte Mal die Katzen gefüttert, das letzte Mal den Rasierapparat aus der Hand gelegt, das letzte Frühstück, ein gekochtes Ei auf ein paar Salatblätter geschnitten, ein hellbraunes Teesäckchen in kochendem Wasser. Das Geschirr steht noch im Ausguß. Eigenartig, wie wichtig gerade die letzten Worte und Handlungen werden. Je näher der Tod, desto größer das Gewicht jeder unbedeutenden Geste, alles ist wie ein letzter Blick zurück, bevor der Faden reißt, an dem sein Leben seit geraumer Zeit schon gehangen war. Als müßte ich aus seinen letzten Verrichtungen, aus der leeren Tasse und dem verwelkten Salatblatt auf dem Teller Botschaften herauslesen, die schon beinahe aus dem Jenseits kommen, mit einem zusätzlichen Wissen, das mir als Lebender versagt ist. Als wüßte ich nicht, daß es keine Kommunikation zwischen hier und drüben gibt. Aber gerade das Schweigen ist so schwer zu ertragen, wenn man sich nach einem einzigen, noch so unscheinbaren Zeichen sehnt.

*

Nach einer Stunde auf dem Sofa stehe ich wieder auf, ohne Licht zu machen. Es ist halb zwei. Ich kenne die Gegenstände in jedem Raum auswendig, bewege mich zwischen ihnen ohne anzustoßen, berühre sie kaum, als wären sie vertraute Körper, die an seiner Statt atmeten. Nur über meinen halbleeren, überflüssigen Koffer stolpere ich, er ist ein Fremdkörper. Neben dem Computer liegt ein Blatt Papier, auf das er mit großen Buchstaben ein Gedicht von William Butler Yeats geschrieben hat: *Man brought Death into the World.* Jemand hatte Jerome ein paar Tage zuvor gebeten, für einen verstorbenen Richter eine Grabrede zu halten, und er hatte den Thesaurus nach

Gedichten über den Tod durchsucht oder vielleicht hatte er sich von früher an dieses Gedicht erinnert. Der Tod war in den letzten Monaten in vielerlei Gestalt an ihn herangetreten, aber Jerome hatte ihn stets verhöhnt oder ignoriert. Im Winter lag einige Wochen lang *Der Tod des Ivan Iljitsch* im Schlafzimmer herum. Seltsam altmodisch erzählt, meinte er dazu. Ende April kaufte ich den gerade erschienenen Roman von Philip Roth. Hast du *Everyman* schon angefangen, fragte ich bei unserem letzten Telefongespräch am Abend vor seinem Tod. Schon gelesen, sagte er. Und, wie ist er? Deprimierend, sagte er, am liebsten möchte man sich gleich für den Sarg Maß nehmen lassen, wenn man sich vorstellt, was einem noch alles bevorsteht. So begegnete er seiner Angst vor dem Tod: mit dem grimmigen schwarzen Humor, für den ich ihn liebte. Auch wenn ich wütend war, selbst wenn ich in gekränktes Schweigen verfiel, konnte er mich damit zum Lachen bringen.

Es ist still mitten in der Nacht. Totenstill. Ich öffne Schubladen und Fächer, die ich noch nie geöffnet habe, und fühle mich wie ein Eindringling, eine nächtliche Einschleichdiebin. Manche Laden sind bereits leer, vom Eifer der Schwägerin einem Ordnungsprinzip oder einem Vernichtungssystem unterworfen, das ich noch nicht durchschaue. Ich lege seine Uhr in eine Schublade, seinen Führerschein, seine Brieftasche, seinen Paß, den Notarstempel. Lauter Dinge, die man auf keinen Fall verlieren will, sie sicherten ihm vor dem Gesetz das Recht, der zu sein, der er war. Alles, was für seine Identität bürgte, fällt nun ohne ihn in seine tote Gegenständlichkeit zurück, hat nichts mehr mit dem zu tun, was er jetzt ist, nackt auf einer Bahre, in einem Kühlfach, oder schon von den Männern der Chewra Kadischa gewaschen und in einen Gebetsmantel gehüllt im Sarg. In wessen Gebetsmantel? Er besaß keinen, borgte sich zu den Hohen Feiertagen einen von der Synagoge aus. Dann eben nur in ein Laken, ich werde es nie wissen.

Auch aus den Schreibtischladen sind die wichtigen Dokumente und Akten schon verschwunden, dort und da liegt noch ein abgebrochener Bleistift, eine Büroklammer, ein vergilbtes einzelnes Blatt Papier. Im untersten Fach finde ich ein gefaltetes Pergamentblatt, das an der Rückwand festklemmt. Noch bevor ich es öffne, weiß ich, daß es unser Verlobungsvertrag ist. Nach fünfunddreißig Jahren lese ich es zum erstenmal wieder, dieses nur für uns verfaßte Dokument in der Sprache eines jungen Juristen, der sich um Objektivität bemüht, obwohl von Liebe die Rede ist. Es ging uns darin nicht um Sicherheiten im Fall der Scheidung, und an Besitz und Güterteilung dachten wir damals nicht. Wir stellten hohe Ansprüche an uns selber, Ansprüche, an denen wir dreißig Jahre lang immer von neuem scheiterten und die wir irgendwann vergaßen. Aber am Ende haben sie, beschädigt und viele Male gebrochen, trotzdem alle Trennungen überlebt. Wir wollten vernünftig lieben, mit Maß und gegenseitigem Respekt. Wir waren beide davor schon zu oft blind und maßlos verliebt gewesen, und ahnten, daß niemand einem anderen Menschen auf Dauer alles sein konnte, wonach er sich sehnte. *Damit unsere Liebe niemals ende, versprechen wir einander,* habe ich in feierlicher Schönschrift mit Haarlinien und fetten Abstrichen an den Anfang gemalt. Darauf folgt eine Liste von Geboten, die wir uns selber gaben und die wir nicht halten konnten, weil wir nicht mit der Hartnäckigkeit unserer Sehnsüchte und Leidenschaften gerechnet hatten, mit unseren Grausamkeiten, unseren Ängsten und unserem Egoismus. Es hätte der Selbstlosigkeit zweier Heiliger bedurft oder zweier Menschen, die nur einen Blick zur Verständigung benötigten, die jede Nuance der Stimme und des Gesichtsausdrucks des anderen deuten konnten, und die einander so gut kannten, daß jeder des anderen Sätze vollenden konnte. Zu unserem eigenen Erstaunen waren wir am Ende zu einem solchen Paar geworden. Aber dazu hatten wir ein ganzes Leben gebraucht.

Wir würden *einander nie belügen*, gelobten wir vor fünfunddreißig Jahren, aber auch *die Wahrhaftigkeit nicht benützen, um einander weh zu tun*. Wir würden einander *beschützen und mit Rat und Hilfe unterstützen, ohne Abhängigkeiten zuzulassen*. Wir würden *alles teilen, aber unser Recht auf Eigenständigkeit bewahren*. So präzis und klar, so paradox hatten wir es uns ausgedacht. So beispielhaft wollten wir leben, jeder dem andern der nächste Mensch, *ohne ihn daran zu hindern, eigene Wege zu entdecken und ihnen zu folgen*. Ein Leben lang verbunden, manchmal näher, mitunter so nah, als befänden wir uns in der Haut des andern, dann wieder fern, immer in Rufweite. Der andere sollte der Mensch sein, dem wir uns verwandt fühlten, einerlei, wo er sich befand und welches Leben er gerade führte, er sollte der Ort sein, den wir Zuhause nannten. *Vater und Mutter verlassen, um einander anzuhangen*, steht in der Tora, jedoch nur so lange, wie es dem anderen erträglich ist, gebot die Zeit, in der wir jung gewesen waren. Wir müssen uns mit diesem Manifest wie Revolutionäre gefühlt haben. Hat es uns an Vertrauen oder an Leidenschaft gemangelt? Wovor hatten wir so große Angst? Ich weiß es nicht mehr.

Jetzt in der Dunkelheit der Nacht kann ich unser Leben auf keinen Nenner bringen, ich weiß nicht, wie wir es hätten vermeiden können, einander zu verletzen. Wir hatten nur *ein* Leben, es war zu kurz für alles, was wir von ihm erwarteten. Also mußten wir auseinanderrücken, damit das, was wir brauchten, darin Platz fand: seine Frauen und meine Bücher, sein Beruf, der Seßhaftigkeit verlangte, und meiner, der Abwesenheiten mit sich brachte, seine Sehnsucht nach dem vollkommenen Glück und meine Rastlosigkeit. Die Vorstellung, wie viele Möglichkeiten uns offenstünden, wie viele Chancen und Glücksversprechen, und das Wissen, daß wir dafür nur dieses eine Leben hatten, erfüllte uns oft genug mit Gier und Verzweiflung. Wenn ich zwei Leben gehabt hätte, dann hätte ich ihm eines davon ohne Vorbehalte geschenkt, ganz und gar, so wie er es sich trotz der vergessenen Freiheitsschwüre vorgestellt hatte. Das andere, das zweite wäre für mich gewesen. Aber ich hatte nur eines, er mußte teilen, mehr von mir herzugeben war mir nicht möglich, und meine Freiheit war eine andere als die seine.

In dieser finsteren, vom Tod gesättigten Nacht kann ich unser einzigartiges, aus jeder Norm gefallenes, mir selber unverständliches Leben nur in ein paar vollkommenen Augenblicken wiedererkennen, die vergingen, ohne daß wir bemerkten, wie glücklich wir waren, und in Sehnsüchten, die am Ende unerfüllt zurückbleiben. Eine neue Form der Ehe wollten wir führen, anders als unsere Eltern, anders als die Dramen von Liebe und Leidenschaft, die wir rundum bei unseren Freunden als Tragödien enden sahen. Einander verpflichtet und zugleich frei. Freiheit war für keinen von uns verhandelbar, aber wir durchschauten nicht, daß wir damit unsere Interessen sichern wollten und jeder nur an seine eigene Freiheit dachte. Und trotz des Spielraums, den wir uns ertrotzten, blieben mit zunehmendem Alter immer weniger Wege offen, für ihn und auch für mich. Hätte uns damals einer gesagt, ihr habt fünfunddreißig Jahre, wäre uns das wie eine Ewigkeit erschienen. Aber es war zu kurz, wir brauchten so lange, um einander zu verstehen, wir waren zum Schluß erst am Anfang, und auch die Liebe hatte gerade erst eine neue Gestalt angenommen.

*

Wir sehen uns an, umarmen uns flüchtig, zu sprachlos und verstört, um die Beklemmung abzuschütteln, Ilana, Harold, Emily und Leslie, Jeromes bester Freund, jedenfalls behauptet er seit dem Augenblick, als er die Familie benachrichtigte, sein bester Freund gewesen zu sein und mißt dieser Tatsache große Wichtigkeit bei. Ich war sein bester Freund, beteuert er statt einer Begrüßung und setzt sich neben den Chauffeur. Jeromes Tod verschafft ihm eine Bedeutung, die er als sein Kollege nie hatte. Wenn er wüßte, wie oft Jerome und ich über ihn gelacht haben, über seine Wichtigtuerei, seinen Geiz, seine Holzfällerhemden und karierten Hosen, die er, ebenso wie sein Toupet, im billigsten Abverkaufsgroßmarkt von Massachusetts kaufte, seine geschraubte Ausdrucksweise, seine zwanghaften Kalauer und banalen Aphorismen. Wenn er wüßte, wie wir über ihn lästern, wäre er tief getroffen, hatte Jerome gesagt. Er hat seinen Beruf verfehlt, er hätte Leichenbestatter werden sollen, denke ich, und: Das muß ich Jerome erzählen.

Was uns jetzt erwartet, ist ganz nah und bleibt zugleich unvorstellbar. Wir haben noch keine Worte für unseren Schmerz. Vom Himmel peitschende Wassermassen verschleiern die Sicht, wir schauen jeder auf seiner Seite auf die grauen Vorstadtstraßen, in den Wolkenbruch. Das Schweigen ist unerträglich, und mitten in dieses Schweigen hinein sage ich: Wir brauchen eine Sterbeurkunde, und schäme mich sofort, mit einer so pietätlosen und pragmatischen Bemerkung das Schweigen gebrochen zu haben.

Nichts will Gegenwart werden, wir werden durch die Stationen eines Alptraums getrieben und können uns nicht widersetzen. Ein Begräbnis im engsten Familienkreis, hat es geheißen, und von Blumen sei abzusehen. Einzelne Schemen treten vor, bedeutungslos wie Statuen am Wegrand, es könnten hundert Menschen sein oder nur fünf, ich habe kein Gefühl für die Umgebung. Aus einer anderen Limousine wird der Sarg gehoben, eine helle Holzkiste. Das ist er, das ist das Wiedersehen: Next time let's make love. Ich schließe die Augen. Heute morgen, vielleicht schon gestern hat jemand zum letztenmal seinen Körper berührt, ihn gewaschen, ihn angesehen, wenn auch mit dem unbeteiligten Blick des Leichenwäschers, ihn in ein Leinentuch eingeschlagen, wie ihn vor sechzig Jahren seine Mutter in ein Badetuch gewickelt hat. Wie viele Männer hat es gebraucht, ihn von der Bahre in diese Kiste umzubetten? Tote wiegen schwerer als Lebende. Und zu Hause liegen seine umgestülpte Hose, seine Schuhe, sein Hemd in einem grünen Plastiksack. Denke ich das wirklich in diesem Augenblick oder erst später, im Lauf der Monate, wenn die Einzelheiten immer von neuem auf mich eindringen?

Beeil dich, sagt Ilana, sonst begraben sie ihn ohne uns.

Sie hasten wie Diebe mit dem Sarg davon, wissen genau, wohin. Die Wege sind aufgeweicht, ich habe den Friedhof zuletzt beim Begräbnis von Louises Mutter gesehen, das war im Winter. Hier wolle er begraben werden, hatte Jerome damals mit Bestimmtheit gesagt, nicht auf dem modernen Friedhof, auf dem seine Eltern lagen, einer Landschaft, lieblich und harmlos wie ein Golfplatz, mit kleinen Plaketten, die, in den Rasen eingelassen, kaum sichtbar sind. Es sei verboten, Steine darauf zu legen, wir leben schließlich nicht mehr in der Wüste, wies man uns zurecht, als man uns beim Steine Sammeln erwischte. Ich möchte, daß man auf mein Grab Steine legen kann, hatte Jerome gesagt. Er hatte die Möglichkeit zu sterben von sich gewiesen, aber sein Begräbnis hatte er sich gern vorgestellt: wie alle Frauen, die er je geliebt hatte, an seinem Grab stünden, eine beachtliche Schar, und um ihn weinten, ihn priesen und ihre Rivalität vergäßen. Dieser Friedhof ist ebenso authentisch wie Rabbi Schaefers Schul, in die Landsmannschaften des jüdischen Osteuropas unterteilt, der Juden von Wilna, von Łodz und Warschau, von Kosk, von Kowno und Białystok, eine Totenstadt mit schmucklosen Grabsteinen und Stelen, die sich den Hügel hinaufzieht bis an den Horizont. Das ist der Ort, den er sich ein halbes Jahr vor seinem Tod ausgesucht hat. Es regnet in Strömen. Als wir am Grab ankommen, ist der Sarg schon versenkt. Der Wolkenbruch löst die aufgeworfene gelbe Erde in zähen Lehm auf, schwemmt sie in die Grube zurück.

Bin ich das, die da im Regen vor einem ausgehobenen Grab steht? Warum stehe ich hier? Ein Begräbnis, daran besteht kein Zweifel. Ich war schon bei vielen Begräbnissen, sie sind immer traurig, es gibt etwas wie Etikette, die erwartet wird, und danach fühlt man sich wie ausgewrungen, man geht heim, wäscht sich die Hände, und das Leben geht weiter wie gewohnt. Ich ziehe mir den Schal über den Kopf, gegen die Kälte, die tief in mir sitzt, starre tränenlos auf das klaffende Loch in der Erde, und fühle mich ausgesetzt wie auf einer Bühne, wie eine Schauspielerin, die Trauer spielen muß, halte mich an unserer Tochter fest, die für mein Recht bürgt, hier dicht vor dem Grab als Trauernde zu stehen. Es ist ein zu großer Abstand zwischen mir und der Frau, der das alles zustößt, als daß sich Mitgefühl für ihr Schicksal einstellen könnte.

Rabbi Schaefer steht mit seinem plastikbespannten schwarzen Hut im aufgewühlten Lehm. Jeremia ben Joseph war ein Anwalt der Armen, sagt er, er hatte ein großes Herz, er half, ohne sich zu vergewissern, ob es sich für ihn lohnte.

Jeremia. Selten habe ich ihn so nennen gehört, selten war er zur Tora aufgerufen worden, er hatte sich nie darum gedrängt. Der Name deckt nur den einen, verborgenen Teil seines Wesens ab, seine melancholische, grüblerische Seite, die er vor den meisten sorgfältig verbarg.

Wie oft habe ich ihn angerufen, erzählt der Rabbiner, wenn uns zum Mincha-Gebet der zehnte Mann fehlte, und immer half er aus. Er blieb der Welt seiner Väter treu, auch wenn er selber auf dem Boden des modernen Amerika stand. Gewiß erinnert der Rabbiner sich jetzt gerade daran, daß Jerome als einziger am Schabbat, sogar am Versöhnungstag, mit dem Auto vorfuhr, erinnert sich an seine respektlosen, spöttischen Wortmeldungen, wenn sie nach dem Gottesdienst bei Challah und Wodka zusammenstanden.

Aber sein Leben baute auf den Pfeilern von Zedaka und Chessed, fährt er fort, und sie bestimmten seine Handlungen, seine Großzügigkeit, auch die Großzügigkeit, mit der er unsere Gemeinde unterstützte. Niemandem, der ihn um Hilfe bat, konnte er widerstehen, sogar streunende Katzen fanden bei ihm ein Zuhause.

Ich höre einen zustimmenden Laut hinter mir, Jeromes Bruder muß ihm von den Katzen erzählt haben.

Es sind die Taten, die vor HaSchem zählen, sagt Rabbi Schaefer. Jeremia liebte die Menschen, und er liebte das Leben, er liebte es leidenschaftlich, und er verstand die Umwege und Irrwege der Seele, das machte ihn zu einem Anwalt, zu dem seine Klienten Vertrauen hatten. Bei jedem, der ihn kennenlernte, hinterließ er einen unauslöschlichen Eindruck. Ein

Lächeln huscht über seine Lippen: Sein Humor war unnachahmlich, er war ein Original. Und er war *ein Mensch*, sagt er mit abschließender Emphase auf Jiddisch, das vor allem, unbeugsam in seinem Gerechtigkeitssinn, ein verläßlicher Freund, ein liebevoller Vater. Ilana preßt sich die Faust an den Mund.

Der Rabbiner verstummt, der Regen läuft ihm in Bart und Kragen. Er tritt auf Ilana zu und schneidet mit einer Rasierklinge in ihren Blusenkragen, reißt ihn bis zur Knopfleiste ein, auch Harolds Hemd wird eingeschnitten, er hat sich am Vortag das billigste Hemd in einem Discountladen gekauft, und er wird es sofort, wenn er ins Hotel zurückkommt, in den Papierkorb werfen.

Und meine Mutter? fragt Ilana.

Rabbi Schaefer sieht mich zweifelnd an. Hatte sie einen koscheren Übertritt?

Ich bejahe.

Soviel ich weiß, waren Sie geschieden, sagt er.

Nicht nach der Halacha, insistiert Ilana, sie hat nie ein Get verlangt.

In diesem Augenblick ist es mir sehr wichtig, daß Rabbi Schaefer meinen Kaschmirpullover ruiniert. Es bedeutet in meiner Vorstellung, die zu keinem geordneten Gedankengang werden will, daß wir zusammengehört haben, Jerome und ich, immer, vom Anfang bis zum Schluß, daß ich um ihn trauern darf als seine Frau und niemand mir das Recht darauf verweigern darf.

Verzeihung, das wußte ich nicht, sagt der Rabbiner und setzt die Klinge an meinen Halsausschnitt.

Der Regen rauscht und prasselt auf uns nieder, so hört auch niemand den dumpfen Aufprall der ersten Brocken Erde, vor dem ich mich gefürchtet habe. Jeder wirft eine Schaufel voll

Erde, ungeschickt, der Lehm gleitet ab, man kann den Sarg nicht mehr sehen. Rabbi Schaefer erspart uns nichts, keine einzige Schaufel voll, er wartet, bis die Erdwälle rund herum abgetragen und die Grube gefüllt ist. Nur wenige Männer wagen sich nach der ersten symbolischen Schaufel am Rand des Grabes unter ihren Schirmen hervor, um die anstrengende Arbeit der Totengräber zu übernehmen, wie es bei frommen Juden Brauch ist. Ilanas früherer Freund Peter, von dem sie sich vor zwei Jahren getrennt hat, tritt vor, ergreift entschlossen eine Schaufel und legt sie bis zum Schluß nicht mehr aus der Hand. Ilana zieht scharf den Atem ein, ihr Rücken bebt vom lautlosen Weinen. Ein anderer unterstützt Peter kurz, hört jedoch mit einem Blick auf seine schmutzbespritzten Hosenbeine bald wieder auf. Peter steht auf dem Erdwall und schaufelt, als gelte es einen Wettbewerb zu gewinnen, grimmig und verbissen, ohne in unsere Richtung zu schauen, Regen und Schweiß rinnen ihm in den Kragen, in kurzer Zeit ist er durchnäßt.

Alles kommt mir unwirklich vor wie ein Drama, das sich auf einer Bühne abspielt. Habe ich Jerome denn nicht geliebt? Bin ich ein gefühlskalter Mensch? Was ist mit mir los, daß ich so taub und fühllos dastehe, während der Mensch begraben wird, der mein ganzes Leben begleitet hat, und ich denke nur, später werde ich es vielleicht einmal begreifen, für jetzt laß es einfach nur vorbei sein. Aber es nimmt kein Ende, als ob das Grab ohne Boden wäre und sich nie füllen ließe. Eine nicht mehr junge, schlanke Frau mit einem extravaganten Hut und grauem Designerkostüm drängt sich vor, die einzige mit einem Blumenstrauß, und wirft die Blumen in großem Bogen, als müsse sie sich ihrer schnell entledigen. Ich betrachte sie verstohlen, wer ist sie, wer hat sie eingeladen?

Der Augenblick des Entsetzens kommt unerwartet, als Peter

sich aufrichtet, die Schaufel in den Rasen rammt, und Rabbi Schaefer eine weiße Tafel in die lockere Erde steckt: Jeromes Name. Sein Geburtsdatum und das Todesdatum, der schreckliche, endgültige Schlußstrich unter ein Leben. Zwischen zwei Zahlen ein Bindestrich, das Leben, und danach nichts. An dem, was gestern und heute war, hat er keinen Anteil mehr, und was davor war, ist eine abgeschlossene Spanne Zeit. Zum erstenmal seit dem Augenblick, als mich unsere Tochter anrief, begreife ich es, als hätte man mir soeben erst die Todesnachricht überbracht. Als sei mein Leben eine Straße, die in einem unendlich langen Winkel auf eine andere zugelaufen ist, und nun, am äußersten Horizont, stoßen sie aufeinander und bilden ein Dreieck, und der Weg ist beendet.

Dann fordert Rabbi Schaefer Harold auf, Kaddisch zu sagen, aber Ilana fällt ihm ins Wort, Jitgadál ve jitkadásch, schme rabbá, beginnt sie mit fester, fast triumphierender Stimme. Sie kann im Unterschied zu ihrem Onkel Hebräisch lesen, und jetzt sagt sie für ihren Vater Kaddisch, eine Tochter zwar, aber das einzige Kind. Rabbi Schaefers Miene verrät keine Mißbilligung. Er hat auch kein Wort darüber verloren, daß ich an einem Schabbat gereist bin und jetzt läßt er die Tochter Kaddisch sagen, bis sie in ein tränenloses Schluchzen ausbricht und sich nach vorn krümmt, dem Grab entgegen, als wolle sie sich hineinfallen lassen, als würde ihr jetzt erst bewußt, was hier vor sich geht. Wir sagen das Kaddisch gemeinsam zu Ende, schlägt Rabbi Schaefer vor. Er hat ein großes Herz für die Umwege, die das Gesetz manchmal machen muß.

Durch die Gasse, die die anderen für uns machen, verlassen wir den Friedhof, ohne zur Seite oder zurück zu blicken.

III

Schiwa – Trauerwoche

Der Lieferwagen des Catering Service steht vor der Tür. Das ist der Kompromiß zwischen amerikanischen und jüdischen Bräuchen. Der amerikanische Pioniergeist gebietet Gastfreundschaft: Wer an meine Tür klopft, muß freundlich aufgenommen und reichlich bewirtet werden. Für die jüdischen Bräuche rund um den Tod zählen nur die Trauernden: Sie sollen von den Freunden versorgt und getröstet werden. Als Jeromes Großmutter starb, saß Jeromes Onkel Sidney, der einzige noch lebende Sohn, in Socken auf einem Schemel im Wohnzimmer, und die Trauergäste brachten zubereitete Speisen in Schüsseln mit, reichlich genug, daß Mahlzeiten für später übrigblieben, und gekochte Eier als Symbol für das Leben, das trotz allem weitergehen mußte. Sie saßen zusammen und sprachen über die Tote, schwiegen, wenn den Trauernden danach zumute war, versammelten sich verläßlich gegen Abend zum Mincha-Gebet, damit zehn Männer zum Kaddisch anwesend waren. Sie kamen und gingen ohne große Begrüßungs- und Abschiedszeremonien, sieben Tage lang, sie kümmerten sich um das Wohl der Familie, und es herrschte eine Atmosphäre von Zuneigung und Mitgefühl. Aber Grandma Ida hatte nur jüdische Freunde gehabt, Leute so alt wie sie, Einwanderer aus Osteuropa, die ihr Leben lang in den jüdischen Stadtteilen von New York und Boston gelebt hatten.

Jeromes Freunde sind Menschen, die als Protestanten, als Katholiken oder als Juden aufgewachsen sind und sich Agnostiker und Atheisten nennen, Amerikaner, deren Bekenntnis allein die in der amerikanischen Verfassung festgelegten Artikel sind: Gleichheit vor dem Gesetz, das Recht auf Glück und Erfolg. Sie kommen wie Partygäste, grüßen kurz, murmeln ihren Namen, sie wissen ja, wer wir sind, ob wir sie kennen, ist ihnen egal, sie sind ja nicht unsere Freunde, sondern die Jeromes. Sie scharen sich um den Eßtisch und häufen Lachs und Reis auf ihre Teller, als seien sie zum Fastenbrechen am Jom Kippur gekommen, und plaudern mit denen, die sie schon vorher gekannt haben. Verwandte sind da, die ich in dreißig Jahren nur ein paarmal bei Begräbnissen gesehen habe, sie begrüßen Harold und Ilana und stehen abseits in einer Gruppe beisammen. Ich kenne Jeromes Verwandte aus seinen Geschichten, ich habe sie liebgewonnen durch die Anekdoten aus seiner Kindheit. Auch die meisten seiner Berufskollegen kenne ich aus seinen Erzählungen, und irgendwann kam es mir vor, als seien sie mir vertraut. Er erzählte mir von ihnen nicht nur zur Kurzweil, er vertraute meinem Rat, wenn es um Menschen ging, denn er selber hatte wenig Menschenkenntnis und ließ sich leicht belügen, er war so leicht entflammbar und ließ sich von jeder freundschaftlichen Begeisterung in die Irre führen, und er betrog sich selber, wenn es ihm das Leben angenehmer machte. Manche Vorfälle besprachen wir immer wieder von neuem, bis ich glaubte, ich hätte sie selber erlebt.

Hi, sagt ein Cousin im Vorbeigehen, schön, daß du es geschafft hast zu kommen.

Er gibt mir nicht genug Zeit zu antworten. Hat Jerome mich vor ihnen verleugnet? Seine Familie hatte mich abgelehnt, bevor sie mich kennenlernte, und später waren sie freundlich und distanziert, und ich akzeptierte es, erwartete nicht, daß ich

Leuten, denen keine Wahl blieb, als sich mit mir abzufinden, sympathisch war. Aber auch er hatte kaum Kontakt zu ihnen, sie waren einander fremd, er war andere Wege gegangen, gehörte einer anderen Bildungsschicht an. Es war uns beiden lieber, die Pessach-Seder und Thanksgiving zu Hause oder mit den wenigen Freunden zu feiern, die wir hatten. So waren die meisten Verwandten für mich Gegenstand von Anekdoten aus der Vergangenheit geblieben, ohne daß es jemals zu einem Zerwürfnis gekommen war.

Wir lebten extraterritorial, und es war ganz und gar unser Land, weder Amerika noch Europa, jedoch von beiden etwas, zu fast gleichen Teilen. Manchmal, wenn Vorstellung und Wirklichkeit zu weit auseinanderklafften, sagte er: Am liebsten würde ich auswandern, meinst du, sie nähmen mich in der Sowjetunion, wenn ich um politisches Asyl ansuchte? Wir fanden die Vorstellung eines Amerikaners, der im Moskau des Kalten Krieges um politisches Asyl ansucht, immer wieder komisch. Europa war ihm von Anfang an vertraut gewesen, seine Mutter war 1934 mit ihrer Mutter und einer jüngeren Schwester aus Deutschland geflohen, und ihr Vater war kurz vor Kriegsbeginn über Umwege nachgekommen. Eine ältere Schwester, die bis zum Tod ihres Mannes in einer geschützten Ehe gelebt hatte, wurde in einem Konzentrationslager ermordet, hieß es. Seine väterlichen Großeltern waren aus Polen und der Ukraine nach Amerika eingewandert. Außer Grandma Ida hatte ich weder seine Eltern noch seine Großeltern gekannt. Jerome fühlte sich ebensosehr als Mitteleuropäer mit jüdischen Wurzeln, wie er sich als Amerikaner betrachtete, ein Amerikaner, dem die Lebensart der angelsächsischen Protestanten fremder war als die der Europäer.

Wir schufen unsere eigene Sprache, aus dem Jiddischen

seiner Großeltern, der deutsch-englischen Mischsprache seiner Eltern, dem Vorstadtjargon seiner Jugend, den Literatursprachen, die wir beide liebten, in denen wir über Gefühle reden konnten, und der Genauigkeit seiner Berufssprache, die sich den Gefühlen widersetzte. Wir erfanden eine Sprache zwischen dem Englischen und dem Deutschen, die von beiden das enthielt, was zu uns paßte und uns gehörte, und wir bereicherten sie mit unserem privaten Wortschatz, den irrwitzigen Sprüngen seiner Phantasie, dem Doppelsinn aus Situationen, die nur wir beide kannten. Unsere Sprache war zärtlich und hintergründig, in ihr konnte man Tränen lachen und vor Rührung weinen und ganze Tage und Nächte reden. Aber sie läßt sich nicht übersetzen, nicht einmal für unsere Tochter. Dreißig Jahre hatten wir gebraucht, um unsere eigene Sprache zu erfinden, aber ich kann sie nicht allein weiter pflegen, sie wird zu einer toten Sprache werden, von der mir nur noch Zitate bleiben, deren Besonderheit niemand verstehen wird. Wer würde es witzig finden, wenn ich seine Sätze wiederholte, die aus der Situation heraus so komisch waren, wer würde mit mir lachen über den Augenblick, als er ein beleibtes, stets fröhliches Ehepaar aus unserem Bekanntenkreis *the tons of fun* nannte, nach dem Titel einer beliebten Fernsehshow, wer sich an Sätzen aus Ilanas Kindheit ergötzen oder sich an Mrs. Fatzfeather, die in Wirklichkeit Heather Williams hieß und Antiquitäten verkaufte, und Miss Twinkletoe, die Wirtstochter an einem See im Salzkammergut erinnern? Was für eine schreckliche Verarmung der Wirklichkeit, wenn niemand mehr sie mit seinen Augen sieht und mit seinen Wortspielen umwirbt.

Was ich nie lernte, war die etwas prüde Umgangssprache der Mittelschicht, das vorsichtige Understatement und die betulichen Umschreibungen, mit denen sie sich selber schonten, besonders in der Konfrontation mit etwas so Skandalösem wie dem Tod. Wir hatten in den letzten Jahren nicht mehr viele gemeinsame Freunde gehabt. Die meisten unserer früheren Bekannten waren Menschen gewesen, mit denen wir Erfahrungen geteilt hatten, Kinder gleichen Alters, Mitgliedschaften in Vereinen und Interessensgruppen, und wenn unsere Wege im Lauf der Zeit auseinandergingen, verloren wir einander aus den Augen. Ich brauchte keine Gesellschaft außer Jerome und Ilana. Es gab ohnehin immer zu wenig Gegenwart, und wir beide lebten in einer anderen Welt als die meisten Menschen unserer Umgebung, an einem dritten Ort, den ich nicht mit Fremden teilen wollte. Ich dachte nicht daran, daß auch ich für sie eine Fremde bleiben würde, wenn es Jerome nicht mehr gäbe. Manchmal hatte ich die Kellnerin beneidet, die im New Yorker, unserem Lieblingsrestaurant, servierte, eine resolute junge Frau, die uns erzählte, ihr Verlobter sei Leuchtturmwächter und im Winter nach einem Schneesturm seien sie völlig von der Welt abgeschnitten, durch tiefe Schneeverwehungen vom Landweg her und vor ihnen die meterhohe Gischt der stürmischen See.

Leslie steht im Kreis seiner Zuhörer und erzählt, wie die Klientin, mit der Jerome in Downtown Boston einen Termin hatte, in der Kanzlei anrief, er sei zusammengebrochen und mit dem Rettungswagen ins Spital gebracht worden, wie er, Leslie, sofort hinfuhr. Ihr müßt wissen, betont er, er hatte ja nicht viele Freunde, die meisten nahmen Anstoß an ihm, wie soll ich sagen, er war kontrovers, er war sehr direkt, sehr unverblümt, und viele fanden seine Witze despektierlich. Er war im Grund ein Stein des Anstoßes für viele. Wir verloren nicht wenige Klienten wegen seiner unkonventionellen Art, mit ihnen umzugehen, aber ich hielt zu ihm, immer, durch Dick und

Dünn oder auf Biegen und Brechen, wie man so schön sagt. Ich jedenfalls war sofort zu Stelle, als die Klientin am Telefon war, ich wußte, was zu tun war, und rief seine Angehörigen an, das war nicht leicht, wer überbringt schon gern schlechte Nachrichten, im alten Hellas wurde der Bote bekanntlich hingerichtet, er kichert, aber ich tat es für ihn, das war ich ihm schuldig.

Leslie steht in meinem Wohnzimmer, als stünde er auf einer Tribüne, im Zentrum der Aufmerksamkeit und deklamiert seinen Monolog, er bläht sich auf und kräht vor Wichtigkeit. Ich wünschte, Jerome könnte ihn so sehen, ihm fiele sicher eine treffende Bemerkung dazu ein.

Warum ignorieren sie mich, bin ich etwa nicht seine Ehefrau? Wir gingen selten miteinander zu Empfängen oder Veranstaltungen, aber sie kannten mich vom Sehen, und es war klar, daß ich nicht bloß seine Freundin war. Wir haben eine erwachsene Tochter. Warum kommt keiner zu mir und sagt: Mein Beileid? Ihr steht in meinem Haus, möchte ich rufen, nehmt mich wahr, bringt mich nicht um das Recht zu trauern!

Warum tun die Leute hier so, als ob ich Luft wäre? frage ich meinen Schwager.

Wach auf, du bist nicht seine Witwe, sagt er, und in seiner Stimme höre ich Spott und eine Spur Ärger. Ihr seid seit fünfzehn Jahren geschieden. Die Leute sind diskret, aber sie wissen nicht, was sie von dir halten sollen, du bist weder Fisch noch Fleisch. Du darfst ihr Vorstellungsvermögen nicht überstrapazieren.

Wir sind seit fünfunddreißig Jahren zusammen, sage ich gekränkt.

Wieso fünfunddreißig? Meiner Berechnung nach waren es zwanzig. Er sieht mich an, als hätte er mich bei einer frechen Lüge ertappt.

Ich schweige, weil er keine Ahnung von uns hat, und daß er keine Ahnung hat, schmerzt mehr als sein Mißtrauen. Ich könnte sagen, daß wir einander versprochen hatten, nicht das Leben des andern statt unseres eigenen zu führen. Trotz der Trennung haben wir jede Minute dieser fünfunddreißig Jahre zueinander gehört, möchte ich beteuern, aber ich schweige, weil ich zu begreifen beginne, daß weder mein Schwager noch die andern Trauergäste meine Ansicht teilen würden. Jerome kann ich nicht als Zeugen anrufen, und vielleicht würde auch er alles ganz anders sehen, vielleicht schlossen seine Träume mich nicht mehr ein. Je älter er geworden war, desto mehr hatte er sich an die Vorstellung geklammert, daß er sein Leben noch einmal von vorn beginnen könnte und diesmal ohne Makel, wenn er nur kühn genug wäre.

Schau, was ich gefunden habe, sagt Harold versöhnlich, und zeigt mir ein altes Gebetbuch, dessen Einband aus getriebenem Silber mit Türkisen und Perlen eingelegt ist, eine wertvolle Handarbeit. Ich schlage es auf, es ist auf Hebräisch und Deutsch, von seiner und Jeromes Mutter.

Nimm, sage ich kleinlaut, nehmt euch, was ihr findet. Dann erst fällt mir ein, daß Ilana kein geringeres Recht auf das Erbe ihrer Großmutter hat als ihre Verwandten.

Er hält es mir hin: Ich habe keinen Sinn für Religiöses. Ein Friedensangebot, das mich beschämt.

Ich möchte, daß du Jeromes Klientin Allison kennenlernst, sie kann dir von seinem Kollaps im Münzengeschäft erzählen. Mit diesen Worten stellt mir Leslie die schlanke Frau im grauen Designerkostüm vor, die den Blumenstrauß geworfen hat. Eine hochgewachsene, dunkelhaarige Frau mit einem ebenmäßigen, scharf geschnittenen Gesicht, herausfordernd und kühl, vor der sich Männer vermutlich nicht gern eine Blöße geben. Sie hat das Va Va Vou, würde Jerome sagen. Sie ist größer als ich, auch er muß zu ihr aufgesehen haben. Er liebte es, mit großen Frauen auszugehen, es gab ihm ein Gefühl von Macht. Ich schaue in ihre dezent geschminkten Augen. Sie war die letzte, die ihn am Leben sah.

Sie berichtet routiniert, bestimmt hat sie die Geschichte schon oft erzählt: wie er sie in Brookline abgeholt hat, er sei unwirsch gewesen, ich habe nicht den ganzen Tag Zeit, habe er gesagt, als sie nach dem Safeschlüssel suchte.

Wie wahr, sinniert Leslie.

In Downtown Boston hätten sie lange einen Parkplatz gesucht und die Münzsammlung aus dem Banksafe geholt, von da seien sie zur Bromfield Road gegangen, zirka drei, vier Häuserblocks, bei zügigem Tempo eine Viertelstunde. Drinnen hätte er den Koffer mit den Münzen auf den Tisch gelegt und noch einen Witz gemacht, bevor er sich an einen Stapel Kartons lehnte und zusammensackte. Der Krankenwagen sei in drei Minuten dort gewesen, es sei alles sehr schnell gegangen. Man habe sie weggedrängt, sie solle nicht im Weg stehen. Auch jetzt ist sie noch aufgekratzt, ein wenig atemlos, fast freudig, weil sie etwas zu berichten hat, das nur sie aus erster Hand weiß.

Sie haben fünfzehn Minuten im Laufschritt zurückgelegt, während er Ihren Koffer schleppte? rufe ich entsetzt.

Sie reckt sich, als wolle sie auf ihre schlanke Figur aufmerksam machen: Wir sind nicht gelaufen, es war ein angenehmer Morgenspaziergang, ich habe eine gute Kondition, aber es war keineswegs anstrengend.

Haben Sie nicht bemerkt, daß er nach Luft rang, haben Sie nicht gesehen, welch große Anstrengung dieser Marsch für ihn war?

Er war zu dick, nicht wahr? Es ist nicht gesund, dick zu sein, er machte einen sehr unsportlichen Eindruck.

Er war vor allem krank, sage ich.

Kurz vor Jeromes Tod war Filene's, das älteste Kaufhaus von Downtown Boston, von Macy's übernommen worden, und der Totalabverkauf hatte begonnen.

Weißt du, daß Filene's zusperrt? fragte ich im Lauf unseres letzten Nachmittags im Public Garden. Ich habe einen wunderschönen Pelzmantel dort gesehen, um achtzig Prozent verbilligt.

Wieviel kostet er jetzt? wollte Jerome wissen.

Noch immer zweitausend.

Dann komm, sagte er, wir sind ja ganz in der Nähe, nur vier, fünf Häuserblocks, es bleibt noch Zeit. Ich kauf ihn dir, jetzt gleich, und nächstes Mal, wenn du wiederkommst, hängt er schon im Schrank.

Ich hielt ihn zurück. Nicht jetzt, es ist mir auch nicht so wichtig.

Wenn ihn schon die paar Schritte vom Hotel zu dieser Parkbank so große Anstrengung gekostet haben, dachte ich, das schafft er nicht, den ganzen Hügel hinauf bis zur Washington Street. Das bringt ihn um, dieses Risiko ist kein Mantel wert.

Vielleicht ist er ja noch da, wenn ich wiederkomme, sagte ich.

Vier Häuserblocks, in zügigem Tempo eine Viertelstunde. Nun war es eine andere gewesen, ich habe ihn nicht davor bewahren können, und sie nahm keine Rücksicht, sie ließ ihn auch noch einen Koffer voll Münzen tragen. Mir ist in diesem Augenblick noch nicht klar, daß sie es ja nicht wissen konnte, ich kann nur denken: Sie hat ihn umgebracht. Und wenn wir doch zu Filene's gegangen wären, und er wäre dort zusammengebrochen, wäre ich dann seine Mörderin?

Ich weiß nicht, ob Allison das Haus verläßt oder sich einer der herumstehenden Gruppen zugesellt. Ich gehe in die Küche und treffe auf Louise, meine Freundin und Rivalin. Sie hatte vor sechzehn Jahren eine Liebesbeziehung mit Jerome gehabt, und danach waren sie Freunde geblieben. Jerome war ein Sammler, er sammelte Münzen, Porzellan, Wein und Frauen, und was er einmal hatte, behielt er, manchmal achtlos auf dem Grund einer Truhe, deren Inhalt er selber nicht mehr kannte. Louise war eine Freundin der Familie geworden, der sich auch Ilana anvertraute, aber sie gab nie die Hoffnung auf, daß er sich eines Tages für sie entscheiden würde.

Im Spital haben sie mich behandelt wie seine nächste Angehörige, erzählt sie gerade, sie waren so fürsorglich und nett zu mir.

Auch sie wiederholt für jeden, der neu hinzukommt, ihren Augenzeugenbericht, wie sie um sein Leben gebangt habe und zugleich darum, daß er nicht als Pflegefall ende wie seine Mutter. Sie erzählt von der Ärztin, die sich bei ihr erkundigte, ob die Familie mit einer Organspende einverstanden sei. Ilana und ich sehen sie entsetzt an.

Du hast doch nicht? Das darfst du doch gar nicht! ruft Ilana.

Seine Hornhaut, er sollte seine Hornhaut spenden, aber dann hieß es, er sei zu alt und krank gewesen, sagt Louise den Tränen nah: seine blauen Augen, seine wunderbaren blauen Augen.

Wie kann man einen Mann geliebt haben und seine Augenfarbe vergessen, frage ich mich.

Er hat graugrün gesprenkelte Augen, genau wie ich, entgegnet Ilana ungeduldig. Sieh mich an, sind meine Augen blau?

Wer gibt dir das Recht, über seinen Körper zu bestimmen? frage ich sie gereizt.

Müssen wir diese Diskussion haben? fragt Louise zurück.

Ich sehe uns wie in einem Film in der Küche sitzen, in der die Reste der letzten Mahlzeit des Toten noch nicht beseitigt sind: Zwei nicht mehr junge Frauen, die beide glauben, einen Anspruch auf ihn zu haben, bebend vor Zorn, am Rand eines Streits über die Frage, wessen Eigentum er ist. Sie war die letzte von uns beiden, die ihn gesehen hat, wenn auch als Toten, das ist ihr Trumpf, den zu bereden sie noch lange nicht müde sein wird. Ist es denn ein so großer Unterschied, ob man die kalte Stirn eines Toten geküßt hat oder nicht? Wiegen fünfunddreißig Jahre nichts dagegen? Wie sehr ich sie um diese letzte Stunde und diesen letzten Kuß beneide. Wie verzweifelt ich wünsche, ich wäre an seinem Totenbett gestanden!

Er ist tot, sage ich, wir brauchen nicht mehr um ihn zu streiten. Er hat niemandem gehört, keiner von uns beiden.

Vor Jahren, als ich sie kennenlernte, klagte sie mir ihr Leid über ihr verpatztes Leben. Ich bin in dem Alter, sagte sie, in dem man seinem Sohn einen Tallit zu seiner Hochzeit schenkt, und mir wurde noch nie, nicht ein einzige Mal ein Heiratsantrag gemacht. Jetzt ist sie in dem Alter, in dem der Enkel, den sie nie haben wird, seine Bar Mizwa feiert. Wäre ich nicht selber so beraubt, könnte ich Mitleid mit ihr haben, wie sie am Küchentisch sitzt, eine übergewichtige Frau Anfang sechzig, die begonnen hat sich gehenzulassen, die Haare glanzlos von zu vielem Färben, die resignierten, bitteren Züge tragen noch immer Spuren ihrer früheren Schönheit. Um so hartnäckiger klammert sie sich an ihre gefälschte Erinnerung. Ich stehe abrupt auf, weil ich den Gedanken nicht ertrage, wie ähnlich wir uns sind.

Aber wohin soll ich mich zurückziehen? Ich kann mich nicht davonstehlen, weil ich hier wohne, und weil ich warten muß, bis sie Kaddisch gesagt haben und die letzten Trauergäste sich von den Angehörigen, zu denen ich in ihrer Wahrnehmung nicht zähle, verabschiedet haben. Jeromes auf Posterformat vergrößertes Foto steht auf dem Weinregal im Wohnzimmer und betrachtet mit sardonischem Grinsen sein Publikum. Und je mehr ich zuhöre, wie sie von ihm erzählen, desto fremder wird er mir. Er war sehr einsam, höre ich eine junge Frau sagen, die sich durch eine Anekdote als Anwältin zu erkennen gab, er hat sein ganzes Leben lang vergeblich nach einer ebenbürtigen Frau gesucht. Bestrafe sie, sage ich mit den Augen zu Jeromes vergrößertem Foto, laß einen Blitz auf sie niederfahren. Laß nicht zu, daß sie mich so behandeln, flehe ich stumm sein Bild an, aber sogar das Gesicht auf dem Poster verschließt sich vor mir. Er gehört den andern, jedem auf eine andere Weise, so wie er sich jedem von ihnen anders dargestellt hat, denn im Grund seines Wesens war er Schauspieler gewesen, das war seine erste und eigentliche Berufung. Er hat diesen Beruf, der ihm bestimmt war, nie ausgeübt, aber eine so starke Begabung ließ sich nicht unterdrücken, sie drängte sich zwischen alles, was er tat, sie ließ ihn mitreißende Plädoyers im Gerichtssaal halten und als Verführer unwiderstehlich sein. Er brauchte ein Publikum, das er verzaubern und fesseln konnte, das machte ihn glücklich. Noch mit dem letzten Atemzug, bevor er bewußtlos zusammenbrach, hielt er es für notwendig, die anderen mit einem Witz zu unterhalten.

Aber anstatt ihn noch einmal, vielleicht das letzte Mal in den Mittelpunkt zu stellen, redet jeder von ihm mit diesem selbstgefälligen Besitzanspruch, der nur dem Sprecher selber einen zusätzlichen Glanz verleiht. Jeder der Anwesenden, die ihn kannten, scheint das Gefühl zu brauchen, ihm besonders nah gestanden zu sein. Außer Ilana. Sie hat schweigend eine Collage von Fotos in einer Ecke des Wohnzimmers aufgebaut. Seit sie vom Spital hierherkam, muß sie in den zahllosen Schachteln und Alben die Fotos ihres Vaters ausgesucht haben, die sie am meisten liebt: Jerome und sie beim Entenfüttern an einem winterlichen Teich, und auf jedem Zweig im Vordergrund häuft sich eine schmale, luftige Schicht Schnee. Das Foto, auf dem er mit ihr als Zweijähriger auf den Schultern über den Strand trabt und sie sich an seinen Ohren festhält, weil er sich in diesem Sommer die Haare ganz kurz hatte schneiden lassen. Sie waren damals noch schwarz, jedes Haar ein an der Spitze gekrümmtes Häkchen, er hatte mir zuliebe gerade zwanzig Kilo abgenommen, und wir machten Späße über Ilanas schlankes Pferd mit seinem Persianerfell. Auf einem anderen Foto sieht man sie zwischen blühenden Bäumen, Jerome trägt ihren kleinen Anorak unterm Arm, und Ilana zerrt an seiner Hand und deutet auf etwas außerhalb des Bildes, auf das sie mit begeisterter Entschlossenheit zustrebt, die Kraft ihres kleinen Körpers, gegen die er sich stemmt, um nicht mitgerissen zu werden, gibt ihnen den Anschein, als wehe ein Windstoß sie den Weg entlang. Er ist so jung auf diesem Foto mit seinen Locken, die ihm ins Gesicht fallen und dem Ausdruck selbstvergessener Konzentration auf das unsichtbare, kindliche Ziel seiner Tochter. Ein Foto zeigt Ilana im schwarzen Talar nach der Graduierungszeremonie, den stolzen Vater an ihrer Seite, da war er bereits weißhaarig, aber er bestand weiterhin auf der Bezeichnung *meliert, salt and pepper,* als könnte er damit Tatsachen korrigieren. Aber sie hat auch Fotos ausgesucht, die mir wehtun, von ihr mit Jerome und Louise auf dem Parkplatz vor einem Restaurant, es ist Sommer, die beiden Frauen sind zurechtgemacht wie für eine Feier und sie stehen als Familie beisammen, und alle drei lachen glücklich in die Kamera. Andere Fotos zeigen Jerome bei Parties, Frauen küssen ihn von rechts und links auf die Wangen, Jerome mit erhobenem Weinglas in seiner Siegerpose, Jerome an einem Tisch im Gespräch. Manche dieser Fotos sind ohne Zeit und ohne Ort, sie sagen mir nichts, und ich weiß nicht, wie nahe ihm die Menschen auf ihnen waren, vielleicht stehen sie zufällig nebeneinander, für einen kurzen Augenblick, und nur auf dem Foto sind sie für eine Ewigkeit zusammen. Wer ist die Frau mit den hüftlangen Haaren, die sich lachend an Jerome schmiegt? Es ist etwas Unwirkliches, Bedrückendes und gleichzeitig folgenlos Zufälliges an diesen Fotos.

Solange wir uns in Liebe an ihn erinnern, ist er nicht tot, hat Ilana als Motto auf den oberen Rand ihrer Collage geschrieben. Sie braucht niemandem beteuern, wie sehr er sie geliebt hat, und sie braucht sich nicht zu fragen, ob ihm die anderen Personen auf diesen Fotos mehr bedeutet haben, sie ist die einzige, die nicht den geringsten Zweifel an seiner Liebe hegen muß. *Ein* Foto hat sie auf der Collage nicht mehr untergebracht und in einen separaten Rahmen gesteckt, es ist ein Schnappschuß, aber es erscheint fast wie ein Doppelporträt und muß eine der letzten Aufnahmen von Jerome sein. Darauf sitzen sie beide nebeneinander auf einer unsichtbaren Mauer, hinter ihnen liegt hell und dunstig die mittägliche Bucht und in der Ferne kann man die blauen Bürotürme von Downtown Boston erkennen. Ilana blickt mit ihrem verschmitzten Grübchenlächeln und einer gelösten Heiterkeit zu Boden, aber als ich Jerome näher betrachte, erschrecke ich vor den Spuren des nahen Todes in seinem Gesicht. Er sitzt zusammengesunken da, als reiche seine Kraft nicht aus, den Körper aufrecht zu halten, die Gesichtzüge zerfließen in einer hilflosen Müdigkeit, und sein stumpfer Blick sagt ohne Lächeln: Laßt mich in Ruhe, ich kann nicht mehr. Warum haben wir uns bloß seine Fotos der letzten Monate nicht genauer angesehen, wenn wir schon an ihm selber keine Veränderung erkennen konnten?

Ich höre Leslie sein unermüdliches Glaubensbekenntnis an seine eigene Wichtigkeit intonieren: Louise und ich waren als einzige an seinem Totenbett zugegen und durften seiner Tochter Trost und Stütze sein.

Schick ihn weg, sage ich zu Jeromes Foto, schick sie alle weg. Wenn die Gäste bis auf den letzten gegangen sind, denke ich, werde ich ihm alles erzählen, was er versäumt hat, und kein Detail auslassen, schließlich geht es um ihn. Wir werden jeden Besucher einzeln kommentieren, und am Ende werden wir verstehen, warum ihr Selbstbild durch seinen Tod so heftig erschüttert wird. Ich fühle mich wie seine Stellvertreterin, die ihnen keine Lüge durchgehen lassen darf. Wenn du wüßtest, denke ich und starre Leslie feindselig an, was uns zu dir alles einfallen würde, und ich stelle mir Louises Gesicht vor, wenn ich ihr sagte, daß Jerome sie manchmal Lady Nilpferd oder Gräfin Zeppelin genannt hatte.

Herb ist nicht hier, fällt mir plötzlich auf, er war auch nicht beim Begräbnis, sein bester, ältester Freund seit ihrer gemeinsamen Schulzeit. Sie waren schon in der Highschool unzertrennlich gewesen, hatten beide Jura studiert und sich ein Studentenzimmer geteilt. Herb galt als Genie, bis zu dem Skandal, als er den Richter beschimpfte und einen Zeugen am Kragen packte und schüttelte. Posttraumatisches Streßsyndrom lautete die psychiatrische Diagnose, aber es blieb unklar, von welchem Streß die Rede war. Er zog sich zurück, auch von Jerome, als gäbe er ihm die Schuld für seinen Sturz vom Staranwalt zum Supermarktgehilfen, der an der Kassa eines Vorstadtsupermarkts die braunen Papiersäcke mit Lebensmitteln füllte. Er hatte mich nie gemocht, ich sei selbstsüchtig, auf meine Freiheit bedacht, ich käme und ginge, wie es mir beliebte. Aus seiner Sicht hatte er recht. Er war mir aus dem Weg gegangen, und ich war erleichtert gewesen, als der störende Einflüsterer aus Jeromes Leben verschwunden war. Aber sein Verschwinden beraubte Jerome der lebendigen Gegenwart seiner Jugend, sie hatten miteinander so ausgelassen sein können, auch sie hatten ihre Privatsprache und eine Vertrautheit, wie sie nur aus fünfzig Jahren Freundschaft wachsen kann. Manchmal stand Jerome neben dem Telefon, ich fing seinen verletzten, verständnislosen Blick auf und wußte, er hatte wieder vergeblich angerufen. Herb nahm seine Anrufe nicht mehr an, er hob nicht ab und Jerome hatte aufgegeben, Nachrichten zu hinterlassen. Er war überzeugt, Herbs Schweigen müsse auf einem Mißverständnis beruhen, eine lebenslange Freundschaft könne nicht so einfach ohne Erklärung zu Ende gehen. Vielleicht schämt Herb sich, mutmaßte ich, aber das konnte Jerome sich nicht vorstellen, daß jemand, den er als Zehnjährigen gekannt hatte, dessen Zeuge aller Streiche und Peinlichkeiten seit der Pubertät er gewesen war, sich vor ihm schämen konnte. Er war nicht einmal bei deinem Begräbnis, möchte ich Jerome sagen. So vieles ist geschehen, das ich mit ihm besprechen möchte, auch daß das postergroße Foto von ihm mir überhaupt nicht gefällt. So stehe ich am Rand der Trauergesellschaft und rede mit ihm, den sie im Lauf des Nachmittags allmählich vergessen, und drifte immer weiter von ihnen weg.

Erst, als es bereits dunkel wird, stürmt Peter herein, außer Atem, erhitzt und dampfend vor Nässe, und ich bin sofort grundlos erleichtert. Komm ich zu spät fürs Kaddisch? fragt er statt einer Begrüßung. Ich bedanke mich dafür, daß er das Grab fast ohne Hilfe zugeschaufelt hat. Es war eine Mizwa, sagt er herzlich und wendet sich an die andern Gäste.

Bevor wir jetzt dann Mincha beten, möchte ich noch etwas sagen, verkündet er, und alle schweigen und schauen zu uns her. Nur Ilana zieht sich in die Küche zurück. Ich bin wegen Jerome gekommen, sagt er, weil er wie ein Vater zu mir war. Als ich aus Virginia in den Norden kam, erzählt er, fühlte ich mich hier sehr fremd, ich war total verloren, das ganze Jurastudium war ein Irrtum. Ich hatte eine richtige Krise. Damals unterrichtete Jerome einen Abendkurs an der juridischen Fakultät der Boston University. Ich mußte ein Referat halten und war nicht vorbereitet. Vermutlich wollte ich auffallen, ich war noch ziemlich unreif, aber ich spielte damals ernsthaft mit dem Gedanken, mich umzubringen, jedenfalls habe ich einen Selbstmord inszeniert. Ich hatte eine Rasierklinge, und im Ärmel hatte ich einen Farbbeutel, den ich im richtigen Augenblick anritzen wollte. Er demonstriert seine Tat, indem er eine fiktive Klinge zückt und seinen linken Ärmel vom Handgelenk zurückschiebt. Aber es gelang mir nicht, sagt er mit einem bedauernden Grinsen, und ich schnitt mir statt dessen tatsächlich ins Handgelenk. Es war eine ziemlich blutige Angelegenheit, aber Jerome geriet nicht aus der Fassung, er entließ die Klasse und fuhr mit mir ins Spital und wartete, bis ich verarztet war. Von da an nahm er sich viel Zeit für mich, auch daß ich Drehbuchautor geworden bin, verdanke ich ihm, ohne ihn wäre ich vermutlich gar nicht mehr am Leben, er war mein bester Freund. Plötzlich weiß ich, was mir an Leslies Behauptung, er sei Jeromes bester Freund gewesen, so anmaßend erschienen war. Peter ging nicht davon aus, daß Jerome außer ihm keine Freunde gehabt habe, er trauert lediglich um seinen eigenen besten Freund.

Nun kann er nicht mehr weiterreden, er wendet sich ab und weint hemmungslos, und wir drängen uns um ihn und umarmen ihn, sogar die gehemmte Emily hat Tränen in den Augen. Er hat es sich als einziger erlaubt, seine Gefühle zu zeigen und seine Trauer auszusprechen, und wir sind ihm dankbar. Die angespannte Atmosphäre des ganzen Nachmittags hat sich aufgelöst, und die Erleichterung, die sein Gefühlsausbruch bewirkt hat, versöhnt uns. Auf einmal sind wir fast eine Trauergemeinschaft, und Peter steht im Mittelpunkt und verdrängt Jeromes selbsternannte beste Freunde. Nur meine Tochter bleibt verschwunden. Ich kann sie trotz meiner Aufwallung von Zuneigung gut verstehen. Peter eignet sich besser zum Schwiegersohn als zum Lebenspartner.

Die Männer sagen Kaddisch. Sie stehen um die hohe Kerze, das Seelenlicht, das Ilana angezündet hat, als wir nach Hause kamen. Es wird eine Woche lang immer tiefer in das blaue Glas hinunterbrennen. Was war es, frage ich mich, das Peter, dieser liebenswürdige Chaot, den meine Tochter nicht mehr will, durch sein Erscheinen verändert hat? Etwas, das an Jerome erinnert, sein Talent als Entertainer, seine Offenheit, daß er in dieser auf Zurückhaltung bedachten Gesellschaft keine Scheu vor Gefühlen hat, und auch seine vertrauensvolle Arglosigkeit. Ich sehe ihn an, wie er mit den anderen Kaddisch sagt, mit seinen wilden Locken und den ein wenig zu vollen Lippen, trotz seiner fast vierzig Jahre das Gesicht eines rebellischen Jünglings. Er erinnert mich an Jerome, als seine Haare noch dunkel waren und seine Augen noch vor boshaftem Übermut sprühen konnten, er gleicht ihm auch in der kindlichen Überzeugung, daß man ihn einfach lieben müsse.

Von Peter muß ich dir erzählen, sage ich zu Jeromes Foto, wie er von dir gesprochen hat, mit so viel Liebe, das wird dich freuen, aber jetzt verstehe ich auch, warum er für Ilana nicht der Richtige war. Er wird immer ein Kind bleiben, das einen Vater sucht.

*

Es ist halb elf, und ich habe nun drei Tage und zwei Nächte nicht geschlafen. Ich sehe die Trauergäste gestochen klar in einem eisigen Licht an uns vorbeidefilieren, uns im Flur die Hände schütteln, ich sehe, wie sie sich um bedeutsame Abschiedssätze und einen ernsten, mitfühlenden Gesichtsausdruck bemühen, nicht unseretwegen, sondern um sich selber zu beweisen, daß sie in jeder Situation eine gute Figur machen. Ich kenne die meisten von ihnen auch nach den endlosen Stunden, die wir zusammen verbracht haben, nicht, aber jeder von ihnen hat zweifellos Erfahrungen auf allen möglichen Gebieten, sie haben angesehene Berufe, sie führen Ehen, haben Kinder erzogen, Häuser gekauft und eingerichtet, sie schließen Verträge ab, finden bei Empfängen und Dinnerparties die richtigen unverbindlichen Sätze, können geläufig zu Festtagen einen Toast ausbringen und gute Laune verbreiten. Warum sind sie so schlecht vorbereitet, wenn jemand in ihrer Umgebung stirbt? Ich weiß nicht mehr, wer diese Menschen sind, selbst jene, die ich seit Jahren kenne. Sie sind mir so fremd, als wäre ich gerade erst in diesem Land angekommen, und ich ahne jetzt schon, daß nach der Trauerwoche mein Adreßbuch voller unbrauchbarer Namen sein wird.

Ruth, eine energische kleine Frau in meinem Alter mit erwachsenen Kindern, die ich aus der Zeit kenne, in der wir regelmäßig die Schabbat-Gottesdienste ihrer reformierten Gemeinde besuchten, ist die letzte, die sich spät am Abend verabschiedet. Sie bleibt lange vor mir stehen und sieht mich mit besorgtem Lächeln an, während sich das Wohnzimmer leert und Menschen, die sich kaum kennen, angedeutete Küsse aneinander vorbeihauchen. Ich kann euch doch nicht allein hier zurücklassen, sagt sie.

Doch, doch, sage ich schnell und denke, bitte geht endlich, damit ich zu mir selber zurückkehren kann, zu uns, auch wenn Jerome nicht da ist, vielleicht kann ich ihn spüren, wenn es hier wieder still wird. Es ist, als wäre mein Immunsystem, das mich vor allzu großer menschlicher Nähe schützt, zusammengebrochen.

Dann sind nur noch wir beide im Haus, Ilana und ich. Sie hat sich für die Trauerwoche in ihrem Zimmer eingerichtet. Wir sitzen noch eine Weile inmitten der Überreste des Gelages, stellen die Teller und Schüsseln zusammen und bleiben verwirrt mitten im Zimmer stehen. Ununterbrochen gehen die Zusammenhänge zwischen den Handlungsabläufen verloren. Die Dinge sind sperrig und weigern sich, ihre Bedeutung preiszugeben, wir wissen nicht mehr, wo sie hingehören.

Es ist am besten, wir gehen ins Bett, schlage ich vor.

Du siehst schlecht aus, sagt Ilana. War es ein sehr schlimmer Tag für dich?

Ich glaube schon, aber ich kann im Augenblick nicht klar denken, erwidere ich. Ich fürchte mich vor der Trauerwoche, ich fürchte mich vor diesen Menschen, sie sehen einen Eindringling in mir, eine, die sich als Witwe aufspielt und nicht einmal ein Recht hat, hier zu sein und um ihn zu trauern.

Du wirst die meisten von ihnen nach der Schiwa-Woche nie mehr wiedersehen, sagt sie, du mußt dich nur hüten, ihre

Meinung in dich eindringen zu lassen. Sie sind auf eine andere Art und Weise vom Tod überfordert als wir, laß sie in Ruhe, spiel die Dame, ich weiß, das fällt dir schwer.

Sie war schon als Kind vernünftiger und pragmatischer gewesen, als es mir jemals gelingen wird. Ich hatte mich immer gewundert, wie leicht sie sich abfand, wenn sie etwas nicht bekommen konnte. Dann eben ein anderes Spielzeug, ein anderes Vergnügen, ein anderer Weg, der sich oft als der bessere herausstellte. Es war leicht gewesen, sie zu erziehen, sie war fast wie von selber groß geworden, und sie hatte früh begonnen, die Schwächen ihrer Eltern mit Nachsicht zu betrachten. Habt ihr beide gerade eine Midlifekrise? hatte sie gefragt, als wir uns trennten. Damals war sie siebzehn und hatte eben die Highschool abgeschlossen. Sie war ein kluges Mädchen, das Geselligkeit liebte, ihrer Herzlichkeit und ihrem Lächeln mit den Wangengrübchen konnte niemand widerstehen. Das Schauspielertalent ihres Vaters, dem immer auch ein wenig Geltungssucht beigemischt war, die Erwartung, dafür geliebt zu werden, hat bei ihr eine andere Richtung eingeschlagen. Sie muß nicht als Star im Mittelpunkt stehen, aber sie sehnt sich nach Leichtigkeit und Harmonie, und wie sie zu ihrer Freude herausfand, besitzt sie die Gabe, die Menschen zu bezaubern. Trotzdem hat sie, wie Jerome, eine verborgene, dunkle Seite, die Einsamkeit braucht und Phasen scheinbar grundloser Traurigkeit mit sich bringt. In solchen Zeiten zieht sie sich zurück. Das Lernen war ihr immer leichtgefallen, sie hatte unter mehreren Eliteuniversitäten wählen können und sich für Yale entschieden und dort Theaterwissenschaft, Regie und danach vergleichende Literaturwissenschaft studiert. Jerome hatte keine Kosten gescheut, um ihr die beste Ausbildung zu bezahlen, aber für die großen Erfolge war sie nie ehrgeizig genug gewesen, denn sie erwartet vom Leben vor allem, daß sie sich nicht langweilt und daß sie am Ende jeden Tages eine wichtige Erfahrung gemacht hat. Mit ihren einunddreißig Jahren hat sie schon einige Jobs aufgegeben, an denen andere mit allen Kräften festgehalten hätten, sie hat eine ihren Eltern unbekannte Dunkelziffer von Beziehungen gehabt und wieder aufgelöst, nicht nur mit Peter, den wir mochten, sondern auch mit Männern, deren Erscheinung und Ansichten uns mit Besorgnis erfüllt hatten. Jerome ertrug es nicht, wenn jemand sein Kind nicht wie eine Göttin verehrte. Jeromes Tochter braucht sich das nicht gefallen lassen, hämmerte er ihr ein, zornig über seine Ohnmacht, wenn sie mit unglücklichem Gesicht herumschlich und auf den Anruf irgendeines unwürdigen Jünglings wartete. Schade, daß man sich nicht mehr duellieren darf, rief er, wenn einer sie gekränkt hatte. Er ist nicht wert, dir die Schuhe zu binden, war sein abschließendes Urteil über alle, die sie uns vorstellte, alle außer Peter. Vielleicht hatte sie Peter nur gewählt, damit ihr Vater einmal etwas Gutes über einen ihrer Freunde zu sagen hatte. Sie ist das Wertvollste, das er zurückgelassen hat. Auf einmal ist sie in meiner Wahrnehmung nicht mehr ein eigenständiger Mensch, erwachsen, unabhängig, und unter anderen Eigenschaften auch meine Tochter, sondern vor allem unser gemeinsames Kind, er und ich und unsere aus ganz Europa und dem vorderen Orient zusammengewürfelten Vorfahren, all ihre Eigenschaften und Charakterzüge in dieser jungen Frau vereint. Ich suche in jeder ihrer Gesten, in jedem Wort nach einem Echo von Jerome und nehme alles, was sie sagt, mit Zustimmung, beinah mit Ehrfurcht an. Wenn er sich mir mitteilt, dann am offensichtlichsten durch unser Kind. Die Vorstellung, daß wir durch einen Liebesakt der Welt einen

Menschen hinzugefügt haben, erscheint mir überwältigend, ebenso unfaßbar wie die Welt wieder verlassen zu müssen und nur einen Bruchteil von dem gesehen und erfahren zu haben, was sie enthält.

Hat er sich von dir auch nicht verabschiedet? fragt sie unvermittelt.

Aber er hat es doch nicht ahnen können, wende ich ein.

Ich meine nicht vorher, sondern – sie zögert, sucht nach Worten – im Augenblick des Todes.

Ich weiß genau, wovon sie spricht, auch ich habe denselben Gedanken gehabt und ihn als Aberglauben weggeschoben, aber er ist hartnäckig und läßt sich nicht verdrängen, weil ich zu viele Geschichten von Menschen gehört habe, die über große Entfernungen hinweg spürten, es einfach wußten, wenn jemand starb, mit dem sie eng verbunden waren.

Nein, sage ich, als er starb, war es bei mir ungefähr halb neun Uhr abends, ich war bei einer Freundin zu Besuch, wir hatten gegessen, die Teller standen noch auf dem Tisch, und wir redeten über Beziehungen und Treue. Ich erinnere mich noch sehr genau an dieses Gespräch. Ich behauptete, Liebe hinge zwar nicht davon ab, ob der andere treu sei, aber es hinge von gegenseitiger Treue ab, ob es eine schmerzliche oder eine glückliche Liebe sei.

Dann hast du in der Sekunde seines Todes also doch über euch beide geredet, sagt Ilana, und ich habe nicht einmal entfernt an ihn gedacht, es war ein Tag wie jeder andere, bis Leslie anrief, da kam ich gerade von der Mittagspause ins Institut zurück und sagte zur Sekretärin, es sei viel zu heiß für Anfang Mai. Und als der nächste Regen kam, war er nicht mehr am Leben, sagt sie leise.

Wie ich streckt sie Hände und Verstand aus nach einer letzten Verbindung, und sei sie noch so ungreifbar, um die Endgültigkeit ein wenig erträglicher zu machen, um mit irgendeinem Trick an die Rückseite der Mauer zu gelangen, die der Tod ist. Wir können nicht aufhören, uns die letzten Minuten seines Lebens vorzustellen, immer wieder kreisen wir um den Augenblick im Münzengeschäft, als er die Augen schloß. Was dachte er, an wen dachte er?

Sein letzter Gedanke, wenn es ihn gab, warst ganz sicher du, tröste ich sie, niemanden hat er mehr geliebt als dich.

Aber wann *ist* der letzte Gedanke? beharrt Ilana, was bedeutet es, wenn sie sagen, das Auge bricht? Das Auge bricht nicht, die Pupillen weiten sich, sie werden starr und schwarz, weil sie auf Licht nicht mehr reagieren. Ist das der Augenblick des Todes? Und was geschieht mit der Seele? Oder war er am Ende nur mehr ein in Aufruhr geratener Organismus, in dem es vor Kurzschlüssen zuckte und blitzte? Verlischt auch die Seele mit dem letzten Atemzug, wenn die Kurve auf den Monitoren flach wird und in einer waagrechten Linie ausläuft, wenn das Herz stillsteht, wenn alle Geräte ausgeschaltet werden und die Ärzte vom Bett zurücktreten? Als er da lag, bis zum Kinn zugedeckt, bereits erkaltend, und ich an seinem Bett stand und das Sch'ma Jisrael für ihn sagte, hätte ich gern gerufen: Bist du noch da, wo bist du? Schwebte da der letzte Rest seines Bewußtseins im Raum, über seinem Körper, und schaute auf mich herunter? Oder sind das nur kollektive Bilder, die für Erfahrungen bereitstehen, für die wir keine Worte haben? Gibt es überhaupt einen Zugang zum Tod, einen Weg, sich ihm zu nähern, der nicht von den Geschichten über den Tod verstellt ist?

Bis zum Morgengrauen gehen wir auf dem winzigen Quadrat von zwei Stunden Agonie im Kreis, um etwas zu begreifen, was nicht zu begreifen ist: wie er das Geschäft betritt, wie er etwas sagt, das die Leute zum Lachen bringt, die Augen schließt, und dann die Dunkelheit. Noch wissen wir nicht die genaue Uhrzeit, die in der Todesurkunde stehen wird, aber wir können uns nicht von dieser Szene lösen, als gäbe es irgendwo in der unerbittlichen Aufeinanderfolge von Sekunden die eine, an der man den Tod zur Umkehr hätte zwingen können. Wo war *er*, das, was ihn ausmachte, unabhängig von seinen Körperfunktionen, zwischen dem Moment, in dem er die Augen schloß und bewußtlos wurde, die Sanitäter ihn in den Krankenwagen schoben, die Ärzte zwei Stunden lang versuchten, ihn wiederzubeleben – und dem Eintritt des Todes? Und auch danach noch, sagt Ilana, als ich sein Gesicht küßte.

Wir holen aus, gehen an den Anfang des Tages zurück, als der Wecker läutete, als er duschte, sich anzog, frühstückte, ins Auto stieg und nach Brookline fuhr, mit einem Umweg zu Charyl Ann's, der Bäckerei, in der es die beste Challah mit Rosinen in ganz Boston gibt, denn Ilana kam meistens zum Schabbat Dinner nach Hause, und weiter, als er an Allisons Wohnungstür läutete und ungeduldig wurde, weil sie einen Schlüssel nicht finden konnte, da blieben ihm noch vier Stunden Leben. Ein schöner Tod, hörten wir im Lauf des Nachmittags von unseren Gästen, als müßten wir uns dadurch getröstet fühlen. Ein schöner Tod ist in den Augen der Menschen offenbar einer, den man nicht ahnt, wenn er schon über einem steht, ein aus dem Hinterhalt gezielt geführter Schlag, so präzis, daß dem Opfer keine Zeit mehr für den Gedanken bleibt: Jetzt ist es zu Ende.

Jedes Tier spürt seinen herannahendem Tod, und er hat nichts davon gewußt, sagt Ilana.

Das glaube ich nicht, widerspreche ich. Im nachhinein

kommt es mir so vor, als wäre er in den letzten Wochen anders als früher gewesen, es war nicht deutlich und konkret genug, um ihn danach zu fragen, aber da war eine leise, resignierte Trauer, etwas wie Bedauern, vielleicht eine Ahnung, die der Tod vorausschickte, eine tiefe Müdigkeit, die ich auf den Fotos des letzten Jahres erkenne. Aber ich kann seine Veränderung noch nicht genau benennen, außer daß er geduldiger geworden war und genauer zuhörte. Wir redeten manchmal über die unversöhnten Kränkungen von früher, und er wehrte meine Versuche, unsere Zerwürfnisse und Unversöhnlichkeiten zu deuten, vielleicht durch Erklärungen zu bereinigen, nicht mehr ironisch oder zornig ab, er hörte zu und sagte leise: Das habe ich nicht gewußt, so habe ich es noch nie gesehen. Öfter als früher fragte er, wenn ich mit den Gedanken woanders war: Bist du wütend auf mich? Kleinigkeiten, aber sie waren neu.

Der letzte Pessach-Seder, sage ich, erinnerst du dich? Es war unser schönster. Wir waren nur zu dritt.

Er leitete den Seder auf Englisch, und Ilana las den hebräischen Text. Er übersprang nichts und machte keine Späße, er war mit ungeteilter Aufmerksamkeit auf den Augenblick konzentriert, und nicht wie früher, wie sein ganzes Leben lang, mit seiner Sehnsucht woanders. Als habe er begriffen, daß das Glück da sein konnte, wo er war, und daß er nur ein wenig stillhalten mußte. Vielleicht war das der Anfang von ein bißchen Weisheit. Der Seder war auf einen Donnerstag gefallen, und am Wochenende fuhren wir zum erstenmal nach dem Winter nach Cape Cod, um die Sturmschäden an dem Haus, von dem uns ein Viertel gehörte, zu begutachten. Ich entriegelte die Fensterläden, lüftete die Räume, versuchte das Fliegengitter vor der Verandatür zurechtzubiegen, das der Sturm zerbeult hatte, während Jerome erschöpft auf den Hausstufen saß und sich von dem kurzen Weg über den Strand erholte. Wir hatten umkehren müssen, er war oft stehengeblieben, um nach Atem zu ringen. Es ist die Lungenentzündung vom Winter, sagte er und sah mich wie um Vergebung bittend an, ich weiß, wie gern du am Strand spazierengehst, aber ich werde alt, meine Liebe, es geht gegen Ne'ila. Das Schlußgebet am Versöhnungstag war ihm eingefallen, das die ganze Ambivalenz des Endes eines langen Fasttages enthält, die Erleichterung und die Angst, daß es bald zu spät und das Buch des Lebens endgültig zugeklappt sein wird.

Wir reden Stunde um Stunde im Kreis, zwingen unsere Gedanken wie Messer in den unsichtbaren Spalt des Übergangs zwischen Leben und Tod. Was ich Ilana gegenüber nicht erwähne, ist die Frage, die mich seit der Todesnachricht nicht mehr losläßt. Es heißt, daß im Augenblick des Todes das ganze Leben wie ein Film vorüberzieht, aber welche Bilder waren es, und was ist das ganze Leben? War es nicht viel eher ein schillerndes Chaos, in dem jeder Augenblick sich an den Kanten seiner Möglichkeiten brach, keine Spur von Auswahlprinzip oder von Ordnung? War es nicht eher der Einbruch der Dunkelheit mitten am Tag, als drehe eine große Hand an einem Dimmer, bis das Bewußtsein sich in Schwärze auflöst? Und wenn es doch Bilder waren? Welchen Platz hatte ich in dieser Bilderfolge, und waren sie von Ressentiment gefärbt oder von Bedauern, vielleicht schon von einer jenseitigen Erkenntnis erhellt, wie alles hätte sein können und daß es trotz allem, vom Ende her betrachtet, für ein Leben miteinander ausgereicht hat? Was hast du erkannt? möchte ich ihn fragen, komm nach Hause, und erzähl es mir.

Ich habe es mir vorzustellen versucht, erzählt Ilana, wie es ist zu sterben, die Augen zu schließen, und der Boden rutscht unter den Füßen weg, es wird Nacht hinter den Augenlidern, das ist ja alles noch wie einschlafen. Und dann ist nichts mehr. Aber der letzte Augenblick davor? Gab es diesen Augenblick davor oder ging die Bewußtlosigkeit bruchlos in den Tod über? Fiel der Tod hinterrücks über ihn her oder ist Sterben etwas, wozu man am Ende seine Zustimmung gibt?

Das Ende des körperlichen Begehrens fiel so nah mit dem Ende seines Lebens zusammen, daß ich mich des Gedankens nicht erwehren kann, es sei ein Aufgeben gewesen, profund und endgültig. Als hätte er hinter seinem eigenen Rücken beschlossen, daß es genug sei, daß es nun nichts mehr zu erobern gab und daß er mit Resignation und ein wenig Erleichterung auch das Leben loslassen konnte. Ein Satz blieb in meinem Gedächtnis haften, der mich damals kränkte, weil er mich so selbstverständlich aus seinem Leben ausschloß, er kam ganz unvermittelt, ohne weitere Erklärung: Ich bin zu alt, sagte er, als daß irgend jemandem meine Gesellschaft angenehm wäre, und ich nahm an, daß irgend jemand eine bestimmte Frau war. Das stimmt nicht, sagte ich, mit niemandem kann ich reden wie mit dir, stundenlang, ohne eine einzige Minute der Langeweile. Ja, kann schon sein, sagte er gleichgültig. Trotzdem hatte er nicht aufgehört, in die Zukunft hineinzuträumen, ein längerer Aufenthalt im Ausland zum Beispiel, er dachte, im Ausland würde er wieder gehen können, ohne nach wenigen Schritten nach Luft ringen zu müssen, und er glaubte, eine junge Frau, selbst wenn er sich mit ihr nicht unterhalten konnte, weil er ihre und sie seine Sprache gar nicht oder nur mangelhaft verstand, würde ihm die verlorene Lust am Leben zurückgeben.

Alle Toten, die ich kannte, sind mit einer uneingelösten Hoffnung gestorben, sage ich zu Ilana und denke an meine jung verstorbene Mutter, an einen alten Freund, einen Maler, der bis zum Ende seines Lebens auf den künstlerischen Durchbruch hoffte, da war immer etwas, was sie nicht hatten vollbringen können, und nur die Menschen, die ihnen nahe gestanden waren, erinnerten sich noch eine Weile an die ungeborenen Kinder ihrer Phantasie. Es scheint, als gäbe es für jeden eine begrenzte Anzahl von Möglichkeiten, von Erfahrungen, die er machen kann, und wenn die ausgeschöpft sind, tritt der Tod ein oder ein Stillstand, der zum Tod führt. Manche kommen früher an diesen Punkt, sage ich zu Ilana, und für andere reichen die Dinge, die darauf gewartet haben, sich zu entfalten, ein ganzes, langes Leben, wie für deinen Großvater, der noch mit neunzig Jahren junge Bäume pflanzt. Aber wenn dieser Punkt erreicht ist, hilft keine noch so große Anstrengung mehr.

Eine gewagte These, sagt Ilana kühl.

Ich hatte im letzten Jahr eine undeutliche Ahnung, daß etwas zu Ende ging. Ich dachte, es sei nun an der Zeit, endgültig nach Amerika zurückzukehren und mein bisheriges Wanderleben zu beenden. Aber ich kam mit meinen Plänen für die Zukunft nicht vom Fleck, ich spürte nur, daß es ganz anders weitergehen mußte als bisher, anders, als ich es mir vorstellen konnte. Das letzte Jahr war ein Leben mit angehaltenem Atem vor dem gewesen, was schon ganz nah und noch verborgen war. Jetzt ist dieses Gefühl weg, denn, wie Leslie sagte, das Schlimmste ist eingetreten.

Während wir im Wohnzimmer sitzen und unsere Gesichter sich in der großen Fensterwand zum Fluß hin spiegeln, haben Ilanas Züge sich allmählich verändert, und etwas bisher unsichtbar Gebliebenes tritt hervor, etwas, das mich überrascht und erschreckt, als betrachte ich sie auf einem alten braunstichigen Foto, wie sie vielleicht in dreißig, vierzig Jahren aussehen wird. Eine schmale Frau mit feinen, ein wenig mürben Zügen, mit tiefen Schatten um die Augen und schweren, müden Lidern, vom Leben mit Erfahrungen gezeichnet, die sie noch nicht gemacht hat. Wir sind beide erschöpft und müde und gleichzeitig kommt es mir vor, als sei mein Kopf aus dünnem Glas und könnte bei der geringsten Erschütterung zerspringen. Draußen, über dem Charles River, kann man bereits die Grauschattierungen der frühen Morgendämmerung erahnen, als wir zu Bett gehen. Von meinem provisorisch hergerichteten Lager im Arbeitszimmer sehe ich Nebelschleier über dem Fluß wie Dampf aus einem Bad aufsteigen, ich sehe die verwaschenen Umrisse der Uferbüsche aus der Dunkelheit hervortreten, aber dann muß ich doch eingeschlafen sein, denn ich wache von der Erinnerung an das Klingeln des Telefons auf.

*

Ab Mittag, hieß es, seien jederzeit Gäste zu erwarten, und es gibt keine Möglichkeit, mich zu verkriechen und so zu tun, als wäre ich nicht da, einen Zettel an die Tür zu heften, ich sei ausgegangen. Es ist meine Pflicht, in der Schiwa-Woche zu Hause zu sein und alle zu empfangen, die kommen, um uns zu trösten. Schiwa ist Open House, und die Gäste poltern herein, ohne vorher anzurufen, sie lassen sich nieder, und wir servieren Tag für Tag Lachs, Reis, Ananasscheiben und Petit Fours. Es gelingt mir weder zu essen noch für uns zu kochen, es ist, als hätte ich vergessen, was es mit Nahrung auf sich hat. Aber die Menschen bringen eine robuste, laute Welt auf unsere Todesinsel, sie lachen, rufen durcheinander, unterhalten sich über die jüngsten Baseballspiele, ereifern sich für die Red Sox oder die New England Patriots, ihr Gelächter und Geschnatter ist mir unerträglich. Ich sitze unter ihnen wie ein Gespenst, nicht unfreundlich, nur außerhalb der Gesellschaft der Lebenden, von ihrer Lebensenergie abgeschnitten, das Gerede rauscht an mir vorbei. Wie weit ich mich von ihnen entfernt habe und wie fest der Tod mich im Griff hat, kann ich daraus ermessen, daß mir das Leben eine unzumutbare Last geworden ist, die ich widerwillig hinter mir herschleife. Wenn ich aufstehe, kommt es mir vor, als würde ein eisglatter Boden unter meinen Füßen weggezogen. Ich fange Emilys mißtrauischen Blick auf, die argwöhnt, ich sei betrunken.

Die meisten Besucher bleiben nicht lang, für sie ist es ein gewöhnlicher Wochentag, in den sie auch noch diesen Kondolenzbesuch einplanen mußten, sie sind auf einen Sprung vorbeigekommen, wie sie sagen, und ebenso unvermittelt stehen sie mit einem Blick auf die Uhr plötzlich auf, entschuldigen sich, sie müßten leider weiter. Andere lösen sie ab, schauen auf ihrer Runde sozialer Verpflichtungen kurz vorbei, fragen, wie's so geht, warten auf keine Antwort, wie sollte es schon gehen, den Umständen entsprechend, gut, sagt meine Tochter und lächelt tapfer. In ihren Augen sehe ich ein seltsames Irrlichtern, eine Unfähigkeit sich in der Wirklichkeit, die uns umgibt, zurechtzufinden. Die wenigsten Menschen, die im Lauf der Woche für eine Stunde oder zwei in unserem Wohnzimmer sitzen, hatten jemals zuvor unser Haus betreten. Jerome traf seine Kollegen zu Arbeitsessen auswärts, jeden Freitag hatte er seine Herrenrunde mit Herb, Leslie und einem oder zwei weiteren Freunden im Laurel in Downtown Boston an dem für sie reservierten Tisch. Und auch wir wurden nur zu solchen Parties in andere Häuser eingeladen, bei denen sich die Gäste in den kleinen Räumen und engen Fluren drängten und man sich selber vorstellen mußte, sich auf einem Pappteller in der Küche etwas zu essen holte und mit irgend jemandem, den man später bei einer anderen Party wiedersah, in ein unverbindliches Gespräch kam. Auch unsere Schiwa ist ein solcher Anlaß zur Geselligkeit für sie, eine Bekanntschaft aufzufrischen, sich Neuigkeiten zu berichten, Telefonnummern auszutauschen, ein Wiedersehen anderswo zu planen. Je mehr sie reden, desto unvorstellbarer wird es, mich an ihren Gesprächen zu beteiligen. Das ist der falsche Zeitpunkt, möchte ich anfangs erklären, ich habe mich noch nicht genug gefaßt, um zwanglos und liebenswürdig mit euch zu plaudern, aber die Fremdheit wächst, und ich verliere allmählich jeden Sinn für die Regeln der Geselligkeit. Was ich auch sage, es klingt falsch, pathetisch oder larmoyant, ich sehe es in den peinlich berührten Gesichtern. In der Hierarchie der trauernden Familie verdiene ich keine Rücksichtnahme, und meine Trauer befremdet sie.

Hast du nach der Scheidung nicht wieder geheiratet? fragt Leona, eine Cousine, die in Florida lebt und die ich zuletzt bei Grandma Idas Begräbnis vor dreißig Jahren gesehen habe. Damals war sie ein hübsches resolutes Mädchen, Jerome und sie konnten sich nicht ausstehen, er fand sie dumm und vorlaut und sie hielt ihn für überheblich, jetzt ist sie eine übergewichtige Matrone mit blondgefärbtem Haar, sie hat ein Catering Imperium in den Südstaaten aufgebaut, und man glaubt ihr sofort, wenn sie sagt, es sei zwar schwerer für eine Frau, sich in diesem Geschäft durchzusetzen, aber sie nehme es mit jedem auf.

Nein, erwidere ich, wir sind zusammengeblieben, er war mein Lebenspartner. Im gleichen Moment ist mir der Ausdruck peinlich, er klingt, als zitiere ich aus einem Ratgeber. Da war einfach zu viel Gemeinsames für eine endgültige Trennung, versuche ich es erneut.

Als Leona nach Stunden aufbricht, drückt sie Ilana und mich fest an sich. Wenn ihr irgend etwas braucht, für die Familie tu ich alles, beteuert sie mit Tränen in den Augen.

Mein Mann, sage ich, von Leonas Rührung ermutigt, später vor einer anderen Runde noch einmal, als von Jerome die Rede ist, aber diesmal werfen sie sich bedeutungsvolle Blicke zu, niemand widerspricht mir, und niemand glaubt mir. Ich sehe es an ihren undurchdringlichen Mienen, daß ich mir ein Recht anmaße, das mir nicht zusteht. Auch für die Trauer muß es Schicklichkeitsregeln geben.

Erwähnt hat er dich aber nie, mit keinem Wort, sagt Emily mit einem metallischen Klang in der Stimme, der zu einer Zurechtweisung gepaßt hätte und wohl auch so gemeint ist.

Und immer wieder, von jedem neuen Besucher, in jedem Gespräch, höre ich irgendwann den Satz, für den ich noch lange nicht bereit bin: Life must go on. Warum muß das Leben weitergehen, wie kann es weitergehen, nachdem es zerschlagen wurde? Es versetzt mich in Panik, wie schnell sie sich Jeromes zu entledigen versuchen, wie endgültig für sie sein Tod ist. Ich will von solcher Unabwendbarkeit nichts hören, denn hinter meinem eigenen Rücken hege ich immer noch die Hoffnung, daß er am Ende wiederkommt. Ihre Selbstgewißheit erbittert mich, ich betrachte sie, wie sie essen und trinken, wie sie lachen und sich über vieles andere, nur nicht über Jeromes Tod und unseren Verlust unterhalten. Alles führt von ihm weg, in ein Leben, an dem er nicht mehr teilhat. An dem auch ich nicht teilhaben will. Aber sogar wenn sie über ihn reden, entwerfen sie ein fremdes Bild von ihm, bei dessen Betrachtung ich ihn verliere. Den Jerome, den ich liebte, scheint niemand gekannt zu haben.

Er hatte ein erfülltes Leben und einen schönen Tod, hält jemand meiner Tochter vor, als Ilana gegen die Plötzlichkeit, mit der er mitten aus dem Leben gerissen wurde, aufbegehrt. Die Toten darf man nicht festhalten, das hindert sie daran, ihren Frieden zu finden, wird sie von einer Frau belehrt, die den Anschein erweckt, als sei sie in intimem Kontakt zu den Toten und wüßte alles über ihre Bedürfnisse.

Ein Segen, daß er den Herzinfarkt nicht im Auto auf dem Highway hatte, bekommen wir mehrmals von Pragmatikern zu hören, die an allem etwas Segensreiches finden. Er hätte einen Unfall verursachen und den Tod anderer verschulden können.

Und wenn er überhaupt nicht gestorben wäre? frage ich. Wenn er zum Beispiel an diesem Vormittag nicht nach Boston gefahren wäre? Wäre er dann noch am Leben?

Jemand lacht laut auf: Was wäre, wenn meine Großmutter Räder hätte? Wäre sie dann ein Autobus? Sein Lachen wirkt auf die anderen ansteckend.

Beth, zu deren Sylvesterparty wir letzten Winter eingeladen waren, wirft dem pietätlosen Gast einen strengen Blick zu. Es war ihm vorbestimmt, sagt sie. Jerome war neben ihr gesessen, er hatte Fieber und konnte sich kaum aufrecht halten, aber wir waren trotzdem eine Stunde lang auf vereisten Landstraßen zu dieser Einladung gefahren. Es war der Abend, an dem Leslie ihr seine Liebe gestehen wollte, und Beth benutzte Jeromes Nähe, um sich Leslie vom Leib zu halten. Auch Jerome war von ihr bezaubert, von ihrer Herzlichkeit und ihrer Schönheit. Es geht dir gar nicht gut, nicht wahr? hatte sie besorgt gefragt, du bist ja weiß wie ein Leichentuch. Mit ihrem schwarzen

Hütchen auf den blonden Locken sieht sie wie Julie Andrews aus.

Die Stimmen und Gesichter verschwimmen mir im Lauf der Tage immer mehr, ich kann sie nicht mehr auseinanderhalten, die Ununterscheidbarkeit ihrer immer gleichen Ratschläge macht sie austauschbar. Man dürfe dem Tod keinen Platz im Leben einräumen, ermahnen sie uns, wir müßten uns jetzt auf die Zukunft konzentrieren, es sei nicht gut zurückzublicken, let the dead bury their dead. Ich kenne den Ausdruck aus dem Deutschen: Laß die Toten ihre Toten begraben, ein Bibelzitat, aber ich verstehe es nicht, habe es nie verstanden. Ihre eifrigen Anleitungen zum Vergessen bedrängen mich. Wie können wir uns von Jerome abwenden, wenn wir, Ilana und ich, noch nicht einmal begriffen haben, daß er tot ist? Ich warte vergeblich auf einen einfachen Satz wie: Es tut mir leid. Ich warte darauf, daß jemand kommt und sagt: Jerome hat dich geliebt. Daß jemand meine Hand hält und durch sein Schweigen seine Hilflosigkeit eingesteht. Aber für jede Lebenssituation gibt es eingelernte Verhaltensweisen und Redewendungen: *Unfortunate, coincidence, too bad, how sad, he will always be with us, he passed away, he is in heaven, death is part of life, we will all die, time to move on*, das sind die hilflosen Beschwörungsformeln gegen die Trauer. Alle anderen stehen mitten im Leben, und es erscheint ihnen genauso überwältigend wie uns der Tod, ich weiß es, und ich weiß, wie hilflos ich vor der Trauer anderer gestanden bin, früher, als mir die Erfahrung fehlte, aber das Wissen hilft mir nichts, denn gerade jetzt habe ich für das Leben der anderen keine Geduld.

Always count your blessings, fordert mich eine ältere Dame ganz in Schwarz auf. Sie sei mit Jerome vor langer Zeit befreundet gewesen, sagt sie, und habe von seinem Tod in der Zeitung gelesen. Sie habe schon unendlich viel Kummer ertragen müssen, damit stellt sie ihren Leidensvorsprung von Anfang an klar, und sie spricht langsam, betont jedes Wort und gibt mit dem Zeigefinger den Takt dazu an. Herzlose Ratschläge, um die wir nicht gebeten haben: Du mußt. Du sollst nicht. Warum kannst du nicht endlich. Time to move on. Tröste dich, auch Hiobs Freunde waren Nervensägen, würde Jerome jetzt sagen.

Manchmal bleiben wir für ein, zwei Stunden allein zurück, weil ein Schwung Gäste gleichzeitig aufgebrochen ist. Wir sehen uns erleichtert an und atmen auf. Leg dich ein bißchen hin, schlägt Ilana vor. Aber wir sind beide erschöpft und überdreht, es ist, als müßten wir ein mörderisches Programm absolvieren und in den Pausen sitzen wir wie gelähmt und warten. Wir reden über die Besucher und erinnern uns an frühere Zeiten mit ihnen und mit Jerome, wir überlegen, wie er über sie dachte, ob er sie mochte, mit welchen witzig sarkastischen Bemerkungen er sie charakterisiert hätte. Ilana fordert mich auf, von Jeromes Cousine Leona zu erzählen, von Grandma Ida und ihrem Begräbnis. Ich erzähle von der weichen, mit hellblauer Wolle zusammengebundenen Babylocke, die ich zwischen alten Zahnbürsten und aufgerollter Zahnseide gefunden habe, und wie Grandma Ida ihrem Enkel Jerome zärtlich die Haare aus der Stirn strich, behutsam, während er sich mit geschlossenen Augen zu ihr hinunterneigte. Das war bei meinem ersten Besuch in ihrem Altersheim gewesen, Jerome und ich lebten erst seit ein paar Monaten zusammen. Mein kleiner Jerry, sagte sie mit ihrem starken jiddischen Akzent, so lange Locken hast du als Kind gehabt, weißt du noch, wenn ich sie dir nach dem Waschen ausfrisiert habe, Krähennester haben wir sie genannt. Kurz vor ihrem Tod besuchten wir sie im Spital, sie hatte einen Herzinfarkt gehabt und lag teilnahmslos in ihrem Bett. Bleib hier und leiste ihr Gesellschaft, sagte Jerome, ich gehe einen Arzt suchen. Ich stand hilflos lächelnd an ihrem Bett, stand ebenso hilflos da wie unsere Besucher in den vergangenen Tagen, und wußte nicht, was ich sagen sollte.

Wer bist du, fragte sie unwirsch.

Ich bin Jeromes Frau, antwortete ich hoffnungsvoll.

Ich möchte meine Familie um mich haben, keine Fremden.

Ich bin schwanger, sagte ich, es ist Ihr Urenkel. Aber es erreichte sie nicht mehr, und weil sie sich nicht wegdrehen konnte, wandte sie den Kopf zur Seite und schloß die Augen. Die Verwandten meinten, Schwangere sollten nicht zu einem Begräbnis gehen, ich ging trotzdem. So warst du gewissermaßen auch dabei, sage ich zu Ilana.

Gladys taucht unerwartet auf, meine beste Freundin, als unsere Töchter klein waren. Ich habe das Bild eines heißen Frühlingstags in Cambridge deutlich in Erinnerung. Ich holte Gladys von der Widener Bibliothek ab, sie hatte gehofft, ihre Dissertation vor der Geburt des Kindes abzuschließen. Nach einem langen, schneereichen Winter blühte damals alles gleichzeitig im Harvard Yard, der Flieder, die japanischen Zierkirschen, die Magnolienbäume und die Glyzinien an den Hauswänden, es war ein solcher Tumult von Farben und Düften, eine solche Üppigkeit, daß wir ganz berauscht durch Cambridge tanzten, zwei junge hochschwangere Frauen in weiten bestickten Hippiekleidern. Ein Bild, so unwirklich wie aus einem alten Film. Ich frage sie nach ihrer Tochter, wir tauschen ein paar Erinnerungen aus, dann sagt sie plötzlich mit unerwarteter Härte: Ich hoffe, du findest bald aus deiner Erstarrung heraus.

Ich bin nicht erstarrt, sage ich, laß mich doch um Jerome trauern, er ist noch nicht einmal eine Woche tot.

Es wäre an der Zeit, daß du dich von ihm löst, sagt Louise, das hättest du schon vor einem Jahrzehnt tun sollen, dann hättet ihr beide eine Chance zu einem neuen Leben gehabt. Aber vielleicht findest du jetzt, wo er tot ist, neues Glück, ich wünsche es dir jedenfalls. Ilana wirft mir einen warnenden Blick zu, und ich belasse es dabei, Louise so lange anzusehen, bis sie wegschaut.

Louise kommt fast jeden Nachmittag, wartet, bis sich genügend Publikum versammelt hat, und erzählt ihre Version von Jeromes Tod immer von neuem, sie wiederholt, daß man sie als nächste Angehörige gewürdigt habe, daß Jerome mich nur aus einer Schwäche, einem trägen Beharren heraus ertrug, daß er mich benützte, um andere Frauen auf Armeslänge zu halten. Sie redet von mir, als säße ich gar nicht da, his ex-wife, sagt sie zu den anderen. Dazu muß man wissen, erklärt sie, daß er mit Intimität Probleme hatte.

Wir hatten keine Probleme mit Intimität, sage ich, er war ein warmherziger, fürsorglicher Mann, und es war immer Liebe zwischen uns. Ich rede gegen ihre Behauptungen an wie in einem Alptraum, in dem man ruft und niemand kann es hören.

Halten Sie Ihren Mund, Sie wissen überhaupt nicht, wovon Sie reden, sage ich schließlich zu irgendeinem Unbekannten, der mir mit salbungsvoller Stimme von Herzen wünscht, daß auch in meine Seele bald wieder Friede einkehren möge. Ich hatte befürchtet, daß ich irgendwann in der Schiwa-Woche die Beherrschung verlieren würde, nicht in den ersten Stunden, und nicht gleich am ersten Tag, aber die Tage laufen ineinander, und jeden Nachmittag sitzen sie auf unseren Stühlen und unserem Sofa, holen sich in der Küche Kaffee und Mineralwasser, jeden Abend sitzen sie an unserem Tisch und ich kann ihre Reden nicht mehr hören, die Freunde, die ich kaum oder gar nicht kenne, die Verwandten, die mich ignorieren, der Schwager, der sich dagegen verwahrt, daß ich ihn meinen Schwager nenne, Louise, die sich als Witwe feiern läßt, Leslie, der verleumderische Anekdoten über Jerome erzählt, und irgendwann fange ich an, die unerträgliche Wahrheit einzuklagen, daß der Tod ein Schlächter ist, und daß sie mit ihren selbstgefälligen Phrasen, ihrem Beharren auf Normalität, den Schmerz, den er uns zugefügt hat, noch verstärken. Es ist, als sei ein Tier aus der Wildnis in mich gefahren, ein Wesen, das man zu lange ausgesperrt hat und das nun einbricht in die Wohnungen der Menschen und Furcht und Empörung hervorruft. Ich will sie den gleichen Schmerz spüren lassen, der mir in manchen Momenten beinahe das Bewußtsein raubt. Warum ist Trauer so schwer mitzuteilen? Wäre ich vor körperlichen Schmerzen außer mir, hätten sie Verständnis, aber vor der unerträglichen Sehnsucht, die mir die Tränen in die Augen treibt und mich zu heftigen Antworten hinreißt, weichen sie zurück, als sei ich verrückt geworden. Ich möchte, daß sie die Ungeheuerlichkeit, die mitten unter uns geschehen ist, endlich begreifen. Vielleicht ist diese wilde Trauer eine Art Wahnsinn, vielleicht kann man der Brutalität des Todes nicht anders begegnen, wo er doch vor meinen Augen mein halbes Leben verschlungen hat. Ich wache mißtrauisch und kampfbereit darüber, daß Jerome posthum Gerechtigkeit widerfährt und verteidige ihn gegen alle, die ihm etwas Ehrenrühriges anzudichten suchen oder es wagen ihn zu kritisieren, jetzt wo er sich nicht mehr wehren kann.

Einen Abend lang sitzt Jules Wharton in Jeromes Lieblingsfauteuil mir gegenüber und erklärt, warum er ihre langjährige Freundschaft beendete, beenden mußte, wie er sagt. Als ich vor unserer Ehe ein Jahr lang mit Jerome zusammenlebte, war

Jules unser ständiger Begleiter, wir gingen zusammen zum Essen aus, wir fuhren zusammen aufs Land, wir grillten zusammen auf dem Rasenstück, das zu seiner Etagenwohnung gehörte und zu einem Bach hin abfiel, wir saßen viele Abende auf dem Balkon in unserer Wohnung in den Jamaica Towers mit dem weiten Blick über Boston. Die beiden kamen mir vor wie Brüder, sie waren sich näher als Jerome und Harold. Nach einigen Jahren bekam ich Jules immer seltener zu Gesicht, und dann blieb er ganz weg, schlug Einladungen aus, hatte zuviel zu tun, fühlte sich nicht wohl, hatte eine neue Freundin, fand zahllose Ausreden. Aber Jerome kam nie auf die Idee, daß Jules ihn nicht mehr sehen wollte, es ist nichts zwischen uns vorgefallen, erklärte er. Er hielt Menschen, die er mochte, seine unverbrüchliche Treue, und mit einer Naivität, die nicht zu seinem Scharfsinn paßte, zweifelte er keinen Augenblick an ihrer Zuneigung. Deshalb traf ihn der Verrat eines Freundes jedesmal unvorbereitet, auch wenn alle anderen es hatten kommen sehen, er glaubte an die Menschen, die er liebte, allen Anzeichen zum Trotz und oft über den Bruch hinaus. Erst vor drei Jahren hatte er endlich begriffen, daß Jules ihn nicht mehr zu seinen Freunden zählte. Er heiratete spät in seinem Leben eine Bankmanagerin aus reichem Haus. Es war eine glamouröse Hochzeit mit zweihundert Gästen im Four Seasons, aber Jerome erfuhr davon erst durch die Anzeige im Boston Globe und gemeinsame Bekannte. Ich konnte seine Eigenheiten nicht mehr ertragen, sagt Jules jetzt und macht es sich in Jeromes Stuhl bequem, sein ganzes Leben lang diese Unzufriedenheit, diese Unfähigkeit, im Augenblick zu leben, er hat geträumt statt zu leben, und alles Wichtige hinausgeschoben, bis es zu spät war, und am unerträglichsten war dieses wehleidige Geblödel, das er für witzig hielt.

Er wollte zuviel, sagt eine Frau und bekräftigt jedes Wort mit heftigem Nicken.

Das Glück ist immer nur im Augenblick zu finden, fügt eine andere hinzu, Männer haben es schwerer mit dem Älterwerden als wir, es ist eine Sache des Loslassen-Könnens.

Wie sehr ich wünsche, Jerome wäre hier mit seinem hintergründigen Spott, mit dem er ihr in gespieltem Ernst und einer Ironie beipflichten würde, die ihr erst später zu Bewußtsein käme. Oft kommt die Rede auf Jeromes Humor, seinen unnachahmlichen Sarkasmus, jeder weiß irgendeine Geschichte über ihn zu erzählen, Jerome ist zu einer Quelle von lustigen Anekdoten geworden, zum Inbegriff jüdischen Humors. Ilana habe seinen Humor geerbt, heißt es. Aber der König der Unterhaltungskünstler war unser Vater, sagt Harold stolz. Ist keinem von ihnen jemals aufgefallen, frage ich mich, daß Jeromes Witze kein gutmütiger Humor zum Schmunzeln waren, sondern anarchisch, manchmal bitter, ganz nah an der Verzweiflung?

Mehrmals am Tag läutet das Telefon, und unbekannte Stimmen verlangen Jerome zu sprechen, nein, sie wollen mir nicht sagen, worum es geht, sie müssen ihn selber sprechen, und zwar jetzt sofort. Er kann nicht ans Telefon kommen, sage ich, er ist gestorben. Oh my God, schreit die Angestellte eines Büros, dessen Namen ich nicht verstanden habe, und läßt den Hörer fallen.

Alle, denen wir in diesen Tagen begegnen, behandeln uns mit einer erschrockenen Ungeduld, als litten Trauernde an einer Unpäßlichkeit, über die man nicht spricht, und sie scheinen zu erwarten, daß wir sie mit Anstand, ohne viel Aufhebens zu machen und ohne die andern anzustecken, schnell hinter uns bringen.

Später, wenn ich mich beruhigt habe, werde auch ich die Formeln lernen, die den Tod auf Distanz halten. He passed away, werde ich Wochen später artig am Telefon erklären, wenn der rohe Schmerz sich in ein betäubtes Warten verwandelt haben wird. Aber im Augenblick bin ich noch aus der Fassung, von Verlassenheit und Sehnsucht zerrüttet und betäubt. All diese Zeugen meiner Trauer haben Bilder von gefaßten Angehörigen im Kopf, mit dunklen Sonnenbrillen und diskret an die Augen geführten Taschentüchern, gebeugte Menschen, die sich schweigend und ernst der Zeremonie öffentlicher Trauer unterziehen und dafür mit respektvoller Scheu bewundert werden. Aber meine Trauer ist zügellos und nur mit äußerster Disziplin in Schach zu halten. Ich bekomme nicht genug davon, in den Krater zu starren, in dem meine Welt verschwunden ist, unsere gemeinsame Sprache, das Meer und die Küste, die Stadt, die Begeisterung für Musik und Bücher, die Lust am Leben, die Jerome für mich verkörperte, alles ist diesem einen Tod nachgestürzt.

Ich halte meinen grünen Samtfauteuil zwischen Bücherregal und Fenster besetzt, als sei er mein letzter Halt in einer Welt, die vor meinen Augen zerfällt. *Dein* Sessel, sagte Jerome, wenn er den grünen Samtfauteuil meinte, ich habe das Buch zuletzt auf deinem Sessel gesehen. Es war der logische Ort, meine Bücher offen, mit den Seiten nach unten über der Armlehne liegenzulassen, denn dort würden sie niemanden stören. Hier saß ich am frühen Morgen oft mit einem Buch, die einzige Frühaufsteherin im Haus, bevor Ilana und Jerome aufwachten, und schaute hinunter auf den Fluß und die Bäume. Ich kenne die ersten, kaum merklichen Vorzeichen jeder Jahreszeit. Wenn sich im Spätwinter ein gelblicher Schimmer auf die nackten Zweige legt, kommt bald der Frühling, und wenn im Hochsommer das Laub eine erschöpfte Flechtenfarbe annimmt, bevor alle Blätter auf einmal in dumpfes, schattiges Glühen übergehen, ist der Sommer so gut wie zu Ende. An Wochenenden verbrachten wir hier viele Stunden, die meisten unserer Gespräche fanden hier oder am Eßzimmertisch statt. Fast alles, was ich gedacht und aufgeschrieben habe, nahm hier seinen Anfang, und auch nach dreißig Jahren war unser Interesse an dem, was den anderen bewegte, nicht versiegt. Niemand wird mir die Erinnerungen nehmen können an alles, was uns, unsichtbar für die anderen, zu einem Paar gemacht hat, vielleicht zu keinem Ehepaar nach dem bürgerlichen Gesetzbuch, zu keinem Liebespaar im Sinn trivialer Mythen, dafür war zuviel Trennendes geschehen, aber auch nicht zu einem bloßen Freundespaar, wir waren Mann und Frau nach unserer eigenen Definition. Ich bleibe schweigend unter den Trauergästen sitzen und verschließe mich gegen das Eindringen der Kälte, die mich glauben macht, es sei nicht mehr zwischen uns gewesen als der Anstand geschiedener Paare mit gemeinsamen Kindern. Ist es so schwer zu verstehen, daß ich für eine Weile weggehen mußte, damit wir zusammenbleiben konnten?

An einem der letzten Abende kommt einer, den ich nicht kenne, ein schwerer, wortkarger Mann. Er stellt sich als Steve vor, er sei Abgeordneter gewesen, Jurist im Ruhestand, erzählt er mir, er und Jerome seien alte Freunde gewesen. Er sucht mit niemandem ein Gespräch, er spricht nur zu mir, leise, so daß ich mich zu ihm hinüberbeugen muß. Als ich ihm Ilana vorstelle, wird sein Blick weich, fast zärtlich, aber er beschränkt sich auf die Kondolenzformel *sorry for your loss*, als sie ihm die Hand gibt.

Wir haben einiges füreinander getan, sagt er leise, er hat für meinen Sohn in einem aussichtslosen Mordprozeß einen Freispruch erwirkt.

Ich sehe ihn fragend an, suche in meinem Gedächtnis nach einem Namen, glaube, mich zu erinnern.

Er stand unter Mordverdacht, das Beste, worauf wir hoffen konnten, war eine Anklage auf Totschlag, alle Indizien sprachen gegen ihn, aber Jerome hat die Geschworenen überzeugt, und mein Sohn verließ den Gerichtssaal als freier Mensch.

Marty, hat der junge Mann geheißen, jetzt erinnere ich mich wieder, es war einer von Jeromes größten Triumphen, die Geschichte einer Rechtfertigung, die zu unglaubwürdig klang, als daß irgend jemand dem Jungen eine Chance gab. Auch mir erschien sie fadenscheinig und konstruiert. Jerome glaubte ihm. Und selbst wenn ich ihn für einen Lügner hielte, erklärte er, ich würde ihn verteidigen, als ob ich ihm glaubte. Marty war damals College Student gewesen, als ihn sein Freund, mit dem er ein Zimmer teilte, anrief, er solle an einen bestimmten Ort kommen, er brauche ihn dringend. Dort hielt ihm der Freund einen Revolver hin, er sei geladen, er solle auf sein Gesicht zielen und abdrücken, er schaffe es nicht allein. Marty lehnte ab, wollte dem anderen die Waffe wegnehmen, und im Handgemenge ging der Revolver los und traf den Freund tödlich in die Brust. Eine unwahrscheinliche Geschichte, ohne Zeugen, die Lokalzeitungen erklärten Marty von der ersten Meldung an zum Mörder. Ich erinnere mich an die Schlagzeile im Boston Herald: *Student shoots buddy in cold blood.*

Jerome war bekannt für seine Plädoyers, sagt Steve, kein anderer hätte das geschafft. Später, als sie ihn aus der Kanzlei hinausekelten und seine Teilhaber ihm auch noch mit einer Klage drohten, konnte ich mich revanchieren.

Auch daran erinnere ich mich, sage ich, es war eine schlimme Zeit für ihn, und ich habe mich damals gefragt, warum von einem Tag auf den anderen von der Klage nicht mehr die Rede war. Er hat nie wieder ein Wort darüber verloren. Ich verschweige, daß er danach keine großen Prozesse mehr hatte, er nahm alle Fälle, die er bekam, und oft half er, obwohl er wußte, daß seine Klienten ihn nicht bezahlen konnten.

Er hat sich nie wieder davon erholt, sage ich, und ich weiß bis heute nicht, was wirklich passiert ist.

Jetzt ist es ja egal, erwidert Steve. Er war kein Taktiker, und er war viel zu unvorsichtig, er war diesen Leuten einfach nicht gewachsen, sagt er in einem Tonfall, als wolle er das Gespräch mit diesem Satz beenden.

Bevor er geht, legt er mir mit einer fast verstohlenen Geste die Hand auf den Arm, so leicht, daß ich ihren Druck nicht spüre: Ihr Mann war sehr stolz auf Sie. Ich glaube, er hat Sie sehr geliebt.

Hat er Ihnen das gesagt? frage ich erstaunt.

Er hat oft von Ihnen gesprochen und davon, daß er sich wünschte, Sie kämen zu ihm zurück. Aber er hat auch gewußt, wie wichtig Ihre Arbeit für Sie ist. Daß er stolz auf Sie war, ja, das hat er gesagt. Er schüttelt den Kopf. Er hat sich ja immer gern der Realität verweigert. Auf jedem Formular hat er das Kästchen *verheiratet* angekreuzt. Er hat Ihnen nie den Schutz entzogen, den dieser Status für Sie bedeutete, eine mitunter riskante Sache für einen Anwalt.

Danke, sage ich, danke, und halte seine Hand fest, damit er noch eine Minute bleibt und nicht aufhört von Jerome zu reden, aber mir fällt keine Frage ein.

Er hebt bedauernd die Schultern, während er mir seine Hand entzieht. Es war wohl nicht ganz einfach, mit ihm zu leben, murmelt er, bereits halb abgewandt, als er schon die Stufen hinuntersteigt.

Und ich lasse ihn gehen, ohne zu wissen, wie er mit vollem Namen heißt und wer er ist, der einzige unter den Kondolenzbesuchern, der mich in der Schiwa-Woche getröstet hat. Während ich in der Haustür stehe und zusehe, wie er in sein Auto steigt und die Scheinwerfer angehen, denke ich plötzlich: das kann nicht stimmen, was er über Jeromes Sehnsucht nach einem gemeinsamen Leben gesagt hat. Er war es doch, der mich nicht mehr wollte, nicht umgekehrt. Er war es, der sagte, entweder du lernst, dieses Land und dieses Leben als dein Zuhause zu betrachten, oder du gehst. Hätte ich ihn all die Jahre so sehr mißverstehen können? Aber Steves Rücklichter sind bereits in der Dunkelheit verschwunden, und der letzte, der sich an diesem Abend verabschiedet, sagt statt eines Grußes wieder, time to get on with your life. Ich nehme mir vor, den Namen dieses Mannes herauszufinden. Es muß doch noch Unterlagen zu Martys Mordprozeß geben.

*

Wenn am Abend die Haustür hinter dem letzten Besucher ins Schloß gefallen ist, gehe ich schwindlig vor Erschöpfung ins Bett und werde von Alpträumen heimgesucht, in denen ich von Fremden aus meinem Haus gedrängt werde, in denen ich vergeblich auf Jerome warte. Komm zurück, sage ich im Traum. Er steht am Fenster, abgewandt, es ist früher Morgen, und ich versuche, meinen Zorn zu beherrschen, denn er war die ganze Nacht weg, und ich weiß, mit wem. Nein, sagt er, ich liebe dich nicht, ich habe dich nie geliebt, und sein Gesicht, das ich nur als Spiegelung in der Fensterscheibe sehen kann, löst sich auf. Er war doch gerade noch da, sage ich zu jemandem, der ins Zimmer kommt, hast du ihn gesehen? Aber der andere starrt mich verständnislos an, da ist nichts als ein hell erleuchtetes, leeres Zimmer und eine schwarze Fensterscheibe. Jedesmal, wenn ich mich niederlege, hoffe ich auf eine Nachricht von ihm, als wären wir den Toten in den Träumen näher, aber meine Träume schüren nur meine Angst, daß er mich nie geliebt hat.

Ilana träumt fast jede Nacht von ihm, er redet mit ihr am Telefon, versucht ihr zu erklären, daß er nun nichts mehr für sie tun kann, aber daß sie sich nicht um ihn sorgen soll, er sagt im Traum zu ihr: Ich will nur, daß du glücklich bist. Sie träumt, sie sei mit ihm im Münzengeschäft, während er versucht, etwas vom Boden aufzukehren, doch als sie sich anschickt ihm dabei zu helfen, sagt er, du mußt nicht mit mir tauschen, es ist schon richtig so. Sie träumt, er fahre in einem orangefarbenen Lexus vor, käme die Stufen herauf und rufe beim Eintreten: Hi, darling! In ihren Träumen wartet sie jede Nacht auf seinen Anruf und weiß danach nie, ob ihr Handy wirklich geläutet hat oder nur im Traum.

Seit dem Morgen nach seinem Begräbnis läutet jeden Tag um halb vier Uhr früh sein Handy, aber ich wache nie rechtzeitig auf, um abzuheben, und ich kenne seinen Code nicht, um die Nachricht abzurufen. Wer würde ihn um vier Uhr früh anrufen? In Europa ist es halb zehn Uhr vormittag. Ist es eine alte Liebe? Ist es Suleyma, zu der er seit vierzig Jahren eine innige Beziehung pflegte, obwohl sie inzwischen Großmutter und Witwe war, oder ist es die Schauspielerin aus London, für die er sich vor zwei Jahren begeistert hat? Ich stelle mir vor, daß es eine Frau ist, die sich im Stich gelassen fühlt und sich fragt, warum er ohne Erklärung und ohne Abschied einfach aus ihrem Leben verschwunden ist. Und ich genieße den kleinen Vorsprung vor ihr, diese winzige Nähe zu ihm, die ich ihr voraus habe, so wie Louise die Erinnerung an seinen Anblick als Toten hütet und eine Überlegenheit daraus ableitet. Warum bereitet es mir Genugtuung, daß sie erst nach Wochen, wenn überhaupt, von seinem Tod erfahren wird? Im Frühjahr rief eine Judy aus New York mit verführerischem Tremolo in der Stimme an, und ich löschte den Anruf, noch bevor er nach Hause kam. Nicht nur sie, alle seine Freunde, deren Adressen Ilana und Harold nicht ausfindig machen konnten, werden sich fragen, warum er ihre e-mails und ihre Briefe nicht mehr beantwortet. Er wird ohne Abschied aus ihrem Leben verschwinden, und sein Verschwinden ist wie eine Pause im Fortgang der Welt, eine rätselhafte Leerstelle in ihren Gedanken, die bald von anderen Menschen und Dingen gefüllt sein wird, ein Schweigen, das bald keinem mehr auffällt. Und wer dennoch irgendwann von seinem Tod erfährt, wird einen Augenblick lang vor dem Schrecken der Ewigkeit den Atem anhalten und dann weiterleben, als sei nichts passiert.

Nur ich fühle mich verraten und verlassen durch die Gleichgültigkeit eines Toten, der es nicht der Mühe wert findet, mich in meinen Träumen zu trösten. Ohne es einander einzugestehen, warten wir beide, daß er zurückkommt, und sehen in allem seine Spuren und seine Gegenwart. Und gleichzeitig fragen wir uns, wie lange Fleisch braucht, um zu verwesen. Es gebe Friedhöfe, behauptet Ilana, wo die Toten wie einbalsamiert erhalten blieben, es hinge von der Beschaffenheit des Bodens ab. Ich kann mich nicht von der Vorstellung befreien, wie der Regen, der schon die ganze Woche andauert, in seinen Sarg eindringt, die Bretter durchtränkt, und wie sein Körper zu verwesen beginnt, eine breiige Masse aus gestocktem

Blut und wäßrigem Gewebe. Aber das ist nicht der wirkliche Jerome, sage ich mir, denn seine unsichtbare Anwesenheit füllt das ganze Haus, er ist in jeder Ecke, in jeder Sekunde gegenwärtig, ich könnte zahllose Beweise aufzählen. Die Lampe neben seinem Bett, die mitten in der Nacht umfällt. Zufall, ein Luftzug sage ich, wahrscheinlich die Katzen. Aber sie ist noch nie umgefallen, widerspreche ich mir. Eine ungreifbare Atmosphäre der Gewalttätigkeit liegt über den Räumen, als sei im Haus ein Mord geschehen, aber der Mörder ist der Tod. Die grüne Achatlampe im Wohnzimmer verlischt schon seit Jahren nach wenigen Minuten, jeder, der in den letzten Tagen im Fauteuil daneben saß, versuchte sie anzuknipsen, und plötzlich geht sie mitten in der Nacht von selber an. Wackelkontakt, sage ich mir und schreibe die Gänsehaut auf meinem Rücken der feuchten Kälte zu. Jedesmal, wenn das Licht flackert, sehen wir uns an und schweigen, weil jede das gleiche denkt und sich dafür schämt. In der Schiwa-Woche, behauptet der jüdische Volksglaube, trauert die Seele des Toten um die Trennung von ihrem Körper, und ich glaube, seine Unrast zu spüren, wie zu Zeiten, wenn er über etwas beunruhigt war und von einem Ende des Wohnzimmers zum Schreibtisch lief und wieder zurück, Laden öffnete und zustieß, er umgibt mich wie die Luft, die ich atme. Die Kälte in den Nächten ist eine noch nie gekannte Kälte, die bis ins Innerste dringt. Zum erstenmal begreife ich die Redewendung *bis ins Mark*, als müsse augenblicklich der Tod durch Erfrieren eintreten, obwohl ich in den Kleidern im Bett liege und alle Decken, die ich im Haus finden kann, über mich häufe. Die Kälte bohrt sich mit eisigen Fingern tief in mich hinein und breitet sich in Wellen aus, bis das Zimmer, das Haus und alles, was draußen ist, lautlos erstarrt und in eine unendliche Ferne zurückweicht. In diesem sich entleerenden Universum horche ich auf mein stolperndes, hämmerndes Herz.

Tag und Nacht ist mir Jerome auf eine Weise nah, wie Kinder sich Gott vorstellen, als sähe er nicht nur, was wir tun, sondern auch, was wir wünschen und denken, und ich halte es für meine Pflicht, alles zu verhindern, was ihn kränken könnte. Alles, was geschieht, hat mit ihm zu tun, es gibt kein Leben mehr, das außerhalb seines Todes läge. Die Gleichung ist ganz einfach: Alles Schlechte passiert, weil er uns verlassen hat, alles Gute geschieht, weil er uns beschützt. Die Erinnerungen sind so gegenwärtig, daß sie nicht Vergangenheit werden können, sie schicken unsere Sehnsucht in eine Zukunft voraus, von der wir wissen, daß sie für alle Zeiten von uns abgeschnitten ist. Diese Sehnsucht immer wieder im Aufkeimen zu ersticken, erscheint mir als die eigentliche Grausamkeit des Todes, denn jeden Morgen von neuem, zwischen Schlaf und Erwachen, öffnet sich einen winzigen Spalt breit eine unsinnige Möglichkeit, die dann sofort in die Unmöglichkeit umschlägt. Aber der Stillstand der Zeit nimmt auch dem Vergangenen seine Lebendigkeit. Er beraubt selbst die heitersten Erinnerungen ihrer Unbeschwertheit, jeder unvergeßliche Augenblick trägt jetzt den Stempel des Unwiederbringlichen, jedes flüchtige Glück verliert seine Leichtigkeit. Alles ist schwer und bitter vom Tod.

An den Vormittagen kommen Bruder und Schwägerin um ihre Vollmachten auszuüben, denn Harold ist der Testamentsvollstrecker. Es würde Jerome nicht gefallen, wende ich ein, wie ihr seine Sachen behandelt. Er war so sehr auf Diskretion bedacht, daß ich nur selten ohne seine ausdrückliche Erlaubnis gewagt habe, in seinem Schreibtisch nach etwas zu suchen.

Hast du sein Arbeitszimmer jemals so ordentlich gesehen? fragen sie.

Es war unser Arbeitszimmer, und sie wissen es, denn sie haben meinen Schreibtisch unberührt lassen. Aber es geht nicht um die Schreibtische oder um andere Gegenstände, sondern um ihre nachdrückliche, noch unausgesprochene Warnung, nichts als mein Eigentum zu betrachten und nichts anzurühren.

Es ist keine große Leistung, alles in Müllsäcke zu stopfen und wegzuwerfen, entgegne ich. Er hat nie etwas weggeworfen.

Aber auch ich habe begonnen, in den schlaflosen Nachtstunden in seinen Sachen zu wühlen. Am Anfang schäme ich mich, später habe ich einen Grund: ihnen zuvorzukommen. Es kommen keine großen Geheimnisse ans Tageslicht, nichts, was ihn in Frage gestellt hätte, nur die kleinen Lügen, die Schmerz zufügen, weil sie so unerwartet auftauchen und niemand da ist, um sie zu erklären. Wer am Morgen fortgeht, um einzukaufen, eine Klientin zu treffen, vielleicht ein paar Stunden im Büro zu verbringen und spätestens gegen Abend zu Hause zu sein, hat keine Zeit, vor seinem Tod Spuren zu verwischen. Ich möchte ihn vor den Übergriffen seiner Verwandten schützen, wenn sie über die Kartons und Laden herfallen, wegwerfen, bevor ich Einspruch erheben kann.

Er hat alle meine Briefe aufbewahrt, sage ich, wo sind die, sie waren in der Lade im Eßzimmerschrank, die jetzt leer ist.

Sie waren für den Nachlaß unerheblich, erklärt Emily, sie sind in irgendeinem der vierzig Müllsäcke, die für die Müllabfuhr auf der Straße stehen, du kannst sie ja suchen, wenn es dir nicht zu dumm ist. Private Korrespondenzen, mit wem auch immer, sind eine lästige Nebensächlichkeit für sie und durch seinen Tod überflüssig geworden. Sie ist stolz auf die Ordnung, die sie geschaffen hat, seit sie am Abend nach seinem

Tod das Haus betrat. Langsam kenne ich mich hier aus, sagt sie befriedigt, und kann alles auf Anhieb finden.

Sie fordern die Plastikkarten ein, ohne die ein Leben in Amerika kaum vorstellbar ist, Versicherungskarten, Kreditkarten, Mitgliedskarten, Krankenversicherung, Autoversicherung, Bankomatkarte, Autotouringclub, ich fächere sie auf dem Wohnzimmertisch auf, als breite ich mein Leben vor ihnen aus. Ein Leben, das beweist, wie untrennbar wir verbunden waren, auch durch die Verträge, die wir als Paar geschlossen hatten und die nun nicht aufgekündigt werden können, ohne mein bisheriges Leben zusammen mit Jeromes Existenz zu annullieren. Sie fordern mich auf, die Karten mit der Küchenschere zu zerschneiden. Warum hat er ihnen erlaubt, mich wie ein Kind zu behandeln, dem man zur Strafe alles wegnimmt, was das Leben angenehm macht, und von dem man auch noch verlangt, es selber zu zerstören? Es ist nur Plastik, sage ich mir, und sie helfen mir, mich von Obligationen zu befreien, die ich allein nicht tragen kann. Aber es ist auch unser Leben, und es ist unser Versprechen, füreinander zu sorgen, das wir einander gegeben und bis zuletzt gehalten haben.

Es wird eine Zeit kommen, hatte ich manchmal im Streit gesagt, wenn du krank sein und außer mir niemanden mehr haben wirst. Ich werde es sein, die dich dann betreuen, füttern und im Rollstuhl herumschieben wird, und niemand sonst. Wie wagst du es, mir mit Siechtum zu drohen, hatte er ausgerufen. Aber es war keine Drohung gewesen, denn nicht seine Krankheit war es, die ich mir vorgestellt hatte, sondern daß ich da sein würde, wenn er mich brauchte, und auch die geheime Hoffnung schwang mit, daß er mir dann auf eine unentrinnbare Weise gehören würde. Im letzten Winter hatte er eine langwierige Lungenentzündung, wir kamen ein paar Wochen lang nur aus dem Haus, um zum Arzt zu fahren, und tagelang rief niemand an, das Leben draußen ging ohne uns weiter, und es war uns recht. Ich wußte, daß er jeden Tag bis zum Mittag brauchte, um aus seiner gedrückten Stimmung aufzutauchen und daß er mit sich und seiner Krankheit ungeduldig war, und nahm es ihm nicht übel. Einmal war er ins Arbeitszimmer gekommen, während ich schlief. Im Schlaf sahst du so jung aus, sagte er später, deine Haare waren über das Kissen gebreitet wie früher in unserer ersten Zeit, und ich dachte, ich bin dir viel schuldig geblieben, du hättest ein besseres Leben verdient.

Jetzt hege ich diese Erinnerung wie eine späte Abbitte, sie reicht aus, mich zu versöhnen.

Falls noch Forderungen kommen, sagt Harold, schick die Rechnungen an mich, die Ausstände werden aus der Hinterlassenschaft bezahlt, und ich danke ihm, obwohl ich weiß, daß es ihm Genugtuung bereitet, mich aus Jeromes Leben hinauszudrängen, wenn auch erst nach seinem Tod. Ich spüre seine zornige Abwehr, eine gewalttätige Rücksichtslosigkeit, die ihn vor Anspannung vibrieren läßt, als gäbe er mir die Schuld an Jeromes Tod, als hätte er mich in dem schrecklichen Verdacht, ich hätte Jerome dadurch umgebracht, daß ich ihn nicht losgelassen habe. Es ist der gleiche Zorn, den ich gegen die Menschen hege, die sich in unserem Haus breitmachen und uns weder trösten noch mit uns trauern. Vielleicht ist es einfach nur das sich Aufbäumen gegen die Gewalt des Todes, die uns alle überwältigt und bis zur Unkenntlichkeit entstellt. Wir leben seit einer Woche in einem Ausnahmezustand, der nicht endet, wir stehen alle unter Schock und halten uns an unserer Trauer fest, verteidigen eifersüchtig ihre Einzigartigkeit, die mit der Trauer der andern nicht vereinbar ist und sich aus unserer unvergleichlichen Beziehung zu Jerome herleitet.

Insgeheim ruft ihn wohl jeder zum Zeugen für die Richtigkeit seiner Trauer an, jeder will ihn auf seine Seite ziehen und mißgönnt den anderen ihre Nähe zu ihm, aber wir sind viel zu verstört, um die Absurdität unserer Eifersucht und Wut zu erkennen. Es gibt keinen größeren Angriff auf das Leben als den Tod, und jeder Angriff ruft Wut hervor, wir schlagen blind zurück und treffen, was am nächsten steht. Jeder von uns gleicht weniger sich selber als einem bedrohten Tier, dem man Schmerz zufügt. Es ist, nach dem Totstellreflex der ersten Stunden, die nächste Stufe auf dem Weg in die Verliese des Todes.

Nachdem ich alle Bindungen zur gemeinsamen Vergangenheit mit der Küchenschere zerschnitten habe, bin ich frei, vogelfrei, in einem auf einmal wieder fremden Land.

Ilana sagt, sie will das Haus nicht, sie werde nie in einer Suburb wohnen, sie habe Dedham seit ihrer Schulzeit gehaßt. Nach zwei Jahren in dem abgelegenen College in den Berkshires war sie nach New York gezogen, um an der NYU weiterzustudieren, was einen Abstieg bedeutete, aber sie hielt es auf dem Land nicht aus.

Willst du das Haus haben? fragt sie mich. Aber was soll ich mit einem Haus in Amerika, einem leeren Haus, in dem alles darauf hinweist, daß der einzige Mensch, für den es sich lohnte, in dieser öden Vorstadt zu leben, nicht mehr da ist. Jerome war in den Suburbs aufgewachsen, sie hatten von Kindheit an seinen Lebensrhythmus bestimmt, in den er zurückkehrte, sobald er eine Familie gegründet hatte, und ich war damals zu unerfahren und zu neu im Land, um Einspruch zu erheben. Aber auch ich habe die Vorstädte dreißig Jahre lang verabscheut und sie wie etwas Unabänderliches ertragen. Und seit ich allein hier bin, wird mir die Häßlichkeit vollends bewußt, die Containerbauten aus Beton entlang gerader Straßen, ebenerdige Verschläge mit Metallrahmen, in die unter schmutzigen Markisen eine Glastür und ein Schaufenster eingelassen sind, und in denen alles von Autoreifen bis Fast Food verkauft wird, alles, was nützlich und häßlich ist, dazwischen schmucklose Einfamilienhäuser mit Schiebefenstern und Fliegengittern, und über viele Meilen Brachland mit Strip Malls und Megamärkten, und immer wieder Taco Bell, Burger King, McDonald's, Friendly's, Pizza Hut, Imbißlokale, von denen wir unsere Tochter oft auflasen, wenn sie als Teenager von einer Gruppe Jugendlicher mit Auto abgehängt worden war. Im Sommer brennt die Sonne auf den Asphalt, hungert die Platanenbäumchen aus, die, in den Gehsteig einzementiert, nie zu Bäumen werden, im Winter fegen Wind und Regen über die flachen Dächer und die betonierten Parkplätze groß wie Fußballfelder. Erst weiter südlich gibt es kurze Waldstrecken entlang des Highway. Die Suburbs sind Orte, die jeder flieht, der einen Ausweg hat. Wer einen Job hat, fährt am Morgen weg und kommt in der Dunkelheit zurück. Hier gibt es weder Theater noch Konzerte, keine Buchhandlungen, nur kleine Büchereien, und an jedem Häuserblock die aus unerfindlichen Gründen so zahlreichen Manikürsalons. Hier werden jungverheiratete Mädchen allmählich alt und dick, sie fangen an, Kleiderschürzen zu tragen, und lassen sich gehen. Nur die Fingernägel lassen sie sich noch maniküren, um dabei ein paar Stunden Langeweile zu vertreiben. Erst jetzt, nach dreißig Jahren, jetzt, wo es zu spät ist, denke ich, daß ich mich in ein Schicksal fügte, das keines war, daß ich Jerome vielleicht nicht hätte verlassen müssen, daß es ausgereicht hätte, den Ort zu verlassen, an den er mich als junge Frau aus Europa brachte. Warum erkenne ich das erst jetzt?

Aber das Haus selbst habe ich immer geliebt. Es hatte mich vom ersten Augenblick an so stark angezogen, daß ich um jeden Preis drin wohnen wollte, über dem Charles River, mit den Baumkronen dicht vor den Fenstern und der Flußbiegung, breit und schimmernd wie ein See in der Mittagssonne. Es war der vorläufige Ersatz für das Sommerhaus auf Cape Cod, von dem Jerome seit seiner Kindheit träumte. An Wochenenden fuhren wir die Küste entlang nach Süden und notierten uns die Telefonnummern der Makler auf den For Sale-Schildern entlang der Landstraßen. Wie viele Häuser mit Blick aufs Meer haben wir in unserer Vorstellung bewohnt, mit unseren Augen besessen, bevor wir fünf Jahre vor Jeromes Tod das Angebot bekamen, das wir uns leisten konnten. In Dedham konnte man, im Unterschied zu den Feriendörfern auf Cape Cod, das ganze Jahr über wohnen, es lag nahe an der Subway, und ich hatte gehofft, ich könnte die Einkaufszeile ignorieren, deren Straßenlärm man bei offenem Küchenfenster hört, und auch die Zweckbauten und schmucklosen Einfamilienhäuser der sechziger Jahre, die aus unserer Nachbarschaft eine ärmliche Wohngegend machen. Die südlichen Vorstädte von Boston haben eigenartige Namen, Braintree, Dedham, Needham, deren Herkunft ich am Anfang nachgehen wollte, was ich dann doch nie tat. Wir blieben in Dedham nicht nur, weil uns das Haus gefiel, sondern auch aus Trägheit, aus Phantasielosigkeit, obwohl wir wußten, daß uns die Vorstadt von dem Leben abschnitt, das uns gemäß gewesen wäre. Aber erst als wir vor zwei Wochen auf der Bank im Public Garden über die Zukunft redeten, wußten wir, wie unser Leben hätte aussehen müssen.

Jetzt ist auch das Haus so unbewohnbar wie die Umgebung, vielleicht sogar das ganze Land, denn in den Stunden, in denen die Trauergäste ein und aus gingen, habe ich begriffen, daß diese Stadt und das Land für mich nicht von Jerome zu trennen sind, daß ich hier die Einsamkeit ohne ihn nicht ertragen würde. Ein Leben in diesem Haus wäre so verwaist und überflüssig wie die Kleider in seinem Schrank, und ich würde mit derselben hartnäckigen Sehnsucht von seiner immer schwächer werdenden Gegenwart zehren, wie ich jetzt den schwindenden Duft seines Aftershave im Kleiderschrank und im Bad einatme.

Nein, sage ich zu Ilana, du bist die Erbin, kauf dir mit dem Geld eine schöne Wohnung in Manhattan. Und während ich es sage, erfaßt mich eine unvermittelte Angst, als müsse das Haus, jetzt, wo ich es aufgebe, in den Grundfesten erschüttert werden, wie das *House of Usher*, und in den Fluß stürzen. Noch ist es intakt, obwohl das Dach seit dem Hurrikan im letzten Herbst undicht geworden ist. Bei Wolkenbrüchen und wenn nach einem Noreaster der Schnee schmilzt, sickert das Wasser im Arbeitszimmer durch die Abdichtungen der Fensterrahmen und läuft die Wände hinunter in den Teppichboden.

Ohne daß wir es aussprechen, fällt noch in der Schiwa-Woche der Entschluß, daß das Haus verkauft wird und zur Besichtigung geräumt werden muß.

*

Von Tag zu Tag werden die Gäste weniger. Zuletzt sitzen nur noch ein paar Verwandte bis spät in den Abend am Eßzimmertisch, und manchen wird erst jetzt bewußt, daß ich Jeromes Frau war und einen Anteil an vielen Jahren seines Lebens hatte, auch wenn sie unsere Beziehung nicht verstehen: Waren wir nun ein Paar oder nicht und wenn ja, warum haben wir nicht ohne Unterbrechung miteinander gelebt, warum konnte ich nicht in der Nähe irgendeinen Job finden, wozu eine Scheidung, wenn sie nichts bedeutet? Es gelingt mir nicht, es ihnen zu erklären, sie leben in dem abgezirkelten Bereich von Familie, Einkommen, Besitz und Gewöhnung, dem wir uns nie haben ergeben wollen.

Sie wissen wenig über den Jerome, den ich kannte, sie erinnern sich an ihn nur als eigenbrötlerisches Kind, das lieber Bücher las, als mit ihnen auf der Straße zu spielen, sie sehen in ihm immer noch den pummeligen Jugendlichen, der ihnen allen als Vorbild vorgehalten wurde: Er geriet in keine Raufereien, brachte gute Noten nach Hause, studierte und machte den Eltern Freude. Harold dagegen war immer schon einer von ihnen gewesen, ein jugendlicher Rowdy, ein harter Bursche, wie er stolz betont, und wenn sie sich gemeinsam an ihre Streiche erinnern, ist er ein anderer, Jüngerer als der weißhaarige Staatsbeamte, der sich distanziert und hochmütig mir zuwendet und ironisch sagt: Schwager? Von wegen! Ich erkenne Jeromes Züge in seinem Gesicht, aber ich kann es nicht lesen. Jeder Blick, jede Nuance in Jeromes Gesicht war mir vertraut gewesen, er konnte nichts verbergen, seine Augen gaben alles preis, was er zu verstecken suchte, er log und bestritt, wie es ihm paßte, aber seine Augen und seine Stimme konnten nicht lügen. Und nun sehe ich dieselben flüchtigen Regungen im Gesicht seines Bruders, die Oberlippe, die sich in leisem Widerwillen kräuselt, das amüsierte Zucken um den Mund, die verächtlich geblähten Nasenflügel, während er den Anschein erwecken will, daß er mir respektvoll zuhört, die hin- und herflitzenden Pupillen, wenn er lügt. Und wenn er sich mit seinem Cousin Michael daran erinnert, wie sie eine gegnerische Bande, die ihnen zahlenmäßig und an Muskelkraft überlegen war, hereinlegten, dann geht er in der Darstellung seiner Geschichten auf wie Jerome vor einem gebannten Publikum, und er lacht wie Jerome, verhalten, in sich hinein.

Zu ihrem eigenen Erstaunen beginnen mich manche Familienmitglieder im Lauf dieser Abende zu mögen, und wenn sie weggehen, umarmen sie mich unter Tränen und bedauern, mich zu Jeromes Lebzeiten nicht wirklich kennengelernt zu haben. Sie reden davon, was wir alles zusammen hätten unternehmen können, wenn sie mich nur besser gekannt hätten, und wie schade, daß der Anlaß für unsere Annäherung Jeromes Begräbnis sein mußte. Sie bringen Ilana Geschenke mit, Andenken an die gemeinsamen Großeltern, eine böhmische Granatkette, eine Erstausgabe der Bibelübersetzung von Leopold Zunz, verstaubte, vergilbte Bücher auf Deutsch, die sie nicht lesen können, mit dem Ex Libris der Großeltern, Tucholsky, Fontane, Karl May. Sie wollen die Entfremdung gutmachen, die vielleicht kein Einzelner verschuldet hat und die trotzdem geschehen ist, und jetzt ist es zu spät. Ich halte die Bücher mit dem Ex Libris zweier unbekannter Toter in Händen und schaue fragend zu Harold hinüber, schließlich waren es Bücher seiner Familie, aber er winkt ab: Ich lese nicht, und schon gar keine alten Schmöker, meine Bücher kaufe ich mir im Supermarkt für siebzig Cent. Ich weiß, er sagt es auch, um mich zu ärgern, und ich erkenne die Kluft, die Jerome von seiner Familie trennte, selbst von seinem Bruder, obwohl er es niemals zugegeben hätte, nicht einmal vor sich selber. In unserem Haus gibt es keine Wand ohne Bücherregale und in jeder Ecke wachsen schiefe Büchertürme aus dem Boden. Worüber die beiden Brüder wohl geredet haben? Harold rief immer spät nachts an, wenn ich schon schlief. Wenn Harold aus San Francisco auf Besuch kam, gingen wir zusammen in sein Lieblingsrestaurant, wo es angeblich die besten Steaks gab, blutig, fast roh, und die stärksten Gin Tonics. Dann saßen sie mir gegenüber, so verschieden und doch erkennbar verwandt, und wetteiferten miteinander, gaben sich gegenseitig Rätselfragen auf, als müsse jeder dem anderen beweisen, daß er der Klügere mit der schnelleren Auffassungsgabe war. Ich dachte immer, sie wollten über die Dinge, die ihnen wichtig waren, nicht vor Zeugen reden. Aber als Harolds erste Frau ihn verließ, erfuhr Jerome erst nach der Scheidung davon. Ich erzähle ihm alle kleinen Sorgen, alle unwichtigen Trivialitäten, beklagte sich Jerome, und er erzählt mir nicht einmal, daß seine Frau seit Jahren fremdgeht. Auf der Kommode im Schlafzimmer steht ein Foto von ihm mit der zweiten Frau seines Bruders als Braut, einer übergewichtigen alten Jungfer in Weiß. Emily ist genau die Art von Frau, die Jerome nicht ausstehen konnte, rechthaberisch, pedantisch, phantasielos und unbeugsam. Er hatte sie kritiklos ins Herz geschlossen, als sie die Frau seines Bruders wurde.

Unsere Kindheit war ganz anders, als er sie sich zurechtgeträumt hatte, sagt Harold. Unsere Eltern kamen aus zu verschiedenen Welten, um einander zu verstehen, der Vater starb mit neununddreißig Jahren an Krebs, wir mußten uns das Studium selber verdienen, aber Jerome hatte eine Begabung dafür, die Wirklichkeit solange umzudichten, bis sie seinen Träumen entsprach.

Harold und seine Cousins sitzen bis spät in die Nacht und erinnern sich an ihre Kindheit in der Bostoner Vorstadt, an die Bandenscharmützel mit italienischen und irischen Jugendlichen, ich kenne viele Anekdoten von Jerome, aber bei ihm klangen sie wie chassidische Geschichten voll Komik und absurder Situationen. Die Vergangenheit, von der seine Verwandten und sein Bruder reden, ist anders, wirklicher, roher, unversöhnt. Als hätten sie in der Realität gelebt und er in einem amerikanischen Anatevka. Das ganze Leben war für ihn eine groteske Katastrophe, voller absurder Dialoge und Mißverständnisse, gleichzeitig zum Lachen und zum Weinen. Eines seiner Lieblingsstücke war *Warten auf Godot*.

In seinem letzten Lebensjahr versuchte Jerome an früher anzuknüpfen, er erinnerte sich daran, daß er Cousinen und Cousins in seinem Alter hatte. Es waren Abschiedsbesuche in die Vergangenheit. Im letzten Sommer fuhr er zur Hochzeit eines Cousins nach Florida. Marc, ein Jahr älter als Jerome, heiratete eine langbeinige Blondine aus einer alten New England Familie, die ihren Stammbaum bis zur Mayflower zurückverfolgen konnte. Und während Jerome damals schon gespürt haben muß, daß seine Lebenskraft am Versiegen war, führte der jugendliche Mittsechziger ihm vor, daß für ihn alle unwahrscheinlichen Träume noch in Reichweite lagen. Die Cousine der Braut war Jeromes letzte Eroberung gewesen. Von dieser Reise kam er voller Begeisterung zurück, er hatte seine Familie entdeckt und machte Pläne für Einladungen und weitere Familientreffen.

Im Herbst flog er ein letztes Mal nach Deutschland zu entfernten Verwandten in Frankfurt und Berlin, und nach Österreich. Dein Vater ist alt geworden, seit ich ihn das letztemal gesehen habe, sagte er am Telefon, es wird wohl das letzte Wiedersehen gewesen sein.

Er hatte mich immer mit seiner Anpassungsfähigkeit erstaunt, die ihm jede Kultur, mit der er sich beschäftigte, rasch von innen, in ihrem Wesen zugänglich machte, noch ehe er die fremde Sprache erlernte, eine Begabung, die ihm half, die Mentalität seiner Klienten intuitiv zu erfassen, als er sich auf Asylrecht spezialisiert hatte. Aber nach dieser Europareise kam er erschöpft zurück, und am ersten Abend, in dem Restaurant, in das wir aus Bequemlichkeit öfter als anderswohin gingen, sagte er: Ich habe mich so mühsam und freudlos von Ort zu Ort, von Hotel zu Hotel geschleppt. Du kannst dir nicht vorstellen, wie froh ich bin, wieder zu Hause zu sein. Seine schlanken Beine mit den knabenhaft schmalen Fesseln und festen Waden waren aufgedunsen, die Knöchel unsichtbar, die Haut über den Waden gespannt, bereit aufzubrechen, das Fleisch darunter wie abgestorben, wenn man darauf drückte, blieb minutenlang eine Delle, die sich nur langsam füllte. Er bekam Stützstrümpfe verordnet, die er nie trug, und nahm seine unförmigen Beine hin wie alle Alterserscheinungen, er ignorierte sie. So war er durchs ganze Leben gekommen, ohne jemals im Spital gelegen zu sein, keinen einzigen Tag. Seinen alten Freund David, der viele Jahre sein Kardiologe gewesen war, verließ er, als David nach der Untersuchung zu ihm aufblickte und mit einem Entsetzen in der Stimme, die dem Freund, aber nicht dem Arzt anstand, sagte, du wirst sterben, Jerome, und ich kann nichts für dich tun. Danach konsultierte er einen jungen Arzt, dem gegenüber er keine Schwäche zeigen wollte, mit dem er beiläufig scherzte und dem er seine Symptome und Ängste verschwieg.

Ilana ist erfreut über den plötzlichen gleichaltrigen Familienzuwachs, die junge Dichterin Caitlin, die Tänzerin Jill, den Journalisten Mike, sie machen gemeinsame Pläne bis in den Herbst. Aber ich erkenne in keinem von ihnen auch nur eine Spur von Jerome, ich spüre nur etwas von der Nestwärme einer Großfamilie, über die er sprach, wenn er von früher erzählte, die uns gefehlt hatte und mir nun nicht mehr gilt. Die Zuneigung ist nur ein kurzes Aufflackern von Bedauern auf beiden Seiten, sie wird vom Alltag schnell wieder zugedeckt werden.

Ich gehöre zu keinem *Wir* mehr, das sich ihnen anschließen könnte, und sie werden mir unvermittelt wieder fremd, wenn ich sie von Dingen erzählen höre, die ihr Leben betreffen, das ich nicht kenne, ihren Kindern und Enkelkindern, ihren Häusern und ihren Berufen.

Der erste Schabbat beendet die Woche des Schiwa-Sitzens. Danach bleiben die Gäste weg. Acht Tage nach seinem Tod haben die meisten Menschen, die ihn kannten, mit Jerome abgeschlossen. Life must go on. Manchmal sehe ich in den nächsten Wochen einen von ihnen auf der Straße oder im Supermarkt, aber es kommt zu keinem Gespräch, sie wechseln die Straßenseite oder sind in die Beschriftung einer Lebensmittelpackung vertieft. Vielleicht haben sie sich ja auch nur von meinem exzessiven Verhalten während der Trauerwoche abgewendet, ich werde es nie wissen. Leslie kommt manchmal ungeladen zum Abendessen, setzt sich zu Tisch, als sei es für Jeromes besten Freund selbstverständlich, daß er nun bei Tisch seinen Platz einnimmt. Er erzählt von seinen Eroberungen bei jungen Frauen, von all dem Lob und Dank, mit dem seine Klienten ihn überhäufen, und davon, was er seine spirituelle Biographie nennt, bis er, von Jeromes Wein ermüdet, abrupt aufbricht.

IV

Scheloschim – Dreißig Tage

Am Schabbat abend kommen Suzanne und Rachel, Mutter und Tochter, die schon vor Jeromes Tod viele Sylvesterabende und Feste mit uns gefeiert haben. An diesem Abend bleibt Jeromes Sessel leer. Sie bringen Cheryl Ann's Challah, die Jerome und Ilana so gern aßen, schwere Hefelaibe, die das ganze Jahr über rund sind wie zu Rosh ha-Schana, ein wenig klebrig, mit viel Rosinen. Die letzte Challah, die Jerome gekauft hatte, lag auf dem Rücksitz seines Autos, dort wo er es geparkt hatte, um seinen letzten Fußweg anzutreten. Das ist der Vorteil eines unerwarteten Todes, daß alles bis zum Schluß Sinn ergibt und alles gleich wichtig ist, der Einkauf für den Schabbat, den man nicht mehr erleben, der Zahnarzttermin, den man nicht mehr einhalten wird. Eine Woche vor seinem Tod gewann er, der sein ganzes Leben lang vom Glücksspiel fasziniert war, im Lotto. Am Sonntagmorgen, bevor wir zu unserer Verabredung im Four Seasons nach Boston aufbrachen, rief Jerome mich mit aufgeregter Dringlichkeit ins Arbeitszimmer. Das sind doch meine Zahlen, sagte er und starrte auf den Bildschirm, lies sie mir vor, damit ich es glauben kann. Und da standen die Geburtstage seiner Mutter und seiner Tochter, nur die sechste Zahl stimmte nicht überein und wir waren nicht sicher, ob er zehntausend oder hunderttausend Dollar gewonnen hatte. Aber dann hatte er keine Zeit mehr gehabt, seinen Gewinn abzuholen und der Lottoschein war der Vernichtungswut der

Schwägerin zum Opfer gefallen, er war nirgendwo mehr aufzufinden. In seiner Jugend war er zu den Pferderennen in die Suffolk Downs gefahren, im Sommer waren die beiden Brüder oft mit ihrem Vater nach Las Vegas geflogen. Und auch, wenn er bei fast allen Wetten und Glücksspielen leer ausgegangen war, sein Hang zum Risiko, die atemlose Spannung vor den Überraschungen des nächsten Augenblicks, hatten ihn trotz vieler schmerzlicher Enttäuschungen jedesmal verläßlich mit dem Schwindel grenzenlosen Glücksversprechens belohnt.

Jeder stirbt so, wie er gelebt hat, behauptet Suzanne im Lauf des Schabbat abends. Sie ist überzeugt, daß Jerome starb, weil er sich vor einer attraktiven, sportlichen Frau keine Blöße geben wollte, und daß er so starb, wie er gelebt hatte, von einem Augenblick zum nächsten, immer in der Erwartung, das große Los zu ziehen.

Es ist der erste Schabbat Abend in diesem Haus ohne Jerome, und ohne daß wir darüber reden, kommt es uns vor, als zelebrierten wir jedes Ritual nur für ihn. Ilana zündet die Kerzen an und steht danach lange schweigend davor, die Augen mit den Händen bedeckt. Jerome hatte immer darauf bestanden, anwesend zu sein, wenn sie oder ich das Licht benschte, so hatte man es bei ihm zu Hause genannt. Wir denken beim Segnen der Schabbatbrote daran, daß die Challah bei Cheryl Ann's der letzte Einkauf seines Lebens war. Das Einschenken des Weins war seine Zeremonie gewesen, er hatte eine geradezu sakrale Beziehung zu Wein und verbrachte an Wochenenden ganze Nachmittage in Weinhandlungen, stöberte nach Raritäten, alten Jahrgängen, unterhielt sich mit dem Besitzer über die Haltbarkeit der Weine aus verschiedenen Regionen. Wir trinken einen Burgunder aus Jeromes Weinkeller, den er mit so großer Sorgfalt über die Jahre mit den besten Jahrgängen gefüllt hatte. Es ist der Wein, den ich am liebsten trank, in der letzten Zeit kaufte er nur noch Burgunder und Bordeaux Weine, nur für dich, sagte er dann jedesmal, weil es mich glücklich macht zu sehen, wie du sie genießt. Es war unser Zusammensein, das ich genoß, unsere Abende, an denen uns das Zeitgefühl abhanden kam und zu denen ein Glas Wein gehörte. Trotzdem hat er seinen Weinkeller nicht mir, sondern seinem Bruder vermacht, der Rotwein verabscheut und am liebsten Gin Tonic trinkt, so wenig wußte er über ihn. Suzanne hat marokkanischen Fischeintopf und Couscous mitgebracht. Das hätte Dad geschmeckt, er mochte die mediterrane Küche, sagt Ilana. Alles, was wir an diesem Abend tun und worüber wir uns unterhalten, bezieht ihn mit ein, als säße er mit uns am Tisch.

Gleichgültig, wie hektisch früher die Woche gewesen war, für den Freitag abend nahmen wir uns Zeit. Wir trafen uns am Nachmittag im Supermarkt und feilschten jedesmal um das Gewicht des Vogels miteinander, und ob wir ein Huhn oder eine Ente kaufen sollten. Huhn mit Semmelfülle war seit Ilanas Kindheit zum einzig möglichen Schabbatgericht geworden. Inmitten aller Improvisationen, unserer Trennungen und meiner Abwesenheiten brauchten wir ein paar feste Rituale, und dazu gehörte Schabbat Dinner. An diesen Abenden zählte nur die Gegenwart, weder Zukunft noch Vergangenheit durften uns die Stimmung trüben, und wir haben uns immer an diese unausgesprochene Abmachung gehalten. Der Tisch mit den Kerzen, dem Wein, der Challah und dem Huhn war die Insel der Beständigkeit in unserem Leben, und wenn ich das Wochenende anderswo verbringen mußte, sehnte ich mich danach, egal wo ich gerade war. Jedesmal, wenn wir gegessen hatten und bis in die Nacht vor dem halb leergeräumten Tisch saßen und redeten, während die Kerzen niederbrannten, war ich ganz von dem Behagen erfüllt, hier und nirgendwo anders zu sein. In solchen Momenten wußte ich, daß ich vollkommen zufrieden war. Ich hätte dieses Glück gern wie eine verderbliche Speise konserviert, für später, wenn wir einander nicht mehr hätten. Aber ich dachte dabei nie an den Tod, nur an eine so endgültige Trennung, daß es uns danach nicht mehr möglich sein würde, einander vertraut zu begegnen. Auch deshalb hoffte ich, daß Jerome etwas Ähnliches empfand, aber ich habe ihn nie gefragt, aus Angst, er könnte nicht begreifen, wieviel mir dieses kurze Innehalten der Zeit bedeutete und wie schrecklich sein Verlust für mich wäre.

Als ihr uns das erstemal zum Schabbat Dinner eingeladen habt, erinnert sich Suzanne, fragte Jerome mich, ob wir lieber das weiße als das dunkle Fleisch vom Huhn aßen.

Er ißt gern den Bürzel und eine Keule, sagt Ilana, er und ich essen nur dunkles Fleisch, deshalb war es schwierig, Leute einzuladen, ein Huhn hat nur zwei Beine. Wenn es um gutes Essen und Trinken geht, ist Dad kompromißlos. Sie spricht noch immer in der Gegenwartsform von ihm, so wie ich seit seinem Tod nicht in der dritten Person an ihn denken kann. Nie ist er Gegenstand meiner Gedanken, sondern immer ein Gegenüber, mit dem ich rede, alles, jeder Augenblick ist auf dieses abwesende Du hin gespannt.

Eigenartig, sagt Suzanne, er lebte gern im Augenblick, wenn der ihm behagte, aber eigentlich war er ein Romantiker, sein großes Thema war die Sehnsucht nach etwas so Vollkommenem, wie es in Wirklichkeit nicht existiert. Dabei war er selber alles eher als vollkommen.

Wart ihr beide jemals mehr als Freunde? frage ich.

Er war doch bereits vergeben, sagt Suzanne erstaunt, das

war mir immer klar, ob du da warst oder nicht, ihr wart ein Paar, man brauchte euch nur zusammen beobachten, wie ihr euch verständigt habt. Ihr wart im Einvernehmen, über ganze Gesellschaften und Räume hinweg wart ihr in Verbindung miteinander wie ein händchenhaltendes Paar.

Seit er tot ist, kann ich nicht aufhören, mich zu fragen, ob er mich geliebt hat, sage ich so leichthin, wie es mir möglich ist.

In dreißig Jahren habe ich ihm diese Frage nie gestellt. Ja oder Nein waren für mich leichtfertig hingesagte Wörter, sie dienten einem kurzfristigen Zweck und waren nie endgültig. Wenn man im Sturm und Drang der ersten Verliebtheit sagt, ich liebe dich, bedeutet es etwas anderes als nach einem Jahr, wenn man bereits die Vergänglichkeit dieser Liebe ahnt und durch Beteuerungen dagegen aufbegehrt. Aber wenn man es nach dreißig Jahren sagt, kann man es nicht mehr zurücknehmen, und weder Untreue noch Tod können es ungültig machen. Ich hielt es nie für nötig, eine feierliche Antwort auf etwas zu bekommen, das man nur an den kleinen Gesten eher wie nebenher erfahren kann, I love you, wie viele hunderttausend Male hat er es gesagt, immer wieder, im Lauf von fast vierzig Jahren? Einmal, mitten in einem Streit, als wir beide aufeinander einschrien, fragte er plötzlich, liebst du mich, und ich schrie ohne zu zögern, ja. Dann sahen wir einander erstaunt an und lachten. Es war ein glücklicher Augenblick, obwohl wir gleich danach weiterstritten. Ich wünschte, ich hätte ihn vor zwei Wochen, als wir im Public Garden saßen, gefragt, ob er mich liebe. Obwohl ich sicher bin, daß er Ja gesagt hätte. Aber dann hätte ich es gehört und könnte mich daran festhalten. Die größte Pein verursacht mir das Versäumte, das Unterlassene, daß wir viel zu wenig zusammen unternommen haben und an so vielen Orten, nach denen wir uns sehnten, nicht gewesen sind, daß wir einander vieles nicht verziehen, noch nicht einmal um Vergebung gebeten haben, und daß ich beim letzten Abschied am Flughafen nicht sagte, ich liebe dich, weil ich noch nicht begriffen hatte, wie sehr ich ihn liebte, und nicht sicher war, ob er meine Liebe erwiderte.

Man müßte sich mit den Augen des anderen sehen können, meint Suzanne, nur einen Augenblick lang, dann müßte man nicht fragen.

Suzanne lebt allein mit ihrer behinderten Tochter, die sich als Teenager ihrem Vater mit ihrem Nachnamen vorgestellt und gefragt hatte, wie er hieße, als sie ihn das erstemal nach zehn Jahren wiedersah und nicht erkannte. Jetzt schickt er uns einmal im Jahr eine Karte, eine Weihnachtskarte, berichtet Suzanne, er hat offenbar vergessen, daß seine Kinder Juden sind. Rachel sagt im gleichen Tonfall yes, please und no thank you, sie will wissen, wo man arbeitet, wie man heißt und wann man Geburtstag hat, dann verfällt sie in Schweigen, bis sie nach Stunden dieselben Fragen von neuem stellt. Zum Glück vermißt sie ihren Vater nicht, sagt Suzanne trocken.

Was ihr beide hattet, war trotz allem eine große Liebe, sagt sie mit einem kaum hörbaren sehnsüchtigen Unterton, du und Ilana, ihr wart der Mittelpunkt seiner Welt.

Es hat sich selten so angefühlt, erwidere ich ohne Schärfe.

Sie und Jerome waren in den letzten beiden Highschool Jahren in Parallelklassen gegangen, danach hatten sie einander aus den Augen verloren.

Jerome war der Possenreißer unseres Jahrgangs, erinnert sie sich, ich mochte ihn, er war hinreißend, wenn er Lehrer nachahmte, er bahnte sich seinen lauten, fröhlichen Weg durch den Alltag, der für uns andere mit allen möglichen Ängsten befrachtet war. Er war ein großer Redner, der Gewalt wich er dagegen lieber aus, nur wenn etwas seinen Gerechtigkeitssinn verletzte, konnte er streitbar werden. Und er verhandelte um alles, um Noten, Prüfungstermine, um jede Kleinigkeit, so hartnäckig, daß er fast immer gewann. Auch wenn wir selten miteinander redeten, es war klar, daß wir jüdischen Jugendlichen zusammenhalten mußten, und er war schon damals unser Anwalt.

Als sie fünfundzwanzig Jahre später eine Klage gegen den Bundesstaat Massachusetts einbrachte, weil ihrer Tochter die Behindertenunterstützung gestrichen worden war, suchte sie nach Jerome im Verzeichnis für Anwälte, so sicher war sie, daß er nur diesen Beruf hatte ergreifen können.

Und sein Schauspieltalent? frage ich.

Das hatte er ganz gewiß, er spielte auch in allen Schulaufführungen mit, aber sich selber konnte er am besten spielen.

Ich bin so begierig auf Geschichten über ihn, als könnte es in absehbarer Zeit zu spät sein, etwas zu erfahren, was ihn mir erklärt. Als sammelte ich Gerüchte über einen Unbekannten, die von allergrößter Bedeutung für mich sind. Alle Erinnerungen an ihn sind auf einmal kostbar, und meine Furcht, sie könnten verlorengehen, wächst manchmal zur Panik vor einem unvorstellbaren Verlust. Als seien auch die Erinnerungen Gegenstände, die in Müllsäcke gestopft und zur Vernichtung abtransportiert werden könnten.

Wir reden von Herb, den Suzanne als verschlossen und herrisch beschreibt. Hast du gewußt, daß er beim CIA war? fragt sie.

Jerome hat es nicht einmal in Andeutungen erwähnt, erwidere ich erstaunt.

In der Freundschaft zwischen Jerome und Herb herrschte ein eindeutiges Machtgefälle, erinnert sich Suzanne. Herb erklärte Jerome die Situation, denn er war das Genie, und er bestimmte, wie vorzugehen sei und was Jerome zu tun hatte, denn Jerome war der Clown, der sich alles traute und aus allem heil herauskam. Wenn er als Sieger zu Herb zurückkam, wurde er gelobt, das machte ihn glücklich. Ich habe nie verstanden, sagt Suzanne, was Jerome von dieser Freundschaft hatte.

Und warum hat Herb sich nach den vielen Jahren ohne vorangegangenen Streit und ohne Erklärung zurückgezogen? frage ich.

Er ist ein bißchen wie sein Bruder Harold, sagt Suzanne, er verhandelt nicht, er bestimmt und urteilt, und bleibt bei seiner Überzeugung, nach dem Motto *my way or the highway*.

Bei Jerome folgte auf jedes letzte Wort ein weiteres. Auf rechthaberisches Beharren antwortete er manchmal ironisch mit einem Zitat aus Dickens: *What is it now he asked without listening*.

Wir vergleichen seine Zitate und Lieblingssätze: *Es gibt ihn nicht, den Schuft*, aus *Warten auf Godot*, damit brachte er seine ambivalente Haltung zur Religion zum Ausdruck.

Ilana zitiert aus einem Gedicht, dessen Verfasser sie vergessen hat: *It gives me sharp and shooting pains to listen to such drool, so I lifted up my little foot and squashed the goddamn fool.* Aber wir brauchten nur die erste Zeile sagen, wenn uns jemandes Geschwätz unerträglich wurde, oft reichten die ersten paar Wörter, und wir brachen in Gelächter aus.

Wo wärst du ohne mich, sagte er oft, erinnert sich Suzanne, wenn man ihm für Rat oder Hilfe dankte. Und *we are up shit's creek*, wenn eine Situation hoffnungslos verfahren war.

Er hatte überhaupt einen Hang zu Kraftausdrücken. Manchmal gab es deswegen Ärger mit Klientinnen, die ihm vorwarfen, sexistisch zu sein. Hat Vater wieder ein F-Wort verwendet, fragte Ilana, wenn sie davon erfuhr.

Wir stimmen überein, daß er sich von Gefühlen leiten und oft irreführen ließ.

Er war so sentimental, so leicht zu rühren. Erinnerst du dich, wenn er sich im Kino verstohlen geschneuzt hat, fragt Ilana.

Wenn er ihr Gepäck für eine Reise ins Auto lud, sang er mit seiner unmusikalischen Stimme, die keine Melodie halten konnte: What will I do when you are far away, and I am blue, what will I do? Und ungezählte Male erklärte er mir in einer Mischung aus Scherz und Ernst: Darling, we are like one. All die Jahre, und allem, was unser Leben vergiftete, zum Trotz, bis zur letzten Umarmung am Flughafen wiederholte er als Begründung und gleichzeitig oft als absurden Widerspruch zur Situation: weil wir zusammen gehören. Lauter Sätze, die gemeinsame Erinnerungen aus dem Vergessen holen und ihnen einen fast lächerlich unangemessenen Glanz verleihen. Es scheint mir, als hätte ich unsere gemeinsamen Erfahrungen immer schon durch seinen Blick gefiltert erlebt, als fürchtete ich, die Erinnerungen könnten ihre Leuchtkraft verlieren, so wie nach Sonnenuntergang die Farben aus den Dingen weichen und als graue Umrisse in der Dunkelheit versinken.

Wir reden von seiner Lebensfreude, seiner Freude an gutem Essen, an der Musik, seiner Leidenschaft für das Theater, seinem fast naiven Interesse an allen Menschen und seinem Glück, wenn er sie unterhalten und begeistern konnte, wenn sie lachten und ihm applaudierten. Dazu gehörte wohl auch sein Ergötzen an der Vielfalt weiblicher Schönheit. Aber sein unstillbarer Appetit auf alles, was das Leben zu bieten hatte, war nur die eine Seite seiner widersprüchlichen Natur, denn dicht daneben lag immer ein Hang zur Selbstzerstörung, der auf Verluste keine Rücksicht nahm, und eine Trauer, als käme alles Licht aus einer unerreichbar fernen Quelle.

Eins seiner Lieblingswörter war *Sprezzatura*, die vollendete, natürliche Grazie des Menschen mit Bildung und Anstand. Er sah sich als großzügigen Lebenskünstler aus einer Ära der Schönheit und des Überflusses, und wenn er sich manchmal ganz und gar in der falschen Zeit am falschen Ort wähnte, besaß er zumindest die Phantasie zu träumen. Die meisten seiner Vorhaben waren Luftschlösser geblieben. Ich kannte sie alle, die Lotterieträume, die großen Schadensfälle mit Kompensationszahlungen in sechsstelliger Höhe, die Gastprofessur an einer renommierten Universität, am liebsten erzählte er von ihnen spät nachts, wenn wir auf dem Highway an den beleuchteten Reklamen von Kentucky Fried Chicken, Burger King, Toys'Я'us, an Sunoco- und Texaco-Tankstellen vorbei nach Hause fuhren. Und nach einer Weile ließ ich mich von seiner Begeisterung für eine Zukunft, an die er selber nicht ernsthaft glauben konnte, mitreißen, wir vergaßen die Beschränkungen unseres Lebens und wetteiferten, was wir mit dem Glück, das uns erwartete, machen würden und gaben den Gewinn schon im voraus aus.

Er war ein Träumer und ein Idealist, wiederholt Suzanne, und es ist keine Kritik, sondern eine Liebeserklärung.

Ja, und ein wenig auch ein Phantast, bestätigt Ilana müde. Sie hat dunkle Schatten unter den Augen, weil sie, wie ich, nachts schlaflos durch das Haus schleicht. Manchmal treffen wir uns zufällig in der Küche. Da sind wir einander näher als untertags. Kannst du auch nicht schlafen? fragen wir gleichzeitig und es kommt uns vor, als sei ihre und meine Trauer die gleiche. Nicht die Trauer einer Tochter um den vergötterten Vater im Unterschied zur Trauer einer Frau um ein Leben, das sie immer wieder für später aufgeschoben hatte, sondern eine alles verschlingende Sehnsucht.

Er war beides, sage ich, ein Phantast und zugleich ein Pragmatiker. Wie hätte er sonst ein guter Anwalt sein können? Aber wie immer, wenn ich versuche, ihn zu definieren, wird er mir in seiner Widersprüchlichkeit ungreifbar. Eigenschaften, die unvereinbar schienen, lagen bei ihm eng beieinander und nie konnte ich im voraus wissen, welche die Oberhand gewinnen würde. Ich weiß weniger über ihn als Suzanne, die seine Jugend teilte und unterscheiden kann, was einzigartig an ihm war und wie ihn seine Herkunft, seine Schulbildung, seine Umgebung geprägt hatten. Manchmal verwendete er eine Redensart, von der ich annahm, sie wäre ein spontaner Einfall, und ich merkte erst, wenn ich sie wiederholte, daß sie ein Gemeinplatz war und die Menschen unangenehm berührte.

Niemand hat sich so leicht von ihm beeindrucken lassen wie du, sagt Ilana und lacht, und vor niemandem hat er sich so gern produziert.

Ich weiß, ich war ein begeisterungsfähiges Publikum, dafür war er mir auch dankbar. Gib zu, hat er oft gesagt, niemand unterhält dich so gut wie ich.

Es ist spät geworden, und wir sind todmüde, aber ich möchte, daß Suzanne weitererzählt, damit sie nichts vergißt, von ihrer Kindheit nach dem Krieg und der Highschool-Zeit in den fünfziger Jahren, von der Senior Prom, als Jerome zu Hause blieb, weil das Mädchen, das er eingeladen hatte, mit einem anderen auf den Ball ging. Ich fürchte mich vor dem Augenblick, wenn Suzanne verstummt und sich das Fenster zu Jeromes Vergangenheit wieder schließt. Gibt es kein Mittel zu verhindern, daß die vielen Einzelheiten, die sein Leben waren, verschwinden, als hätte es sie nie gegeben, bloß, weil sich niemand mehr an sie erinnert?

*

In den Nächten schützt mich nichts vor der Gegenwart des Todes. Das unheimliche Paradox, daß Jerome in allen Dingen anwesend und trotzdem nicht mehr da ist, hält mich wach und mein Herz beginnt zu bocken und zu galoppieren, als müsse es ihm nach. Die vierzig Jahre, die sich noch vor zwei Wochen immer weiter, in eine endlose Zukunft erstreckten, sind abgeschlossen, ihr Ende wurde mit Jahreszahl und Datum vor meinen Augen in die aufgeschüttete Erde gerammt. Wieviel Zeit mir auch bleibt, sie wird von diesem Ende her gemessen werden, hinter dem sich die Vergangenheit auftürmt. Was soll jetzt noch kommen?

Ilana spricht nicht von der Schlaflosigkeit ihrer Nächte, nur von ihren Träumen. Noch immer, wie in den ersten Tagen nach seinem Tod, erscheint der Vater ihr Nacht für Nacht, um sie zu trösten. Er holt sie vom Flughafen ab und fragt, was sie essen möchte. Eiscreme, sagt sie. Eiscreme anstatt eines Mittagessens ist nicht gesund, hält er ihr vor. Kurze Träume ohne bedeutsame Botschaften, sie sagen ihr nur, ich bin noch immer für dich da, ganz wie früher. Immer wieder versucht sie in ihren Träumen, ihn von jenem Geschäft wegzuziehen, das er auf einer Bahre verlassen hat. Denk nicht an die Münzen, bittet sie ihn, denk an deine Gesundheit, komm schon, komm nach Hause. Ich habe ohnehin nicht den ganzen Tag Zeit dafür, ich muß heim, sagt er und schiebt sie sanft ins Freie, und sie sind gerettet. Ich hab wieder von Dad geträumt, verkündet sie am Morgen, und eine warme Zuversicht geht von ihr aus, sie spürt noch den leichten Druck seiner Hand im Rücken, sie wird die Erinnerung an diese Berührung dort festhalten, so lange sie kann, bis sie allmählich schwächer wird und einer in sich gekehrten Schweigsamkeit Platz macht.

Wir müssen schaufeln, sagt er in einem ihrer Träume und gibt ihr eine Schneeschaufel in die Hand, wir müssen das Auto freischaufeln. Es liegt doch kein Schnee, sagt sie, es ist doch Frühling, aber sie beginnt gehorsam, den Rasen rund um das Auto wegzuharken, und da bemerkt sie, es wird ein Grab. Sie erinnert sich an den letzten Dezember, als sie nach einem Schneesturm am Wochenende das Haus zwei Tage lang nicht verlassen konnten, zwei Tage lang war Schnee in grauen wirbelnden Schwaden ums Haus getrieben und es war nicht richtig hell geworden. Am dritten Tag, als eine wässerige Sonne durch die Wolken drang, zog er den Anorak an. An der Tür rutschte er aus, lag rücklings ausgestreckt auf der Schwelle und rührte sich nicht mehr. Aber während sie noch über ihm kniete, ihn rüttelte und ihn rief, bevor sie auf die Idee kam, die Rettung zu rufen, stand er auf, sagte, was soll es schon gewesen sein, ein kleiner Schwächeanfall nach dem Herumsitzen zwei Tage lang, und ging nach draußen, um das Auto von den Schneemassen zu befreien. Vielleicht war das ja ein Hinterwandinfarkt, vermutet sie jetzt mit verspätetem Wissen, das sie sich inzwischen aus dem Internet geholt hat.

Meine Nächte sind traumlos und kurz, und mein Schlaf ist oberflächlich, leicht zu unterbrechen, Jerome geht durch meinen Schlaf, ohne Träume zu hinterlassen, ich sehne mich nach Träumen von ihm und bitte ihn beim Zubettgehen, er möge mir diese Nacht erscheinen. So wie ich als Kind zu Gott gebetet habe, so bete ich jetzt zu ihm, aber er ist so ohnmächtig und widerspenstig wie der Gott meiner Kindheit. Und weil ich doch nicht schlafen kann, beginne ich zu packen, nicht in Koffer, sondern in die schwarzen Plastiksäcke, in denen schon soviel von ihm abtransportiert worden ist. Methodisch leere ich Schublade um Schublade aus, beginne im Arbeitszimmer, arbeite mich zum Schlafzimmer vor, bis zum Morgen, bis das Zusammenraffen sich zu einem manischen Furor steigert, Socken, Taschentücher, Schreibpapier, alte nutzlose Schlüssel, Zeitschriften, Filmrollen, ganze Schubladen voll Batterien, warum hat er Batterien gehortet, frage ich mich. *Energizer* heißen sie, Energiespender. Vielleicht hat ihn das Versprechen, das dieses Wort enthielt, verführt, immer neue Batterien zu kaufen. Die meisten Gegenstände haben ohne ihn ihren Sinn verloren, sie liegen vereinzelt, zusammenhangslos herum, als habe man einen Magnet, der sie zusammenhielt, entfernt. Nur die Kleider halten seinen Geruch, die Hohlform seiner Gestalt und seine Wärme eine Weile länger fest. Ich taumle von Zimmer zu Zimmer, ziehe die Säcke hinter mir her, ich verspüre weder Hunger noch Müdigkeit, bin nur schwindlig vor Erschöpfung, weil ich nichts essen und nie länger als drei Stunden schlafen kann. Ich raffe alles zusammen, durch die Nächte und weit in den Tag hinein, als müsse ich die Spuren eines ganzen Lebens in wenigen Tagen tilgen.

Die unausgesetzten Wolkenbrüche übertönen alles mit ihrem Rauschen, als sei die Brandung des Atlantiks ins Landesinnere eingebrochen. In einer dieser Nächte, nachdem der Regen den ganzen Tag schon mit verstärkter Heftigkeit niedergegangen ist, öffnet sich der Plafond direkt über der Seite des Bettes, auf der Jerome immer lag, ein langer Riß mit aufgequollenen Rändern tut sich auf, als breche eine schlecht verheilte Narbe auf, und Wassertropfen laufen den Riß entlang, sammeln sich in der Mitte, wo die Decke bereits durchhängt, und verlieren den Halt, folgen immer schneller aufeinander, verdichten sich zu einem Wasserschleier, der das Schlafzimmer in zwei Hälften teilt. Draußen rauscht der Regen wie am Tag der Beerdigung, und drinnen gluckst und rieselt es in den Zwischenwänden, als wäre das Haus ein sinkendes Boot, das sich mit Wasser füllt. Der Himmel hat sich über seinem Bett geöffnet, sage ich am Morgen zu Ilana, und sie sieht mich entsetzt an, als sei ich wahnsinnig geworden. Wenn der Himmel über einem aufreißt, gibt es keine Grenzen mehr. Das Regenwasser, unter dessen Druck sich der Riß in der Decke schnell verbreitert hat, fange ich mit Schüsseln, Töpfen, Pfannen auf, mit allem, was ich in Küche und Bad finden kann, und die Rinnsale, die durch die verschlossenen Fenster dringen, dämme ich mit Handtüchern, als wären es Sandsäcke. Aber solange der Regen anhält, tropft es, regelmäßig und schnell wie ein aufgeregter Herzschlag, und die Tropfen schlagen mit unterschiedlichen Tönen in den Aluminiumtöpfen auf, ein Xylophon für eine Wassermusik, spritzen hoch, zwei Nächte und einen ganzen Tag lang ist das durchnäßte Bett den Elementen preisgegeben. Wie alles, was seit seinem Tod an unerklärlichen Erscheinungen vor sich geht, wird auch dieser Riß in der Decke zu einer unheimlichen Chiffre, die in eine Tiefe hineinleuchtet, vor der mir schwindelt. Was soll das bedeuten, fragen wir uns und sehen einander ängstlich an. Wie alles sich auflöst und zerrinnt, sagt Ilana, wie nichts mehr hält. *Things fall apart, the center cannot hold*, zitiert sie eines von Jeromes Lieblingsgedichten von Yeats. Als müsse sein Bett in sein Grab hinterhergeschwemmt werden, sage ich. Erst als der Regen nach zwei Tagen nachläßt, werden die Abstände der Wassertropfen größer. Ich sitze auf der trockenen Seite des Bettes und beobachte die einzelnen Tropfen, wie sie sich von allen Seiten sammeln, sich anreichern, schwer werden, und im Augenblick zwischen Loslösen und Aufklatschen eine vollkommene Form erreichen, so vollendet, wie das Leben niemals werden kann, und im nächsten Augenblick zerschellen.

Das Leintuch, das ich noch lange nicht wechseln wollte, um seinen Geruch zu bewahren, und die Matratze sind vollgesogen. Am Morgen rufe ich einen Dachdecker an, sage, daß es eile, das Dach sei leck und im Begriff über uns einzustürzen. Jahrelang habe ich im Schlaf von Häusern geträumt, die unbewohnbar wurden, von Hausruinen, aus denen ich vertrieben wurde, von Häusern, aus denen ich floh, von solchen, die zu groß waren, um alle Räume zu erkunden, und solchen, die anstatt der Außenmauern Bücherregale hatten. Jetzt wohne ich in einem Haus unter einem Himmel, der ungehindert seine Fluten über uns ergießt. Bist du zornig, frage ich Jeromes Foto über dem Weinregal. Wir leben wie auf einer ruderlosen Planke, die vom Festland forttreibt. Willst du das, willst du uns zerstören, weil dir das Leben genommen wurde, bist du unser böser Geist geworden?

Die Katzen sitzen auf dem Fensterbrett des Eßzimmers, aufrecht, mit gespitzten Ohren, wie ägyptische Statuen auf Sarkophagen und ignorieren uns, warten auf ihn seit dem Tag, an dem er am Abend nicht nach Hause kam. Nur nachts verlassen sie verstohlen ihren Wachposten, um zu fressen und Lampen und Kartons umzuwerfen.

Wir taumeln durch die Tage und Nächte, als hätte der Wechsel zwischen Helligkeit und Finsternis keine Bedeutung mehr. Die Grenze zwischen Leben und Tod, zwischen der Nacht und dem Zwielicht des frühen Morgens löst sich auf, und als ich um halb fünf Uhr früh ins Wohnzimmer komme, steht Ilana vor Jeromes Foto und redet mit ihm, danke, sagt sie, daß du mir Gesellschaft geleistet hast, sie fährt verlegen herum, als sie mich hört. So sicher ist sie, daß er nahe ist und alles mit Interesse verfolgt, daß er sie hört, wenn sie mit ihm spricht. Ihr hat als Kind niemand von einem allwissenden Gottvater erzählt, an den man sich jederzeit mit allen kleinen Sorgen wenden kann, und trotzdem betet sie zu ihrem Vater genauso wie ich. Aber sie ist betreten und einen Moment lang irritiert, als hätte ich sie absichtlich belauscht. Wie zurückhaltend sie ist, denke ich, man muß sie kennen, um ihren Ärger wahrzunehmen an der Art, wie sie sich abwendet.

Du mußt was essen und schlafen, ruft sie nach einer Weile aus der Küche, anstatt jede Nacht herumzugeistern, schau einmal in den Spiegel.

Wir hätten die Spiegel verhängen müssen, erwidere ich.

Ich gehe mehrmals am Tag am großen Spiegel im Wohnzimmer vorbei, und sehe nicht hinein, ich weiß, die Tradition verlangt, daß man in der Trauerwoche die Spiegel verhängt, aber die Geste kommt mir unecht und theatralisch vor, *the mirrors are sheated*, endet eines der letzten Gedichte von Sylvia Plath, eine Metapher für den Tod, aber der Tod ist jetzt zu wirklich, um für Metaphern herzuhalten, der Tod ist jetzt die einzige Wirklichkeit, die geblieben ist. Auf dem Küchentisch brennt das Seelenlicht allmählich herunter, als wäre es sein Leben, das nach einer Woche noch einmal verlöschen wird, es ist eine dicke Kerze in einem blauen Glasbehälter mit einem weißen Magén David, und ich fürchte mich vor dem Augenblick, wenn sie verlöscht. Alles, was jetzt geschieht, ist eine einzige Wiederholung des immer gleichen Endes.

Wie spät ist es? frage ich, ich habe mein Zeitgefühl verloren. Die Tage im Mai sind sehr lang, sie reichen an beiden Tagesenden weit in die Nacht hinein.

Du siehst aus wie ein Gespenst, sagt sie mit gespielter Strenge, ich mache uns ein Omelett, wie Dad es immer zubereitet hat, mit Champignons und Cheddar Cheese. Und du brühst den Kaffee, so wie er ihn gern getrunken hat, stark und schwarz.

Ich wiege, was ich als Zwanzigjährige gewogen habe, beantworte ich ihren Vorwurf mit Verzögerung, alle meine Reaktionen sind verzögert und müssen sich unter einer Gefühlsanästhesie hervorarbeiten. Noch nie war es so leicht abzunehmen. Das Fleisch fällt mir von den Knochen, als läge ich im Grab.

Setz dich zum Frühstück, fordert sie mich auf. Auch sie war die halbe Nacht wach, aber sie war in ihrem Zimmer geblieben, ich merkte es nur am Licht unter ihrer Tür. Ich zwinge mich zu essen, ihr zuliebe, aber es gelingt mir nicht, es kommt mir vor, als seien alle Speisen mit Quellmitteln versetzt. Der Kühlschrank ist gefüllt mit Lebensmitteln, die Jerome gekauft hat. Jeden Tag stehe ich mehrmals vor dem Kühlschrank, unschlüssig, ob ich sie verbrauchen oder behalten soll, zur Erinnerung an seine Hände, die sie aus den Supermarktregalen genommen, in den Drahtkorb gestellt und zu Hause in die Kühlfächer geschlichtet haben.

Alle die Ablaufdaten, die ihn überleben, sagt Ilana, während sie an den Packungen riecht, einige zurückstellt, andere in den Müll wirft.

Wir sind so müde und zerfahren, daß uns kein Gespräch mehr gelingt.

Ich fahre heute abend, sagt sie unvermittelt.

Schon?

Du bist gestern vor einer Woche angekommen, entgegnet sie.

Es ist ein ganz und gar neutraler Satz, aber er zieht soviel Unausgesprochenes nach sich, ein halbes Leben und all seine Versäumnisse. Daß ich seit ihrem sechsten Lebensjahr immer wieder weggefahren bin, manchmal nur für zwei Tage, manchmal für eine oder zwei Wochen und dann für immer längere Zeiten. Am Anfang begehrte sie dagegen auf, wurde krank, immer am Tag vor meiner Abreise. Aber nur wenn das Fieber beängstigend hoch war, sagte ich meine beruflichen Verpflichtungen ab, denn da war immer Jerome, er war immer da, verläßlich, mütterlich. Und als sie sechzehn war, verließ ich ihren Vater und dachte, es sei für immer, und sie blieb bei ihm. Auch wenn sie am College und später an der Universität studierte und nicht zu Hause lebte, war er der alleinerziehende Vater und erntete dafür Bewunderung und Mitleid. Von da an waren wir auf Besuch, sie bei mir und ich bei ihr, aber zu Hause war nicht mehr derselbe Ort. Jetzt sagt sie, daß es Zeit sei, in ihr normales Leben zurückzukehren, und lächelt: Das ist so bei erwachsenen Kindern, Mama. Und ich denke, wie rücksichtsvoll sie ist, wie sie es vermeidet, mir Schuldgefühle zu vermitteln, und trotzdem spüre ich die Tränen hinter meinen Augen brennen, als wäre sie die Mutter und ich das Kind, das sie verläßt. Wir hocken am frühen Morgen am Küchentisch beisammen, bleich und übernächtig, sie hat die bloßen Füße unter das Nachthemd gezogen, und die dunklen, gelockten Haare fallen ihr ins Gesicht, ich möchte aufstehen und sie umarmen, aber sie wirft mir einen ihrer hilflos trotzigen Blicke zu, die sagen, ich kann nicht mehr, aber ich will keine Einmischung in mein Unglück. Auch in ihrer Trauer ist eine eifersüchtige Verschlossenheit, vor der ich meine Hände sinken lasse. Also berühre ich sie nur mit meinem Blick, lasse ihn über ihre zerbrechlichen Konturen gleiten, das regelmäßige

Oval ihres Gesichts, die störrischen Löckchen an ihrem Haaransatz, die hohen, dunklen Brauen, finde den Schmerz in ihren Augen und die Tränenspuren auf ihren Wangen, ihre vom Weinen aufgerauhte Oberlippe, und lege vorsichtig meine Hand auf ihre. Niemand wird ihn uns ersetzen können, sage ich.

Nein, erwidert sie leise, niemand kann Dir Jerome ersetzen, und niemand kann mir den Vater ersetzen.

Wir sitzen schweigend am Tisch und sehen zu, wie sich die Morgensonne in der Küche ausbreitet. Etwas muß mit den Katzen geschehen, sagt sie, ich kann sie nicht zu mir nehmen.

Bis wir das Haus verkaufen, wird sich schon eine Lösung finden, beruhige ich sie.

Was wirst du machen, wenn du wieder in Providence bist, frage ich.

Kündigen, sagt sie.

An der Brown University? Das ist Wahnsinn, das wäre Dad nicht recht gewesen. Ein fester Job an einer solchen Uni, weißt du, was dein Vater oder ich in deinem Alter dafür gegeben hätten?

Das ist mir eigentlich egal, sagt sie müde, es ist mein Leben. Und eines Tages wird es so plötzlich vorbei sein wie bei Dad, auch er hat von so vielem immer nur geträumt.

Luftschlösser, sage ich und schließe aus der Art, wie sie die Lippen zusammenpreßt und ihr Blick sich verschließt, daß sie die Spur eines verächtlichen Untertons in meiner Stimme wahrgenommen hat.

Das hat er auch manchmal gesagt, wenn du Romane schriebst und von Erfolgen träumtest, und er hat dich nie daran gehindert.

In ihrem ersten Lebensjahr war ich jeden Tag um vier Uhr

früh aufgestanden, um Manuskripte zu schreiben, aus denen nie Bücher wurden. Ich hatte die zwei, drei Stunden, bis sie aufwachte, in der Stille des frühen Morgens auf meine Reiseschreibmaschine mit deutscher Tastatur eingehämmert und jeden Tag mit dem Glücksgefühl geleisteter Arbeit begonnen. Erst fünfundzwanzig Jahre später erzählte mir Jerome wie nebenbei von dem endlosen Streit mit der Mietpartei unter uns um mein Recht, die nächtliche Ruhe mit meinem Tippen zu stören, denn die Wände und Decken dieser Apartmenthäuser waren dünn. Sie beschwerten sich erst bei ihm, dann bei der Hausverwaltung, er verteidigte mich, hielt sie hin, ohne mir ein Wort zu sagen, immer wieder, monatelang, bis wir das Haus in Dedham fanden. Ich verstand, daß du schreiben mußtest, daß du das gebraucht hast, sagte er später, es hätte dich in deiner Schaffensfreude gehemmt, wenn ich es dir gesagt hätte. Mit dem Abstand von fünfundzwanzig Jahren verstand ich auch, welche Tortur es für die Wolks, unsere Nachbarn gewesen sein muß, jede Nacht vom Geklapper einer Schreibmaschine aus dem Schlaf gerissen zu werden, ein paar Anschläge, dann Schweigen und das Warten, wird sie weitertippen?, und gerade wenn sie sich erleichtert entspannten, eine weitere Salve von Anschlägen, bis es zu spät war, wieder einzuschlafen. Erst wenn oben das Kind zu schreien begann, verstummte das Gehämmer der Schreibmaschine über ihnen. Am Morgen, wenn Jerome aufstand, sagte er scherzhaft: Andere Männer kriegen Frühstück von ihren Frauen, ich kriege Geschichten. Möchtest du ein Omelett à la Jerome? Wie so vieles hörte auch das irgendwann auf, daß er mir Omeletts zum Frühstück machte, so wie das gemeinsame Hören von Musik und das gleichzeitige Zubettgehen. Doch damals ahnte ich nicht, daß er mich Tag für Tag mit seinem Schweigen und seiner Sturheit schützte. Und auch die Wolks sagten zu mir nie ein Wort. Es ist nicht leicht mit einem kleinen Kind, nicht wahr, fragte mich Mrs. Wolk einmal mitfühlend, nichts sonst. Sie lebten zu dritt, zwei alte Leute mit ihrer geistig zurückgebliebenen erwachsenen Tochter.

Jerome hat mich immer unterstützt, antworte ich.

In den schlaflosen Nächten habe sie beschlossen, ihr Leben von Grund auf zu ändern, erklärt Ilana sanft und unerbittlich. Sie werde ihren Uni-Job kündigen und das machen, wovon sie schon lange träume, in New York leben und Theaterproduzentin werden.

Warum? frage ich. Was fasziniert dich daran?

Das wirst du nicht verstehen, erwidert sie und weicht meinem Blick aus.

Wir sitzen einander gegenüber wie früher, es ist die Situation, die uns geläufig ist. Ich möchte etwas erfahren, das sie mir verheimlicht, muß es erfahren, um sie zu schützen, und fürchte mich zugleich davor, etwas zu hören, das alles, worauf wir bisher bauen konnten, in seinen Grundfesten erschüttert und das prekäre Gleichgewicht unserer drei ineinander verflochtenen Leben ins Wanken bringt, und sie sieht mich an, mit diesem störrisch verschlossenen Blick, der sagt, laß mich, das verstehst du nicht, ich habe es beschlossen, und es ist allein meine Sache. Jerome hätte nicht fragen müssen, er hätte auch nicht gefragt, sie hätte es ihm ungefragt erklärt. Ich sitze ihr gegenüber, sehe sie an und warte auf eine Antwort und werde warten, bis sie aufsteht und sagt, das sei kein günstiger Zeitpunkt, um darüber zu reden.

Versuch es mir zu erklären, bitte ich sie. Was erhoffst du dir davon?

Freiheit, sagt sie und sieht mich prüfend an. Ich nicke, denn mit der Freiheit kenne ich mich aus, ich weiß, wie stark die Sehnsucht nach Freiheit sein kann und daß sie sich unendlich viele Wege bahnt.

Unabhängigkeit, fährt sie fort, und ihre Augen beginnen zu leuchten. Sie sieht an mir vorbei in die Helligkeit einer wäßrigen Morgensonne, während sie deklamiert, als hätte sie die Sätze schon oft für sich formuliert: Daß ich etwas Neues machen kann, etwas nie Dagewesenes, etwas, das man sich vorher nicht vorstellen konnte. Und das Theater war immer schon der Ort für mich, wo Magie wirklich wird. Es reicht einfach nicht aus, ins Theater zu gehen und es zu unterrichten, ich will Theater machen, ich will es ganz nah erleben, vom ersten Gedanken, vom Augenblick des Entstehens an.

Jerome sprach erst wieder in den letzten Jahren, als der Erfolg ihn verließ, davon, daß er es immer noch bereute, seiner Begabung und einer frühen Leidenschaft für das Theater nicht nachgegeben zu haben. Aber sie war immer da und immer Teil von ihm, und er hat beides, Begabung und Leidenschaft, seiner Tochter vererbt. Er hatte sie schon als Dreijährige zu jeder Kinderaufführung mitgenommen, und wenn sie dafür nach New Hampshire fahren mußten. Sie waren immer auf dem Laufenden, kannten die über die Provinz verstreuten Bühnen, nichts war ihnen zu ausgefallen, kein Theater zu klein. Als sie noch in die Highschool ging, fuhren wir an manchen Wochenenden zu dritt die vier Stunden zu Broadway Aufführungen nach New York und in derselben Nacht zurück. Später, als Ilana nicht mehr zu Hause wohnte, war sie es, die den inzwischen träge gewordenen Jerome ins Theater mitnahm und über die Szene auf dem laufenden hielt. Sie ließ ihm selten Zeit, sich zu entscheiden, die Möglichkeit, daß er ablehnen könnte, kam ihr nicht in den Sinn. Ich habe zwei Karten für den neuen David Mamet heut abend, erklärte sie dann am Telefon, ich hole dich um halb sieben ab.

Jetzt, wo ich mit ihr am Tisch sitze und erfahre, daß sie vorhat, alle Sicherheiten hinter sich zu lassen, fällt mir das KGB wieder ein. Jerome knüpfte weit zurückgehende Kindheitserinnerungen an diesen Ort, er war mit den Begründern der Bühne aufgewachsen, K. und B.G. waren die Initialen ihrer Namen. Vielleicht verkörperten diese einstigen Spielgefährten für Jerome einen Weg, den auch er in der politisch radikalisierten Zeit der Bürgerrechtsbewegung hätte einschlagen können. Das KGB im Village von Manhattan war eines der vielen Off-Off-Broadway Theater, die in den sechziger Jahren entstanden waren, die meisten waren seither längst wieder verschwunden. Aber das KGB war ein Treffpunkt für junge Leute geblieben und wurde im Lauf der Jahrzehnte zu einer Art Talente-Börse für angehende Schriftsteller und Dramatiker. Es war nur ein kleiner Raum im ersten Stock am Ende einer steilen Holztreppe, die dunkelroten Wände bis zur Decke mit kommunistischen Insignien bedeckt, Hammer und Sichel, Leninbilder, harmlose Zitate aus einer fernen Zeit, wie sorglos man damals mit den Symbolen einer fernen Diktatur umging. Es wurden Einakter unbekannter junger Autoren gespielt und manchmal Stücke, die vage an Brecht erinnerten, es gab Lesungen und Poetry Slams, an den Tischen saßen junge Frauen wie Ilana, mit adretten Frisuren und im Twin Set, und junge Männer, denen man ansah, daß sie entschlossen waren, Künstler zu werden. Es ging nicht mehr um Politik, es ging um Selbstentwürfe, um Träume vom großen Erfolg. Jerome und ich fühlten uns ein wenig fehl am Platz, wir standen meist an der Bar und tranken Root Beer oder Kaffee aus dickwandigen Steingutbechern, sonst gab es nichts. Es verlieh Ilana offenbar Sicherheit, ihre Eltern im Hintergrund zu wissen, während sie unter den um ein paar Jahre Älteren saß und mit ihnen diskutierte, denn manchmal rief sie Jerome, damit er über die ferne Zeit berichtete, als Manhattan der Experimentierplatz neuer Theaterformen war. Jedesmal, wenn eine Gruppe von Zuhörern um ihn versammelt war, ging in Jerome eine Verwandlung vor. Er hatte ein Publikum, das er begeistern konnte, seine Körpersprache strahlte eine Lebendigkeit, ja eine Sinnlichkeit aus, die mich an den Anfang unserer Liebe zurückversetzte, als ich nicht genug davon bekommen konnte, ihn anzusehen. Mein pädagogischer Eros, sagte er lachend, als ich später von meinem Eindruck sprach, vielleicht hätte ich Lehrer werden sollen. Jetzt sehe ich in Ilanas Augen das gleiche Feuer, und der Verdacht steigt in mir auf, daß Jerome sie darauf vorbereitet hat, seinen Traum zu leben. Aber sein Traum ist vierzig Jahre alt und fällt in eine andere Zeit, in unsere Zeit, die nicht die ihre ist.

Solange Ilana sich zurückerinnern kann, war das Theater für sie und ihren Vater der Ort, wo sie sich verstanden, wo sie sich nahe waren, bei den gemeinsamen Fahrten auf nächtlichen Highways, den Streitgesprächen und den Erinnerungen an bestimmte Szenen, an Schauspieler, und später gingen die Zitate in ihr Repertoire an Sätzen ein, die sie einander zuwarfen und über die sie immer wieder lachen konnten. Von der Sehnsucht nach ihrem Vater zum Entschluß, Theaterproduzentin zu werden, führt ein kurzer eindeutiger Weg.

Dazu wirst du Geld brauchen, wende ich ein, und Einfluß, Kontakte, Sponsoren, Förderer, lauter Dinge, die man nicht erzwingen kann, für die es glücklicher Zufälle bedarf. Das Geld vom Verkauf des Hauses bekommst du nur einmal, dann ist es weg, gebe ich zu bedenken. Du stehst noch unter Schock, man soll nicht aus einem seelischen Ausnahmezustand heraus entscheiden. Dein Vater war so stolz auf dich, auf dein Ivy League-Doktorat, jedem hat er es erzählt. Trotz aller Romantik und aller Illusionen war ihm Sicherheit immer wichtig.

Ilana lacht: Wenn er mit mir angegeben hat, war er ein wenig wie die alte Dame am Strand, die ruft, Hilfe, mein Sohn, der Doktor, ertrinkt!

Und wenn du jetzt alles aufgibst, alle Sicherheit, und es geht schief? Dad kann dich nicht mehr beschützen. Du stehst jetzt ganz allein auf deinen eigenen Füßen.

Ich habe nur ein Leben, und das will ich nicht vergeuden, erwidert sie. Ich will am Ende so gelebt haben, daß es ein erfülltes, aufregendes Leben war.

Das habe ich auch einmal gesagt und alles aufgegeben, um deinen Vater zu heiraten, sage ich.

Hast du es bereut? fragt sie, aber es ist eine Frage mit der Satzmelodie einer Feststellung. Der Verdacht, ich hätte mir ein anderes Leben gewünscht, bedrückt sie. Deshalb sage ich ohne zu zögern: Nein, ich hab es nicht bereut.

Ich hatte mir oft gewünscht, jemand hätte mir einen Rat gegeben und ich hätte darauf gehört, jemand hätte mich gewarnt vor den Dingen, die ich mir nicht vorstellen konnte, weil ich zu jung war. Vor der Einsamkeit der Emigration, die mir jede Orientierung raubte, jahrelang. Ich wußte nicht, wer die Menschen waren, denen ich begegnete, ich konnte sie mir aus keinem bekannten Zusammenhang heraus erklären, ich wußte nicht, woher sie kamen und wie sie lebten, ich konnte ihre Sprache nicht zuordnen, und ließ mich von Äußerlichkeiten irreführen, naiv und ahnungslos wie ein Kind, und niemand half mir, auch Jerome nicht, auch er wurde ungeduldig und lachte über mich, wenn ich mich in der neuen Umgebung nicht mit der Sicherheit zurechtfand, die für ihn und alle anderen selbstverständlich war. Sie waren drinnen, und ich war draußen, sie kannten die Stichworte, ich nicht. Ich war oft so sehr draußen, daß ich mich für eine Weile im Bad einschloß, um vor der Gesellschaft der Gleichgesinnten meine Verlassenheit zu verbergen. Mit seinem Bedürfnis, sich in Szene zu setzen, stellte Jerome sich mutwillig und ahnungslos auf die Seite der anderen und spielte mir, der Fremden, den Insider vor. Soll ich meiner Tochter sagen, ja, in schlechten Zeiten habe ich es bereut? Wenn Jerome fremde Menschen auf meine Kosten unterhielt und zum Lachen brachte, anstatt mir in der Verwirrung des Ungewohnten beizustehen, habe ich ihn gehaßt. Dann müßte ich auch von der diskreten Rücksichtnahme reden, mit der er dreißig Jahre lang alles von mir fernhielt, woran ich mich nie gewöhnen konnte, alles, wovon er wußte, daß es mir schwerer fiel als ihm, der hier aufgewachsen war. Weißt du, was du aufgibst? hatte mich damals meine alte Lehrerin gefragt, und ich hatte ihr geantwortet: Es ist mein Leben. Jetzt weiß ich, daß alles für eine Liebe aufzugeben ein tollkühner Sprung ins Ungewisse ist. Jedenfalls möchte ich Ilana davor bewahren, mit ihren Chancen so leichtfertig umzugehen wie damals ich, aber vielleicht fürchte ich in Wahrheit nur um das Leben, das wir uns für sie gewünscht haben.

Ich kann dir nichts aufzwingen, sage ich resigniert, ich möchte ja nur, daß du glücklich wirst.

Eine große Nähe ist an diesem Morgen zwischen uns, vielleicht ist sie in den vielen Stunden der vergangenen Tage seit Jeromes Tod entstanden, in denen wir allein und aufeinander angewiesen sind, so sehr, daß wir mit seltener Offenheit über uns reden können. Sie sagt mir, daß ich ihr schon immer mehr Freiheit zugestanden habe als ihr Vater.

Weil ich darauf vertraute, daß dir schon nichts passieren würde, entgegne ich, und weil ich nicht wollte, daß du so viele Lügen für uns erfinden mußt.

Wir erinnern uns an die Kämpfe, die sie mit ihm führte, als sie mit ihrem neuen Führerschein abends allein mit seinem Auto wegfahren wollte, nach Boston, an die North Shore ins Kino. Er war in Panik: Das käme überhaupt nicht in Frage, auf keinen Fall, sie könnte eine Kreuzung, ein Hinweisschild übersehen und in Roxbury landen, in den Slums, sie könnte mitsamt dem Auto angezündet werden, sie könnte überfallen werden. Ich setzte alle ihre kleinen Freiheiten gegen seine Ängste und seine erstickende Liebe durch, und wenn es sein mußte, log ich für sie, um Jerome in Sicherheit zu wiegen, und sie dankte es mir mit ihrer Verläßlichkeit. Ich erinnere mich nicht, daß sie sich ein einziges Mal verspätet hätte, immer erschien sie pünktlich an unserem Treffpunkt, und wir kehrten einträchtig nach Hause zurück. Habt ihr euch gut amüsiert, fragte Jerome und freute sich darüber, wie vergnügt wir waren.

Manchmal hat Dad einen mit seiner Fürsorge schon erdrücken können, gibt sie zu.

Am Tag vor seinem fünfzigsten Geburtstag ging sie zum erstenmal mit Freunden in das Fenway Stadion zu einem Baseball Spiel der Red Sox. Nachdem wir zu Abend gegessen, ein Weingeschäft besucht, in einer Buchhandlung bis zur Sperrstunde geschmökert hatten und eine Weile herumgefahren waren, warteten Jerome und ich auf dem verabredeten Parkplatz vor einer Strip Mall, bis die Geschäfte eins nach dem anderen schlossen und die Lichter der Gebäudezeile erloschen. Es war nicht das einzige Mal, daß wir so warteten, und ich habe die Stunden nicht gezählt. Es wurde uns nicht langweilig, nie, wir redeten, und es war nichts Angestrengtes an unseren

Gesprächen. Wir hatten dabei nicht das Gefühl, wir müßten einander unterhalten. Und auch wenn wir nur dasaßen und schwiegen war es wie ein Gespräch. Oft hörten wir Musik auf unseren Fahrten, im Classical Channel wurden Komponist und Werk immer erst am Schluß angesagt, und wir wetteiferten im Erraten, wir stritten und gingen Wetten ein, und wenn es Zeit war auszusteigen, blieben wir sitzen, weil wir das Stück zu Ende hören mußten. Bevor Ilana geboren wurde, waren wir regelmäßig in Konzerte gegangen, später immer seltener. Die Fahrt nach Boston am Abend war Jerome oft zu beschwerlich, wir wurden mit den Jahren nachlässig und bequem, obwohl wir in Konzerten die glücklichsten Momente vollkommener Harmonie erfahren und mit Staunen festgestellt hatten, wie nah wir einander waren und wie verwandt. Als hätten wir zusammen nur ein Gehör, spürten wir im selben Augenblick, was uns ergriff. Wir haben nie ein Wort darüber verloren, wenn wir es fühlten, griff Jerome nach meiner Hand.

An jenem Abend, als wir auf das Ende des Baseballspiels warteten, saßen wir in der Dunkelheit im Auto auf dem großen leeren Parkplatz und hörten uns die Sportberichterstattung an. Als es Mitternacht war, sagte ich, Happy Birthday, und gab ihm einen Kuß. Auf einem Parkplatz muß ich fünfzig werden, erwiderte er mit gespielter Verdrossenheit. Ilana kam mit Klassenkameraden knapp vor ein Uhr nachts und fragte, ob wir ihre Freunde heimbringen könnten. Sie wohnten über die Vorstädte verstreut, und wir kamen um halb drei Uhr morgens nach Hause. Zumindest haben wir uns keine Sorgen um sie machen müssen, sagte Jerome, als er die Haustür aufsperrte.

So war Dad, sagt sie, am liebsten hätte er mich überallhin bis vor die Eingangstür gefahren und von dort wieder abgeholt, und wenn es Tage gedauert hätte, aber nur so konnte er ganz sicher sein, daß mir nichts passieren würde. Er war bei uns die jiddische Mamme, sagt sie und legt mir tröstend ihre Hand an die Wange, zwei davon wären zuviel gewesen.

Wir sitzen lange in den Vormittag hinein beim Frühstück, es wird für die nächsten Wochen unser letztes sein. Sie erinnert sich an Situationen, die ich längst vergessen habe, und unsere Erinnerungen decken sich nicht immer.

Ich hatte doch diesen großen roten Chenilleschal, erzählt sie, damals, als wir vor meiner Augenoperation im Wartezimmer saßen, ich in der Mitte zwischen euch beiden, und die ganze Zeit flogen eure Gehässigkeiten hin und her, zischten über mich hinweg wie Geschosse, eine Anschuldigung von ihm, eine giftige Bemerkung von dir, hin und her, als säße ich nicht dazwischen, als sei eure Sorge nicht meine Augenkrankheit, sondern eure kleinen Scharmützel, in solchen Situationen zog ich mir dann den Schal über den Kopf und stellte mir vor, ich säße im Zug zwischen zwei Unbekannten. Jeder für sich allein wart ihr ganz in Ordnung, sagt sie, aber zusammen wart ihr nur mit euch selber beschäftigt, und man wußte nie, wann die Stimmung umschlagen und übergangslos der Krieg ausbrechen würde.

Auch ich erinnere mich an deine Augenoperation, erwidere ich, als der Chirurg herauskam und sagte, in der nächsten halben Stunde würde sich entscheiden, ob er die Sehkraft des linken Auges erhalten könne. Jerome lief im Wartezimmer auf und ab, es war, als wolle er mit seinem Hin- und Herrennen ein elektrisches Feld aufladen. Und als der Arzt nach einer Stunde auftauchte und wir schon an seinem erleichterten Lächeln sehen konnten, daß alles gut gegangen war, fielen wir einander weinend in die Arme. In Krisenzeiten hatten wir uns immer aufeinander verlassen können, besonders wenn es um dich ging.

Im Lauf der Gespräche kommen wir auf Peter und seine Rolle beim Begräbnis. Irgend etwas an ihm hat mich an Jerome erinnert, sage ich mit mehr Wärme, als Ilana ertragen kann.

Gar nichts an ihm erinnert an Dad, gibt sie ärgerlich zurück, er ist ein Wichtigtuer, der im Mittelpunkt stehen und seine Show abziehen muß. Ihr seid ja auch alle auf ihn hereingefallen, habt ihm applaudiert und ihn umarmt, als wäre er der Hauptleidtragende. Ein egozentrischer Clown ist er, der seine eigenen Interessen vor die Bedürfnisse der andern stellt.

Genauso hätte ich vor dreißig Jahren Jerome beschrieben, denke ich.

Aber er tut es mit Charme, sage ich, er hat, wie dein Vater sagen würde, das Va Va Vou, und wir lachen.

Bevor sie am Abend nach Rhode Island fährt, will sie noch einmal auf den Friedhof. Ich stecke einen Stein vom Strand bei Provincetown in meine Jackentasche. Er ist von einem regelmäßigen Oval und gesprenkelt wie ein Ei, und ich erinnere mich, wie ich damals das Katzensilber in der Sonne glitzern sah. Ich erinnere mich an das helle Klicken der vom Meer rundgeschliffenen Steine; benetzt von der zurückweichenden Flut traten die Adern und die Farben hervor und machten sie zu Fundstücken von seltener Schönheit. Ich wußte, zu Hause würden es Steine sein, ohne Glanz und Nutzen, sie würden auf Regalen liegen und Schalen füllen, bis sie weggeworfen wurden. Der Stein ist von unserer letzten Fahrt nach Provincetown am ersten Sonntag im April.

Wir waren allein am Strand. Jerome blieb bald zurück, es strengte ihn an, durch den Sand zu stapfen, die Dünen hatten im Lauf des Winters die halbe Straße zugeweht, und ich ging ohne ihn weiter. Ich erinnere mich an die ausgelassene Heiterkeit, mit der wir den Abstand zwischen uns größer werden ließen, jedesmal, wenn ich mich nach ihm umdrehte, winkten wir einander und warfen uns Kußhände zu, bis die Entfernung zu groß war. Zu dieser Jahreszeit sind die Strände verlassen, die meisten Restaurants und Ferienhäuser sind mit Holzplatten gegen die Winterstürme verbarrikadiert, und auf Schildern an der Zufahrt steht: *Closed for the Season.* Vor mir waren nur die leichten Abdrücke der Seemöwenfüße auf dem festgebackenen Sand und wenn ich mich umwandte, sah ich nichts als meine Fußspuren zwischen Meer und Dünen. Die Wasseroberfläche wechselte von Eisblau in ein tiefes Indigoblau, und weiße Gischtkämme verliefen sich am seichten Rand. Die Brandung klang leise und regelmäßig wie ein schlürfendes Tier. Als ich zurückkam, saß er im Auto und klagte über Schmerzen im linken Arm, verfluchte das alte Rheuma.

In Provincetown standen wir eine Weile an der Hafenmauer, die leeren Takelagen eingewinterter Segelschiffe stachen in den Himmel, Seemöwen mit den Flügeln von Albatrossen landeten auf der Pier. In den engen Gassen mit ihren kleinen weißen Häusern und breiten Veranden flanierten ein paar Touristen, aber die meisten Geschäfte waren geschlossen. Wir gingen die Main Street entlang, an den Schaufenstern von Souvenirläden vorbei, lachten über die Aufschriften auf den T-Shirts: *Too many Christians, too few lions.* Dieses T-Shirt wollte er nächstes Mal für seinen Kollegen Leslie, den Sohn eines anglikanischen Pfarrers, kaufen, wenn die Läden wieder offen hätten. Der einzige Touristenladen, der offen war, verkaufte Muscheln. Ich habe die Muscheln, die ich damals mitnahm, im Arbeitszimmer auf ein Bücherbord gelegt wie Amulette gegen das Vergessen.

Zum Abendessen fuhren wir weiter landeinwärts zum Red

Pheasant, ein Landgasthaus mit weißlackierten Gartenstühlen, bunten Bezügen und Bordüren in einem lichtdurchfluteten Wintergarten. Draußen blühten Krokusse und Schneeglöckchen zwischen altem Laub, und die Hartriegelsträucher an der Gartenmauer waren mit winzigen weißen Blüten übersät. Es war ein später Frühling, die Bäume waren noch kahl und um die Zweige spielte ein rötlicher Schimmer, für uns jedoch war es ein milder Herbst. Die Kämpfe waren vorbei, unsere Gier nach unerreichbaren Zielen hatte sich gelegt. Ich erinnerte mich an den Satz einer Freundin: Du siehst doch, daß er dich nicht will, hatte sie gesagt. Ich habe sie am Ende alle widerlegt, dachte ich, weil ich immer sicher war, daß es nicht stimmte. Die Gastzimmer strahlten Heiterkeit und Behagen aus, aber Jerome war melancholisch und wortkarg, und drängte zum Aufbruch, was ungewöhnlich war, Gespräche nach dem Essen, lustvoll verstohlene Blicke auf die anderen Gäste und Mutmaßungen über sie, gehörten zu unseren Ritualen.

Wir fuhren auf Nebenstraßen zurück, die Küste entlang, an den gepflegten Rasen und den weißen Zäunen der Villen von Duxbury vorbei, von denen wir seit Jahrzehnten träumten, wenn er endlich einen seiner großen Gewinne an Land gezogen hätte, bei Megabucks, in Las Vegas oder bei einem Schadensprozeß um Millionen. Von der Brücke zu den exklusiven Stränden schauten wir zu, wie die untergehende Sonne sich im flachen Ufer der Salzmarschen spiegelte, die Wellen der auslaufenden Ebbe setzten sich im geriffelten Sand fort, ein einzelner Reiher watete in das brackige Wasser hinaus auf der Suche nach Krebsen. Bilder, wie ich sie in vierzig Jahren ungezählte Male gesehen habe, aber dieser Ausflug auf Cape Cod war unser letzter gewesen, und es kommt mir vor, als sei auch die Landschaft in dem Augenblick untergegangen, als er starb.

Ich weiß, es war nur unsere kleine, für andere bedeutungslose Welt, die der Tod ausgelöscht hat, aber für uns war sie groß und umfassend wie das Universum. Aller anderen Leute Welten sind davon unberührt, ein anderer Tod wird sie zu einer anderen Zeit einholen, es beruhigt mich, das zu wissen.

Das Grab ist eine kahle Stelle auf dem Rasen zwischen den anderen Gräbern. Ich widerstehe der Versuchung, mich daraufzulegen, nicht als pathetischen Ausdruck der Trauer, sondern weil ich nicht glauben kann, daß ein Mensch in seiner ganzen Länge so wenig Raum einnimmt. Wie kann er in einem so kurzen, schmalen Viereck Platz haben? Es ist keine gute Akkererde, sondern mit Kieseln und Steinen durchsetzter Lehmboden. Ilana kramt einen Zettel hervor, sieht mich verschämt von der Seite an und gräbt mit den Fingernägeln ein Loch zwischen den harten Erdbrocken, um den Brief hineinzustekken und mit ihrem mitgebrachten Stein zuzudecken, als wäre sein Grab die Klagemauer in Jerusalem. Als könne er Gebete erhören und Wunder wirken, jetzt wo er tot ist. Auch ihr Stein muß eine besondere Bedeutung haben, er ist flach und fast makellos weiß. Wie hilflos wir sind in unserem Übrigbleiben. Als mache es einen Unterschied, welche Geschenke wir ihm auf das Grab legen, der Regen wird den Zettel herauswaschen, die Steine werden von neuen Schichten Erdreich zugedeckt werden, wenn die noch lockere Erde sich zu senken beginnt und der Körper darunter verfault und sein Skelett bloßlegt, der Brustkorb einbricht. Wir stehen an seinem Grab, wie man am Bett eines Kranken steht, an der Längsseite. Außer uns ist niemand auf dem Friedhof, es herrscht eine Stille, als seien sogar die Vögel gestorben. Alles ist untergegangen, die kleinen Holzkirchen, weiß bis zur Kirchturmspitze, die Fischerdörfer, in denen wir an Sommerabenden Hummern und Langusten gegessen haben, die Trödelläden an den Touristenrouten, in denen wir an Wochenenden stöberten, die herbstlichen Ahornbäume, die dreißig Jahre lang ihre roten Helme in den tiefblauen Herbsthimmel stießen, die Ungeheuerlichkeit eines Todes ist darüber hinweggerollt und hat alles zu diesem streng geometrischen Gräberfeld eingeebnet, auf dem die Steine, wie Betende in der Synagoge nach Osten ausgerichtet, in der Nachmittagssonne gleißen.

Wir stehen schweigend da, aber ich weiß, Ilana redet mit ihm, so wie ich mit ihm rede, wir schreien lautlos, sieh uns an, sieh, was aus uns geworden ist, da stehen wir, hilf uns, auch wenn wir wissen, daß der Körper zu unseren Füßen wie Fleisch in der Sommerhitze verrottet und stinkt, aber wir reden mit einem, der mit diesem Kadaver nichts zu tun hat. Instinktiv ziehen wir die Köpfe ein, gebückt und gebrochen stehen wir da, und unsere Sehnsucht hat sich in Zorn und Aufbegehren verkehrt. Nach einer Weile wendet Ilana sich ungewohnt schroff, fast heftig zu mir: Laß mich eine Weile hier allein sein, fordert sie mich auf, und ich gehe, ungetröstet und verlassener als zuvor. Ich setze mich auf die Beifahrerseite, weil ich vermute, daß sie fahren will. Als sie einsteigt, sagt sie, so hat Dad es auch immer gemacht. Wenn er mich vom Zug abgeholt hat, wartete er schon auf dem Beifahrersitz.

So haben sie einander ihre Zuneigung gezeigt, in kleinen, zärtlichen Gesten.

*

Als ich nach Hause komme, bin ich allein, wie ich nie zuvor allein war. Es gibt keine Metapher für dieses Alleinsein, es sei denn die unvorstellbare Verneinung von allem, was ist. Der

Anrufbeantworter blinkt, aber niemand hat eine Botschaft hinterlassen. When you hear the tone, please leave a message and I'll get back to you as soon as I can. Ich höre das Band immer von neuem ab, um seine Stimme zu hören, seine leicht gepreßte Stimme, mit einem Unterton von Erwartung und Dringlichkeit.

Von der Zufahrt aus sah ich die Katzen auf dem Fensterbrett sitzen und auf den blauen Toyota mit dem eingedellten Kotflügel warten, den jetzt ich fahre. Die Delle ist noch nicht alt, Jerome hatte mich vor einem halben Jahr im Schneetreiben ganz nah an die Eingangstür einer Bäckerei gefahren und einen Hydranten gerammt. Allmählich, nach einer Woche des unbeirrbaren Wartens haben die Katzen begonnen, um die Lebenden zu werben, wälzen sich vor mir auf dem Boden, bieten mir ihren weichen Bauch zum Kraulen, streichen um meine Beine und schnurren. Nach dem Füttern stehen sie mit gespitzten Ohren vor der Verandatür, für ihr tägliches Ritual, zuerst fressen, dann ein Rundgang durch die Nachbargärten. Ich lasse sie laufen, man erzählt sich, daß Tiere von Verstorbenen auf und davon gehen und nie wiederkommen. Aber seine beiden Katzen, ein geschecktes kastriertes Weibchen und ein muskulöser roter Kater, kommen immer wieder und beginnen jedesmal von neuem in allen Zimmern nach ihm zu suchen, bevor sie sich auf ihrem Wachposten am Eßzimmerfenster niederlassen.

Es ist halb acht, und das Licht eines langen Frühsommerabends fällt staubig auf die mattgelben Bodenfliesen der Küche. Es ist die Zeit, zu der das Abendessen fertig wurde und Jerome in den Keller hinunterstieg, um eine Flasche Wein zu holen. Zwei fette, schillernde Fliegen prallen gegen das Fenstergitter und verstärken mit ihrem Summen die Stille. Jetzt ist die Küche aufgeräumt, nur sein Glas habe ich vor dem Abwaschen gerettet, ein bauchiges Rotweinglas, ein wenig größer als die anderen, mit einem schmalen Fettrand von seinem Lippenabdruck. Ich widerstehe der Versuchung, meine Lippen daraufzulegen. Im Stehen esse ich Käse aus der Plastikfolie, den noch Jerome gekauft hat, ich fürchte mich davor, am Tisch seinem leeren Stuhl gegenüberzusitzen, und ich fürchte mich vor dem Augenblick, wenn die Lebensmittel, die durch seine Hand gegangen sind, aufgebraucht oder zum Essen zu alt sein werden. Als könnte ich ein wenig von seiner Gegenwart festhalten, indem ich zumindest das Verschwinden der Dinge, die er berührt hat, hinauszögere. Es ist wie die Angst vor der Nacht, dem Verschwinden der Bäume über der Uferböschung, das Vergehen der Zeit hat eine feierliche, unerbittliche Endgültigkeit. Und ich bin am Ufer angeschwemmtes Treibgut, farblos, morsch, ausgelaugt und unfähig, das Leben wiederaufzunehmen. Ein Rieseln geht durch den Körper, das Rückgrat hinauf und hinunter, eine Schwäche wie eine Welle, die alles fortspült, in das abnehmende Licht des Abends, den Charles River hinunter, in die Nacht, ins Meer.

Jetzt, wo die Menschen fort sind, ist es Zeit, sich den Dingen zuzuwenden, die Orgie des Wegwerfens und Entäußerns fortzusetzen, Verzweiflungstat und Reinigungsritual in einem. Aber ich weiß nicht, wo ich anfangen soll. Ich betrachte die Gegenstände, so wie sie mir in die Hände fallen, als sähe ich sie zum ersten Mal, und gleichzeitig sind sie mit Erinnerungen behaftet, das Porzellan, Reste von einst vollständigem Tafelporzellan, die Sauciere, letztes Stück eines Rosenthal-Service seiner Mutter, zwei Teller mit verblaßtem Goldrand, und ich sehe den gedeckten Tisch vor mir, das ferne Urbild eines festlichen Tisches, mit dem sich keine unserer unzähligen Mahlzeiten im Lauf der Jahrzehnte messen konnte, weil seiner Sehnsucht nichts vollkommen genug war, die Festtagstische seiner Kindheit, die Teller mit den grünen Ranken, zu Rosch ha-Schana mit Schmorbraten und gefiltem Fisch beladen, der ovale Vorlegeteller mit Truthahnstücken und lockerer Semmelfülle zu Thanksgiving, überlebensgroß wie das Stilleben über dem Küchentisch, eine Karaffe Wein, Trauben, Äpfel, funkelnd vom Reif der Frische, keine Wirklichkeit kann davor bestehen. Die Kindheit war kein Abschnitt in seinem Leben, sondern das Paradies, das jede neue Frau verhieß und an dem jede scheitern mußte. Das Geschirr, die Möbel seiner Eltern, die gedrechselten Tischbeine und Stühle, der Abakus an der Wand, die ganze für die Ewigkeit eingerichtete Gemütlichkeit, in der ich nie einen festen Platz fand. Während der Schiwa-Woche nahm Harold manchmal einen Gegenstand in die Hand. Der Kerzenständer ist von meiner Mutter, sagte er gerührt, und sogar ihre Sauciere ist noch da, sein Blick richtete sich auf eine Vergangenheit, die ich nie kennen werde und über die die beiden Brüder sich nicht einig waren. Großvaters große Sanduhr, staunte er, die gibt es noch? Und einmal sagte er leise mit einer Spur Bitterkeit: Jerome hat sich doch alles unter den Nagel gerissen. Die gedrechselten Möbel aus Hartholz, den Abakus, das Geschirr, die Sanduhr, werde ich nicht anrühren. Soll Harold sie abholen lassen. Auch nicht die Bücher mit dem Ex Libris seiner Eltern, schöne, sorgfältig gebundene Ausgaben vergessener Autoren, ich habe kein Recht, sie wegzuwerfen, nachdem sie den Tod ihrer Besitzer schon um vierzig Jahre überdauert haben, weil Jerome nichts hatte loslassen können und zwanghaft alles horten mußte, was ihm irgendwann einmal etwas bedeutet hatte. Dieses Ex Libris in Büchern, die seit Jahrzehnten niemand gelesen hat und die nie irgend jemand mehr lesen wird, macht mich trauriger als Jeromes verwaiste Bücher mit ihren Eselsohren, ihren Unterstreichungen und Randbemerkungen. Zu viel Abwesenheit drängt sich in diesen Räumen, noch nie habe ich es so deutlich gespürt. Wer hier leben will, muß sich in einer Vergangenheit einrichten, gegen die sich nur ein starker Glaube an eine Zukunft behaupten könnte.

Jerome war ein Sammler, der alles hortete, Münzen, Porzellan, Fotos, alte Bücher mit Signaturen. Und als wäre die Vergangenheit, die sich in sichtbaren und unsichtbaren Schichten in unserem Haus abgelagert hatte, noch nicht genug, fuhren wir an Samstagen oft aufs Land nach Süden entlang der Küste, wo in den Feriendörfern kleine Trödelläden an den Landstraßen stehen. Hier fand er eine Spur der gespannten Erwartung, die seine Nachmittage in den Suffolk Downs und den Reiz des Glücksspiels simulierten, denn unter all dem Ramsch aus aufgelassenen Haushalten, den häßlichen Bildern, den verstaubten Lampenschirmen, dem klobigen Geschirr und angelaufenen Silber konnte man unvermittelt auf ein unschätzbar edles und seltenes Kleinod stoßen, von dessen Wert der Trödler keine Ahnung hatte. Wir stöberten ganze Nachmittage lang und kauften selten etwas, aber seine Aufregung und sein atemloser Goldgräberrausch übertrugen sich jedesmal von neuem auf mich.

Die Bücherlosigkeit der Vorstädte brachte ihn auf die Idee, in verstaubten antiquarischen Buchläden, die völlig unerwartet auf verlassenen Landstraßen auftauchten, Autographen zu erwerben. Die Regale reichten in engen, lichtlosen Schneisen bis zur Decke, und es gab selten ein erkennbares System, nach dem man einzelne Autoren hätte finden können, aber das kam Jeromes chaotischer Intuition entgegen, er konnte ganze

Nachmittage dort verbringen. Jetzt suche ich nach der signierten Ausgabe von William Butler Yeats, finde einen Gedichtband von John Greenleaf Whittier mit verblaßter Unterschrift, Joseph Hellers schrägen, fast verschämten Schriftzug ohne Datum in *Closing Time*, *Mother Goose* in Goldschnitt und den Prachtband einer Anthologie mit unbekannten Autoren aus dem neunzehnten Jahrhundert, der beim Aufblättern zerfällt. Woher nahm er die Gewißheit, daß er mit diesen Signaturen keinem Betrug aufsaß?

In jüngeren Jahren war er in Europa herumgereist, um die Orte aufzusuchen, aus denen seine Vorfahren stammten, und nach dem Fall des Eisernen Vorhangs hatte er Osteuropa besucht. Von diesen Reisen hatte er Meißner Porzellanfiguren aus dem achtzehnten Jahrhundert mitgebracht, auf denen jeder Fingernagel fein modelliert war, aus einer deutschen Stadt eine Lautenspielerin mit weißem Schleier und einen höfischen Knappen, aus Wien einen Satz Rosenthal-Dessertteller, als wollte er das dezimierte Service seiner Mutter vervollständigen, nie kaufte er ein komplettes Service, oft waren es nicht einmal zwei oder drei zusammenpassende Tassen, immer nur Einzelstücke, manche mit Haarrissen, aber das störte ihn nicht. Es schien, als sammelte er nicht vornehmlich, um etwas in Geldwert Meßbares zu besitzen, sondern um sich zu erinnern und als müßte er diesen vereinsamten Waisen aus Porzellan ein Zuhause geben. Im Lauf der Weiterreise verbreiterten sich die Haarrisse zu Sprüngen, brachen Henkel ab, die Dinge wurden ihm darum nicht weniger wertvoll. Jetzt packe ich sie wieder ein, wickle sie ein wie Kinder gegen die Winterkälte für ihre Reise zurück nach Europa.

Wie ich es auch auslege, es ist ein Akt pietätvoller Plünderung fremden Eigentums, wer hat mir erlaubt, seinen Besitz als herrenloses Gut zu betrachten, wer hat mir die Gegenstände, die ich jetzt einpacke, in die Hand gegeben und gesagt, nimm, sie gehören dir? Hatten wir uns nicht von Anfang an vorgenommen, den Besitz des anderen zu respektieren? Als ich mit dem Schwager Jeromes Banksafe öffnete, griff er nach der goldenen Uhr des Großvaters und wog sie in der Hand, versuchte die Tränen in seinen Augen zu verbergen, die ist von unserem Großvater, sagte er, und Ilana hat sicherlich kein so großes Interesse daran. Ich wollte schon sagen, sie gehört doch Jerome, aber ich schwieg. Sie hatten nur diesen einen Großvater gekannt, und Harold ist jetzt der Überlebende der beiden Brüder, er stand als Sieger da und als legitimer Erbe, der sich nehmen durfte, was übrigblieb. In Jeromes Testament werde ich nicht erwähnt, nur Ilana, Harold und nach ihnen ihre Kinder. Du siehst, sagte der Schwager triumphierend, keinen Cent für dich. Ich stelle die Dinge, die man in Geld schätzen kann, wieder an ihren Platz zurück.

Es bleibt ein ganzes Haus voll wertlosen Plunders, mit dessen Entsorgung ich längst begonnen habe. Davon kann ich mir nehmen, soviel ich will, es sind die Spuren unseres gemeinsamen Lebens. Die leeren Weinflaschen, deren Etiketten er sammelte, und wenn sie sich unter Dampf nicht hatten ablösen lassen, behielt er auch die Flaschen, die nun aufeinandergestapelt den Zugang zum Keller blockieren. Tausende von Taschenbüchern, vergilbt, zerfleddert, voller Notizen und Ideen, die ihm einfielen, während er las, alles, was mit seinem Tod hinfällig geworden ist. Es hängen mehr Erinnerungen daran, als an den alten Wohnzimmerschränken, den Samtfauteuils und den Achatlampen. Im Schlafzimmer ist seine Gegenwart dicht wie Rauch in einem verqualmten Zimmer, und es riecht nach Moder, Schweiß und seinem Aramis-Rasierwasser. Im

Bad steht ein fast leerer Flakon, morgens und abends schnuppere ich daran, dann ist es, als ginge er frisch rasiert an mir vorbei. Es nimmt mir jedesmal den Atem, wenn mein Blick als erstes auf den Plastiksack mit der Aufschrift MASS GENERAL HOSPITAL fällt. Ich kenne niemanden, der seine Kleider tragen könnte, deshalb habe ich die Caritas angerufen und einen Abholtermin vereinbart. Aber sooft ich die Sakkos aus dem Schrank räume, die Hosen zusammenfalte und in die Kleidersäcke stopfe, sie wandern wie von selber in den Schrank zurück. Sie sind doch noch wie neu, das graukarierte Sakko, er wird es brauchen, wenn er wiederkommt, denke ich gegen jede Vernunft, vielleicht ist es dann schon wieder Herbst. Der Pullover, den ich ihm zu Chanukka geschenkt habe und den er so gern trug, sein Körper hat ihn noch nicht freigegeben. Die Unterwäsche wegzupacken ist leichter, aber die Schuhe verlassen ihren angestammten Ort am schwersten, ich denke an seine bloßen Füße in dem Sarg aus schnell verrottendem Fichtenholz. Ich finde seinen Hochzeitsanzug, *Brooks Brothers* steht auf dem Etikett, der einzige Designeranzug, den er je besaß. Er muß ihm seit Jahrzehnten nicht mehr gepaßt haben, das Gilet probiere ich an, es paßt mir beinahe, so schlank muß er damals gewesen sein und jünger als unsere Tochter jetzt ist. Es kommt mir vor, als habe es einem anderen gehört als das Sakko und die umgestülpte Hose im Plastiksack aus dem Spital. Und es waren ja auch zwei verschiedene Menschen, der Dreißigjährige, der ein ganzes langes Leben vor sich hatte, und der Fünfundsechzigjährige, der spürte, daß es zu Ende ging.

Unsere Tochter hatte nicht die ganze Wahrheit gesagt, als sie beim Begräbnis Rabbi Schaefer erklärte, ich hätte nie ein Get, einen Scheidebrief, verlangt. Sie wußte, wieviel mir in diesem Augenblick der symbolische Riß nah über meinem Herzen bedeutete. Jerome und ich hatten nur eine standesamtliche Hochzeit und redeten zehn Jahre lang von der richtigen, der religiösen Trauung, planten sie bis ins Detail und stritten um Einzelheiten, wer eingeladen werden sollte, die Trauzeugen, der Rabbiner, das Datum, das Essen, bis es endgültig zu spät war. Aber in meiner unverbesserlichen Phantasie träume ich noch immer davon, unter dem Traubaldachin dreimal um ihn herumzugehen, im Spätsommer, in einem hellen Kleid, nicht weiß, aber hell genug für einen Schleier, absurd und rührend, unsere erwachsene Tochter als Trauzeugin ihrer Eltern, und wir nach fünfzehn Jahren endlich bereit, ohne Vorbehalt Ja zu sagen, aus demselben Glas Wein zu trinken und zusammen nach Hause zu fahren, ohne bereits wieder an die nächste Trennung zu denken, und der Tod nicht einmal eine ferne Möglichkeit. Wir haben es nie verstanden, unser Leben zu inszenieren und mit unseren Dokumenten in Einklang zu bringen, wohl weil uns Formalitäten wenig bedeuteten. Zu allem brauchten wir mehrere Anläufe, bis es uns gelang. In der Town Hall, in der wir nicht länger als ein paar Minuten vor dem Friedensrichter gestanden waren und auf eine Frage Ja sagten, yes, I will, von der ich nur den Bruchteil eines Satzes verstand – in guten und in schlechten Zeiten –, in derselben Town Hall sagten wir zwanzig Jahre später in einem ebenso schnellen Verfahren vor einem anderen Friedensrichter, yes, I do, auf die Frage, ob wir das Scheidungsurteil verstünden. Und jedesmal fuhren wir anschließend mit unseren Zeugen, unseren Anwälten, die auch unsere gemeinsamen Freunde waren, zum Essen ans Meer und danach zusammen nach Hause, als hätte sich nichts geändert. Wo hätte ich sonst hinfahren sollen, ich hatte nie ein anderes Zuhause gehabt, nicht in diesem Land.

In unserem Leben gab es andere Höhepunkte, die niemand feierte und die fast unbemerkt vorübergingen. Die Wanderung um den Walden Pond, am Tag, an dem ich erfahren hatte, daß ich schwanger war, bei der wir einander auf alles aufmerksam machten, woran wir sonst achtlos vorbeigegangen wären, als hätten wir ein zusätzliches Paar Augen, für das alles neu und ein Wunder war. Schau, wie weit die Bäume ihre Wurzeln und Zweige ins Wasser strecken, riefen wir, und dort, die Enten im Schilf, die tanzenden Mücken über den Tümpeln, die Fische unter den Ufersteinen, die herbstliche Kühle im Schatten der Bäume und ein blasser Tagmond über dem See. Er ging nicht wie üblich drei Schritte hinter mir, um sich in der Illusion seiner Freiheit zu gefallen, und ich verdächtigte ihn nicht, insgeheim enttäuscht zu sein, daß er mit mir nicht das große Los gezogen hätte. Auf einem Foto, das Jerome neun Monate später aufnahm, stehe ich auf einem schmalen Pfad nah an der Uferböschung des Walden Pond, lachend mit triumphierend herausgerecktem Bauch, zwei Tage vor dem errechneten Geburtstermin, eine junge Frau, die sich nicht vorstellen kann, daß in zwei Tagen ihr ganzes bisheriges Leben zu Ende sein wird.

Aber wenn ich den Beginn unsere Ehe mit einem Datum versehen müßte, dann wäre es die frühe Dämmerung eines Dezemberabends, als ich aus dem weitläufigen Gemeindehaus der Kongregation Beth Israel heraustrat mit von der Mikwe noch feuchten Haaren und einem neuen Namen, und Jerome im Auto zwischen den Platanen auf mich wartete. Wenn ich Glück benennen müßte, dann als das Staunen darüber, wie klar und eindeutig alles sein konnte. So fühlt sich eine, dachte ich, die nach langer Zeit des Suchens und Wartens sieht, daß alle Gleichungen aufgegangen sind, und weiß, so soll es sein, es kann nur so sein, alles andere wäre falsch. Welchen Grund für meinen Wunsch, Jüdin zu werden, ich den drei Rabbinern, die mich prüften, genannt hatte, weiß ich nicht mehr, für mich war es der bedingungslose Eintritt in das Leben des geliebten Menschen, in seine Welt, mit allem, was ihn ausmachte und was ihn geprägt hatte. Ich trat von nirgendwoher über, ich war meiner Neigung gefolgt, und ich trat in etwas Vertrautes ein, es war kein Neubeginn und bedurfte keiner Gewöhnung, ich war angekommen. Das Leben unter Juden war mir weder fremd noch neu, die Frage war nicht gewesen, ob ich mir ein jüdisches Leben vorstellen konnte, sondern wie ich das Gefühl der Zugehörigkeit in eine Tatsache verwandeln konnte, der lange Weg dorthin, die Jahre des Lernens und die Frage, ob ich das Recht dazu hätte. Ich kannte die Argumente, die man gegen mich anführen würde, ich hatte sie eins nach dem anderen bedacht und verworfen: ich wolle mich als Opfer ausgeben, ich wolle etwas Besonderes sein und mir den Status der Unangreifbarkeit erschleichen, ich wolle einer schuldbeladenen Herkunft entfliehen, ich wolle in der Tradition Zuflucht suchen, um Eigenverantwortung abzugeben, ich wolle mir Zugehörigkeit erzwingen. Ich hatte die Vorwürfe, noch bevor sie irgend jemand aussprechen konnte, geahnt, ich hatte jeden einzelnen erwogen und meine Aufrichtigkeit geprüft, dafür hatte ich während der langen Vorbereitung ausreichend Zeit. Dreimal muß man abgewiesen werden, heißt es, damit man seine Beweggründe prüfen könne und die Gewißheit habe, daß man unwiderruflich als Jude leben will, dreimal wird man weggeschickt, um seine Standfestigkeit zu beweisen. Aber das hatten wir nicht gewußt. Beim zweiten Mal versuchte Jerome mir den Weg zu ebnen, aber das Gespräch mit ihm hatte dem Rabbiner genügt, uns beide abzuweisen, ein säkularer Jude, der nicht einmal weiß, wann Tischa be'Av ist, und von Kaschrut nichts wissen will, wie sollte daraus eine jüdische Ehe werden? Er schlug ein Buch auf, in dem jedes Konzentrationslager Europas mit einem Magén David gekennzeichnet war, ein dichtes Netz von gelben Sternen. Ich weiß davon, sagte ich. Das ist Ihr Erbe, sagte er, das ist es, womit Sie sich beschäftigen müssen. Ich habe seit meiner Jugend nichts anderes getan, verteidigte ich mich. Ich wußte, daß ich auf kein Geburtsrecht pochen konnte, daß ich mich weder auf die frühen Traumata noch auf die Magie von Kindheitserinnerungen berufen und sie mit Jerome teilen konnte. Ich ahnte auch, daß ich immer wieder meine Rechtmäßigkeit würde beweisen müssen und daß mir ein Leben lang die Scham als Hypothek gegenwärtig bleiben würde. Danach hörte Jerome auf, darüber zu reden. Laß, sagte er, ist nicht so wichtig, für mich hast du eine jüdische Neschume, und das Kind wird sich später einmal entscheiden. Erlaube niemandem, dich Schickse zu nennen, schärfte er mir ein, es ist kein Kompliment und auch kein gutmütiger Scherz. Er habe mich schützen wollen, sagte er später, er habe mir Demütigungen ersparen wollen. Aber ich wollte nicht andere über mein Leben entscheiden lassen, nicht einmal einen Rabbiner, der mich doch nicht kannte. Ich hatte nur dieses eine Leben, und ich wollte tun, was notwendig war und geschehen mußte. Der dritte Rabbiner hörte mich an und nahm mich als Schülerin auf.

Es war eine unerklärliche Scheu zwischen uns an jenem Abend, als wir im Auto nebeneinandersaßen und Jerome versuchte, seine Tränen zu verbergen.

Wie heißt du jetzt, fragte er.

Michal, sagte ich.

Das ist ein verstümmelter Männername, warum nicht Ruth, Judith, Sarah, Rebecca, Deborah, Lea, Rachel?

Alle Namen waren bereits besetzt, es war auch keine der Stammütter mehr frei, nicht einmal Zipporah. Michal bedeutet übrigens: Wer ist wie Gott?

Ein Gebet statt eines Namens, das sieht dir ähnlich. Dann bleiben wenigstens die verständlichen Namen für unsere Tochter.

Es wird ein Sohn, erklärte ich: Daniel.

Wo du schon beim Namenändern bist, was hast du gegen meinen Familiennamen? fragte er, nicht zum erstenmal.

Nichts, sagte ich, aber ich hab schon einen.

Das konnte er nicht verstehen, und ich konnte ihm den Unterschied nicht erklären. Jerome hat mich nie ohne leichte Ironie bei meinem jüdischen Namen genannt, wenn er es tat, was selten geschah, dann immer im Ton gutmütigen Spottes, unter Anführungszeichen, fragt doch unseren Chochem hier, unsere Michal. Er mußte nichts beweisen, er besaß ohne Anstrengung, was ich anstrebte und wofür er selten Verwendung hatte, er wußte nicht einmal, was er besaß, aber es waren die Dinge, die ich am meisten an ihm liebte, seinen Sprachrhythmus, die jiddischen Ausdrücke, die sich wie selbstverständlich in seine Sätze mischten, und die Melodie dieser Sätze, seine Gestik und seine Körpersprache, sein ganz und gar eigenwilliger, respektloser schwarzer Humor, sein Erfindungsreichtum und seine Lebensfreude und etwas unbenennbar Atmosphärisches, das ihn für andere Juden als zugehörig kenntlich machte, und auch, in Rabbi Schaefers Worten Zedaka ve Chessed, kompromißloses Rechtsempfinden und die Bereitschaft, sich vom Leid anderer berühren zu lassen. Sein soziales Gerechtigkeitsgefühl nahm zu, je älter er wurde, und die Hartnäckigkeit, mit der er sich für die hoffnungslosesten Versager ohne Aussichten auf ein Gelingen und ohne Honorar von Instanz zu Instanz quälte, hatte eine absurde Tragik. Es war keine Herablassung in seiner Zuneigung für streunende Katzen und vom Schicksal zerzauste Menschen, er hatte keine andere Wahl, als sich ihrer anzunehmen.

Es blieb eine Handvoll Gutmütiger, die mir den Gefallen taten, mich ohne Spott und Zweifel Michal zu nennen. Aber auch er hieß ja nicht Jeremia, es waren Geheimnamen, ein Code für die wichtigen Ereignisse des Lebens. Das Kind wurde kein Sohn, sondern Ilana, und ihretwegen ließ sich der agnostische Lästerer Jerome die Rückkehr in einen Alltag gefallen, den er als Jugendlicher zusammen mit seinem Elternhaus zurückgelassen hatte, zumindest bis sie mit siebzehn Jahren auszog.

*

Solange ich in der Schiwa-Woche von Menschen umgeben gewesen war, hatte ihre Anwesenheit mich von mir selbst getrennt. Ich hatte mich zwingen können zuzuhören, ich hatte sogar lachen können, sie hatten mich nur daran gehindert, klar zu denken, und ich hatte mich danach gesehnt, allein zu sein und die tröstliche Wärme der reinen Trauer ohne Bitterkeit und ohne Zorn zu spüren. Ich hatte mir vom Alleinsein etwas wie eine Rückkehr in die alte Geborgenheit zu zweit erwartet. Jetzt ist niemand mehr da, der mich von der ersehnten Schwermut ablenkt, wie ich sie bei Witwen oft beobachtet habe, eine Wollust der Trauer, in der sie sich auf Jahre einrichten. Die alten Schallplatten, die wir vor dreißig Jahren gekauft und selten gehört hatten, geben mit ihrem durch die Feuchtigkeit von Jahrzehnten verzerrten Klang der Stille etwas Unheilvolles. Wie soll man in diesem Schweigen überleben? Die Stille ist wie ein Gift, das mich betäubt und lähmt, sie übertönt jede Musik, die Dielenbretter knarren bei jedem Tritt und lassen die Nadel des Plattenspielers Rillen überspringen, die Zeit dreht sich stur und mißtönend um die eigene Achse, und im Zentrum des Stillstands liegt der Tod, da kann ich mich ablenken, mit welchen Andenken ich will. Es regnet noch immer den ganzen Tag, so gleichmäßig plätschert der Regen in die Abflüsse und Regenrinnen, daß es mir vorkommt, als stünden Menschen vor der Tür und ihre Stimmen vermischten sich mit dem Regen. Aber niemand kommt. Im Leben der meisten Menschen, die vor einer Woche in unseren Räumen aßen und redeten, war dieser Abschied eine Episode, die sie bald vergessen werden, vielleicht schon vergessen haben.

Die Nacht folgt auf die lange Dämmerung über dem Fluß, und sie erscheint mir wie eine natürliche Todesfolge, als habe meine Trauer sich verdichtet und das Licht verdrängt. Ohne Erinnerung daran, was ich gerade noch getan habe, stehe ich mitten im Wohnzimmer und frage mich, wohin mit mir? Wofür ist dieses Leben noch gut? Wo wir doch nie wieder zusammen alt werden können in diesem Haus. Wie ein Esel, der in ein Joch gespannt im Kreis geht, begreife ich es nicht, begreife nicht, daß es nichts nützt, im Kreis zu gehen, damit alles wieder so wird wie früher. Ich steige immer noch hinunter an der Hand des Todes, Stufe um Stufe. Nach der Abwehr, dem sich Aufbäumen und der Wut folgt die Betäubung, in der ich weder schlafe noch esse, nie weiß, wie spät es ist, denn die Zeit, in der ich verharre, ist eine andere als die Gegenwart. Ich halte still, ganz auf den Widersacher fixiert, der sein Opfer nicht hergibt, noch immer mit einer Spur absurder Hoffnung, daß ich am Ende entschädigt werde, wenn schon nicht durch Jeromes lebendige Gegenwart, dann vielleicht durch ein Zeichen, das er mir geben wird, ein unmißverständliches Zeichen, daß er mich nicht verlassen hat. Er wird einen Weg finden, es mir mitzuteilen, daß er mich liebt. Ich begreife auch, daß Trauer das falsche Wort für diesen Zustand ist, in dem ich mich befinde. Sehnsucht ist es, was mir auf Brust und Zwerchfell drückt, daß ich kaum atmen kann. Gibt es das? Herzschmerz, als Zustand, nicht als peinliche Metapher, die man in schlechten Gedichten findet? Gleichzeitig wünsche ich mir, daß dieser fruchtlose Schmerz nicht nachläßt, er ist das einzige Lebendige in mir. Wenn er aufhört, beginne ich zu vergessen, und dann wird eines Tages etwas anderes das Zentrum meines Denkens ausfüllen, genau wie die Trauergäste es gefordert haben: genug getrauert, das Leben geht weiter, nichts festhalten, den Toten ruhen lassen. Ich will Jerome mit der gesammelten Kraft meines Denkens daran hindern, ins Ungreifbare zu versinken. Schon jetzt kann ich manchmal seine Stimme nicht mehr hören, seine Gestalt wird undeutlich, sie verzerrt sich, wenn ich versuche, sie zu bannen. In ein oder zwei Jahren wird meine Haut seine Berührung vergessen haben, und die Vertrautheit, mit der die Grenzen zwischen uns sich in Augenblikken der größten Nähe aufhoben, wird unvorstellbar geworden sein. Ihn zu vergessen ist meine größte Angst.

Irgendwann setze ich mich seinem leeren Stuhl am Eßtisch gegenüber, so wie wir einen großen Teil unseres Lebens einander gegenüber gesessen sind, beim Frühstück, an Wochenenden bis spät in den Vormittag, an Freitag abenden bis nach Mitternacht, und beginne mit ihm zu reden, zähle auf, was wir einander schuldig geblieben sind und was ich rückgängig machen möchte, ich sage, komm zurück, die wichtigsten Dinge sind unerledigt, unsere Geschichte ist noch nicht zu Ende, sie hat gerade erst begonnen, und es ist zu vieles offen, ich weiß ja nicht einmal, ob du mich liebst. Dann werde ich wütend, was wir nicht lieben, verraten wir, werfe ich ihm vor. Ich möchte, daß du weißt, wie sehr ich dich liebe, flehe ich. Aber es funktioniert nicht, unsere Gespräche sind ein für allemal verstummt, er wird meiner Phantasie zu keinen neuen Ideen mehr verhelfen. Ich sehe das ironische Blitzen in seinen Augen, ein belustigtes Zucken um seine Mundwinkel, bevor er mir mit einem trockenen Witz die Lächerlichkeit meiner Pose vorhält, den wissentlichen Selbstbetrug, vor einem leeren Stuhl zu sitzen, ihn anzureden, als säße er leibhaftig da, und eine Antwort zu erwarten. Hör auf, den Mond anzuheulen, hätte er gesagt, denk an die Vorteile, wenn ich erst einmal unter der Erde bin, du brauchst nie wieder hinter mir aufräumen und dich beklagen, man käme nur noch auf Stelzen durch diesen Flur. Aber auch seine Witze sind nicht mehr unterhaltsam. Ich wache eifersüchtig darüber, daß niemand meine Monologe stört, erlaube mir nicht die geringste Abschweifung meiner Gedanken, damit er mir nicht verlorengeht, ich will ihn mit meiner ganzen Konzentration daran hindern, sich zurückzuziehen. Die Symphonien und Arien unserer alten Schallplatten versetzen mich in eine Trance, die mich von mir selber weg immer tiefer in Wachträume hineinführt. Schlafentzug und die Unmöglichkeit, Nahrung zu mir zu nehmen, verwirren mir die Sinne, die Töne schlagen wie Wellen aus Licht und Farben über mir zusammen, ein magisches Blau, wie auf den letzten Seerosenbildern von Monet, über einer schlammigen, lichtlosen Tiefe, sekundenlange überklare Splitter von Erinnerungen, die ich nicht zuordnen und nicht im Gedächtnis behalten kann, keine tröstlichen Bilder, sondern quälende Augenblicke vergangenen Versagens, zornig, hämisch und voller Schuld, am Ende das Verklingen eines einzelnen Tons, als würde ein Dorn aus dem Fleisch gezogen. Es ist eine verzweifelte Totenbeschwörung, die immer von neuem bei seinen letzten Stunden ansetzt, dort, wo der Faden gerissen ist.

Das Telefon bricht in die Stille ein wie eine Detonation, und ich frage verwirrt: Wie spät ist es? Eine junge Frau von der Friedhofsverwaltung meldet sich und erklärt mir mit beherrschter Ungeduld, ich hätte die Möglichkeit, die beiden Gräber neben Jerome zu kaufen, aber nur noch für kurze Zeit, eine Woche etwa, dann würde ich von der Warteliste gestrichen. Nein, sage ich, ich kann jetzt nicht daran denken, ich kann jetzt nichts entscheiden, ich flehe um Aufschub, meine Tochter ist doch erst dreißig und ich ... Ich verstumme, weil das die junge Frau am anderen Ende nicht interessiert, sie will zwei Immobilien verkaufen, solange die Trauernden noch unter Schock stehen und ihrem Verstorbenen nicht nah genug sein können. Für die Ewigkeit. Ein Grab ist sicherer als ein Haus, es kann nicht abgerissen werden und nicht verbrennen, es darf nach jüdischem Gesetz auch nicht aufgelassen werden. Der Stein mag verwittern, die Inschrift unleserlich werden, die Gebeine warten, Seite an Seite, bis der Messias kommt.

Können Sie mir die Telefonnummer Ihrer Tochter geben, fragt sie nachsichtig, so als wolle sie sagen, kann ich mit einer zurechnungsfähigen Person reden?

Sie kommt am Freitag, antworte ich. Nur noch drei Tage.

Sie legt auf, und ich gehe zurück zu Jeromes Foto, das ich im letzten Winter aufgenommen habe und versuche, seinen Gesichtsausdruck zu ergründen. Er sitzt auf einer Kaimauer am Meer. Ich kenne die Küste zwischen Provincetown und Portland auswendig, so gut, daß ich jede Bucht nachzeichnen könnte, aber ich bin nicht sicher, an welcher Stelle dieses Foto entstanden ist. Es muß das äußerste Ende der Hafenmauer von Rockport gewesen sein, an dem wolkenlosen, warmen vierundzwanzigsten Dezember kurz vor der Dämmerung. Man spürte die verhaltene Stille des anbrechenden Feiertags, die sonst von Touristen überlaufenen Straßen des Ferienortes auf Cape Ann waren menschenleer, die Geschäfte bereits geschlossen und die Schauräume der Souvenirläden dunkel, nur die Konditorei eines ausgewanderten Österreichers, Helmut's Strudel, war gerade dabei zu schließen. Wegen dieser Konditorei auf einer Landzunge am Atlantik hatten wir die Gegend früher, als wir Ilana bei unseren Ausflügen noch bei uns hatten, Strudel-Beach genannt. Das Meer war ein regloser blauer Spiegel, und in den Fenstern am alten Hafen blitzten die Strahlen der tiefstehenden Sonne auf. Wir schlenderten eng aneinandergeschmiegt durch die leeren Gassen bis an die Spitze der Halbinsel, wo die Straße endet und ich das Foto machte. Früher waren wir mit Ilana oft auf den großen Felsblöcken weit ins Meer hinausbalanciert, von Felskante zu Felskante gesprungen, bis wir atemlos vor Höhenangst direkt über der Gischt der Brandung standen. Ich weiß nicht, ob Jerome auf dem Foto lacht oder bloß in die untergehende Sonne blinzelt, es könnte sogar sein, daß er mit den Tränen kämpft, er sieht mich direkt an mit diesem fast verzweifelten Ausdruck von Zärtlichkeit, Trauer und Erwartung, ich weiß es nicht, was er in diesem Augenblick gedacht hat, und dabei glaubte ich immer, ich könnte jede Regung von seinem Gesichtsausdruck ablesen. Gesicht und Hände scheinen mir jetzt blaß und ein wenig aufgedunsen, und seine Haare waren seit langem weiß, aber das Alter war so langsam gekommen und er war mir so vertraut, daß mir seine sichtbaren Zeichen nicht aufgefallen waren, und auch die Müdigkeit erkenne ich erst im nachhinein. Die Vorstellung, daß er in diesem Augenblick wußte, daß er bald sterben würde, gibt diesem Nachmittag im Dezember einen doppelten Boden.

Wir hatten auf der Rückfahrt in einem Restaurant entlang der alten Poststraße zwischen Maine und Connecticut essen wollen, aber außer den chinesischen Restaurants waren alle Gasthäuser geschlossen. In der Dämmerung fuhren wir durch Farmland, vorbei an alten Häusern aus der Kolonialzeit, abweisend, puritanisch in der strengen Pracht ihrer dunklen Schindeln, und ohne Fensterläden, ohne einen einzigen noch so kargen Schmuck, zwischen Schafzäunen und verwilderten Hecken.

Emily Dickinson Land, sagte ich, und auch ihre Tageszeit, *there is a certain slant of light, winter afternoons,* und er fuhr fort mit dem Zitat, *that oppresses like the heft of cathedral tunes,* eine Landschaft, als hinge sie ein Stück über der Erde.

Flying Saucer Country, eine Gegend für Außerirdische, sagte Jerome nach einer Weile des Schweigens, was bedeutete, daß es ihm ein wenig unheimlich war in dieser verwilderten Einsamkeit mit den seltsam geformten Weiden, die über die Straße ragten.

Aber auch Downtown Boston war unheimlich leer und still, als habe die ganze Stadt sich in die inneren Räume zurückgezogen. Die kahlen Bäume entlang der Commonwealth Avenue trugen elektrische Lichtgirlanden, elegant und sparsam, im Public Garden setzten wir uns unter den falschen Sternen der juwelenbesetzten schwarzen Zweige auf eine Bank. Ich vergrub meine kalten Hände in seiner Manteltasche. Seine Hände waren immer fest und warm, und wir saßen schweigend, als wäre alles bereits gesagt, aber ich hatte damals ständig das Gefühl, als balancierten wir am Rand eines unsichtbaren Abgrunds. Vielleicht spürten wir es beide, ohne es einander zu gestehen, so daß wir uns der Nähe des anderen versichern mußten, der Wärme, die vom Körper des anderen ausging.

Es war nicht das erstemal, daß sich, noch bevor etwas passierte, das bisherige Leben wie von selber aufzulösen begann, und ich konnte nichts dagegen tun. Die beiden Kontinente strebten auseinander, in entgegengesetzte Richtungen. Aber ich hatte mich in beiden eingerichtet und mein Gleichgewicht darauf gestützt, daß ich von einem zum anderen fliehen konnte. Ich würde ins Bodenlose stürzen, dachte ich, wenn man mir einen davon wegnähme. Das Ende kündigte sich als etwas Ungreifbares, etwas Atmosphärisches an, es blieb uns nichts übrig, als tatenlos zu erwarten, was schon vor uns lag und bald in Erscheinung treten würde. Wir hörten es wie ein unterirdisches Grollen und hielten uns aneinander fest.

Am Ende gingen wir an jenem vierundzwanzigsten Dezember ins Tin Tin in Downtown Boston essen, Jerome insistierte, es sei ein jüdischer Brauch, am Weihnachtsabend chinesisch zu essen. Das alles ist in allen Einzelheiten gegenwärtig, wenn ich das Foto ansehe. Zwei Tage später bekam er hohes Fieber, eine Grippe, aus der eine Lungenentzündung wurde, acht Wochen lang, bis in den späten Februar, eine Krankheit, von der er sich nicht mehr erholte. Der Tod kam nicht ohne Vorwarnung über ihn, aber wir konnten ihn in der banalen Verkleidung nicht erkennen. Es fehlte mir an Erfahrung, um zu wissen, daß manche Menschen, wenn sie den Tod näher kommen fühlen, nicht klagen, sondern einfach stiller und nachgiebiger werden. Erst jetzt, wo es mir nichts mehr nützt, addiert es sich zu den Qualen der verpaßten Möglichkeiten. Aber ich werde nie erfahren, welche geheimen Prozesse sich in seinem Bewußtsein abspielten, ich weiß nicht, was er erkannt hatte, das ihn reif machte für den Tod.

Ich finde Tag für Tag neue Finten, um in meiner von der Zukunft abgetrennten Zeit zu verharren. Ich sitze reglos vor seinen Fotos und konzentriere mich darauf, mich zu erinnern, als wäre es eine Prüfungsaufgabe, von deren richtiger Lösung es abhängt, ob ich mich dem Wissen verschließen darf, daß er nirgendwo mehr ist. Zu diesem Zweck stelle ich immer neue Fotos, die ich im Lauf der Jahre aufgenommen habe, auf der Anrichte im Eßzimmer nebeneinander wie auf einen Altar. Wie Emily vor einer Woche sitze ich vor Bergen von Fotoalben, Schachteln voller Fotos und einzelnen, die wie Lesezeichen aus Büchern gefallen sind. Den Papierkorb in Reichweite neben dem Tisch bestimme ich in wachsendem Tempo, welche ich behalte und welche weggeworfen werden. Sechzig Liter faßt ein Müllsack, und er füllt sich rasch mit Fotos, deren Vernichtung mir Genugtuung bereitet. Ich weiß, es ist eine späte Rache an jenem Teil seines Lebens, den er mir vorenthielt, es ist der Triumph der Überlebenden, über die Toten zu verfügen, die Geschichte neu zu schreiben, ihr meine Version aufzuzwingen, das Brauchbare wegzuschleppen und den Rest in Flammen aufgehen lassen, wie es alle Sieger tun. Von manchen Frauen gibt es mehr Fotos, als er Tage mit ihnen verbracht hatte, Fotos in allen Posen und Situationen, Fotos, denen man ansieht, wie glücklich sie miteinander waren, auch wenn er mir beteuert hatte, es sei nichts gewesen als ein Flirt, eine Verliebtheit. Die Fotos sprechen eine andere Sprache, Frauen waren für ihn ein Wunder, das zu verehren er nie müde wurde. Ich habe ihn mir nie vorgestellt im Bett mit einer anderen Frau, nicht beim Sex und auch nicht danach, wenn sie nebeneinanderlagen, wenn sie nebeneinander aufwachten, diese eheliche Intimität zweier Körper, die sich einander zuwenden, zweier Gesichter, die einander vertraut sind. Ich habe es meiner Phantasie verboten, mich mit solchen Bildern zu quälen, bis jetzt.

Auf dem Grund seiner Fotoschachtel liegen Aufnahmen aus Fotostudios von Frauen, die aussehen wie die Filmstars seiner Jugend mit großen schmachtenden Augen und herzförmig geschminkten Lippen, seine eigene retouchierte Greta Garbo, die ich mir auch vor vierzig Jahren nicht in seinen Armen vorstellen kann. Nicht alle in dieser Sammlung waren ihm nah gestanden, ich finde unsere gemeinsame Freundin Judit aus Bukarest, die eine Weile bei uns wohnte, während sie sich als Solopianistin bewarb, junge Kolleginnen, deren er sich als Berater und Mentor annahm, Shirin, die überdrehte Ehefrau eines Freundes, für die er schwärmte, eine Weile streute er die glitzernden Folienschnipsel, die sie ihm zu einem Geburtstag geschenkt hatte, in jeden seiner Briefe. Es gelang ihm, die offensichtlichsten Charakterschwächen zu übersehen, wenn seine Begeisterung sich an einem Detail entfachte, einer gewinnenden Art zu lächeln, einer warmen Stimme, einem flinken Verstand, anmutigen Bewegungen.

Eine kehrt über die Jahre immer wieder, und ihr Gesicht altert, je frischer und glänzender das Fotopapier wird. Suleyma. Sie war vor mir da, älter als er, einen rötlich blonden Heiligenschein um ein Gesicht, über das die sehr helle Haut sich so straff spannte, daß die hohen Bögen der Augenbrauen ihrem Blick einen Ausdruck des Erstaunens als Rand des Entsetzens gaben. Er hatte sie in dem Sommer im Kibbuz kennengelernt, in dem ich mir in einem anderen Kibbuz eine Abfuhr holte. Sie war Volontärin wie Jerome, Tochter eines russisch-jüdischen Vaters und einer katholischen irischen Mutter, und den Namen hatte sie von einer Großmutter, die aus Südamerika stammte. Vielleicht hatte er sie mit der Hingabe geliebt, die er meinte, als er mir bei unserer ersten Begegnung im Flugzeug sagte, die richtige Frau, wenn er sie fände, würde seine

Königin sein. Ich weiß nur, daß sie andere Pläne hatte und andere Wege ging, und daß er nie aufhörte, sie zu lieben. Wir waren ein Jahr verheiratet, als ich sie kennenlernte. Suleyma, das ist meine Frau, sagte er, und wir maßen einander, nicht unfreundlich, aber angespannt. Dann verschwanden sie, und ich sah sie erst zum Abendessen wieder, als sie das Restaurant betraten wie ein Paar. Bei Tisch redeten sie leise, vertraut, und schon die Art und Weise, wie ihre Körper sich einander zuneigten, schloß mich aus. Dieses Bild ist dreißig Jahre lang in meinem Gedächtnis frisch geblieben, es überdauerte alle Versöhnungen, alle Liebesbeteuerungen seither. Ich habe vergessen, was ich damals zu Jerome sagte, ich glaube, ich stellte ihm eine Frage, er gab irritiert zurück, merkst du nicht, daß ich Kopfschmerzen habe? Nein, sagte ich, wie sollte ich das wissen? Weil dir unsere Sensibilität fehlt, entgegnete er. Später schwieg er hochmütig, als ich ihn fragte, wo sie gewesen seien. Würdest du mit ihr schlafen? fragte ich. Jederzeit, wenn sie es möchte, sagte er. Liebst du sie? Das wird nie aufhören, erklärte er, aber sie hat einen Mann und Kinder, und auch ich habe Verpflichtungen. Sein Ton war so endgültig, daß ich nicht weiter daran rührte, nie wieder.

Sie schrieben einander, er rief sie mindestens einmal im Monat an, sie trafen sich alle paar Jahre, wir redeten nicht über sie. Eineinhalb Jahre vor seinem Tod erzählte er mir, sie habe Krebs. Wir waren viel zu früh zu einer Sylvesterparty in Gloucester eingetroffen und saßen im Auto an der Hafenpromenade, starrten auf das stumpfe Grau des Wassers und die letzten weißen Schaumkronen der Brandung vor der Dunkelheit, und wie ich ihn zu kennen glaubte, versuchte er, an diesem letzten Tag des Jahres dem Schicksal einen Gefallen abzubetteln. Ich war sicher, daß er sich etwas genauso heftig wünschte wie ich, aber etwas anderes, denn die Art, wie er sich feindselig in sich verschloß, stieß mich weg, weit weg aus seinem Leben. Nach langem Schweigen sagte er: Suleyma hat Krebs. Er hätte mir seine eigene Todeskrankheit in keinem anderen Ton mitteilen können. In den Monaten vor seinem Tod rief er sie regelmäßig jeden Sonntag an. Ich habe seine Telefonrechnungen gesehen. Danach wollte er mir Neuigkeiten über ihren Gesundheitszustand berichten, und ich unterbrach ihn, Suleyma interessiere mich nicht. Ich weiß nicht mehr, wie lange vor seinem Tod es war, als ich ihn fragte: Willst du sie zu dir nehmen, jetzt, wo ihr Mann tot und sie krank ist? Ich weiß nicht, sagte er, ich glaube nicht. Das letzte Foto von ihr zeigt deutlich die Spuren ihrer Krankheit. Sie ist sehr hager, und statt des eigenwilligen roten Lockenkranzes um ihr Gesicht liegt jedes schwere Haar ihrer blonden Perücke an seinem Platz. Ihre Augen sind müde, todmüde, so wie die seinen auf den Fotos vom letzten Frühjahr.

Wenn die beflügelte Leichtigkeit seiner Schwärmereien ihn verließ, wurde Jerome melancholisch und schweigsam, dann grübelte er über den Sinn des Lebens nach und beklagte sich über die Eintönigkeit des Alltags. Und nach einer Weile kam ein neuer Ausbruchsversuch, nicht immer eine Frau, es konnte auch ein wahnwitziges Projekt sein. Peter schrieb eine Drehbuchrolle nur für ihn, einen Anwalt, der das Publikum mit leidenschaftlichen Plädoyers und langatmigen Streitgesprächen ermüdet, er fand einen Produzenten, machte einen Amateurfilm und versprach Jerome eine steile Schauspielkarriere, zunächst am Broadway, dafür schrieb er das Drehbuch in ein Theaterstück um, dann in Hollywood, und Jerome glaubte ihm, lernte seinen Part, übte ihn vor dem Spiegel, eine überzeugende Imitation seiner selbst. Leslie versprach ihm eine

Karriere an einem theologischen Seminar in Moskau, auch das hielt Jerome für ein faszinierendes Abenteuer, für das er jederzeit bereit gewesen wäre, nur geriet Moskau bald in Vergessenheit, weil Jankele aus Israel auftauchte und ihn überredete, die Möglichkeit der Gründung eines College für angehende Zahnärzte zu erkunden, die in ihrem Land keine Zulassung zum Hochschulstudium bekamen. Dieses Projekt scheiterte an den Behörden. In einem dunklen Winkel seines Kleiderschranks fand ich Hunderte Visitenkarten auf Japanisch, und mir fiel das Joint Venture mit einem japanischen Geschäftsmann wieder ein, der ihn zu irgend etwas überredet hatte, das, wie viele andere Projekte, im Sand verlaufen war. Jerome jedoch blieb davon überzeugt, daß er für die einzigartige Berufung bereit sein müsse, die nur er erfüllen konnte. Er stellte sich sein Leben als einen großen Auftritt vor, auch wenn er nicht genau wußte, was er für sich und die Menschheit erreichen sollte, er würde es jedoch erkennen, wenn der Ruf erging. Der Vorhang würde sich heben, und er würde im Rampenlicht der Weltbühne stehen.

Zwei oder drei Jahre lang bereiste er die Bundesstaaten nördlich von New York als Handelsvertreter für einen ehemaligen Schulfreund, der feuerfeste Arbeitswesten herstellte. Dafür bin ich gemacht, berichtete er begeistert: herumfahren, Händler überreden, mich mit ihnen unterhalten und ihre Lebensgeschichten sammeln. In seinem vom Englischen korrumpierten Jiddisch nannte er die Art von Fachsimpelei, die er so gut beherrschte, to dingsyke. Jeden Tag neue Gesichter, schnell geknüpfte Freundschaften, ein ganzes Netzwerk von Kunden aufbauen, die ihm vertrauten, neue Restaurants entdecken und Weinhandlungen voller ausgezeichneter Weine, die in der Provinz jahrelang auf einen Käufer warteten – all das versetzte ihn in eine geschäftige Euphorie. In ganz New Hampshire, Maine und Massachusetts machte er sich beliebt, unterhielt gelangweilte Geschäftsleute, ließ seine Visitenkarte zurück und vergaß, daß er von seinem Freund Larry nur eine geringfügige Provision bekam, die den Einkommensausfall nie und nimmer deckte. Aber er amüsierte sich als reisender Komödiant, und manchmal nahm er mich auf seinen Vertreterreisen mit. Wir parkten in der Geschäftsgegend einer Kleinstadt, betraten einen Army and Navy-Store, eine korpulente Frau stützte die Ellbogen auf den Verkaufstresen und schaute uns erwartungsvoll entgegen. Jerome verkündete seinen Namen, als mache er ihr ein Geschenk. Mazel tov, sagte sie, und was wollen Sie? Wir verbrachten die nächsten zweieinhalb Stunden in ihrem dämmrigen Laden, ohne daß ein Kunde uns gestört hätte, erfuhren die übliche jüdische Familiengeschichte ihrer in den zwanziger Jahren aus Rußland eingewanderten Vorfahren, ihres eigenen Rückzugs von New York nach Boston und von Boston in diese gottverlassene Kleinstadt in New Hampshire, hörten, daß ihr Mann auf und davon sei, aber daß ihre heranwachsenden Kinder ihr viel Freude machten und Großes vorhatten, tranken ihren Kaffee und aßen Hamantaschen, denn es war März und Purim gerade erst vorbei. Wir verabschiedeten uns mit warmem Händedruck, den Jerome stets mit beiden Händen bekräftigte, es fehlte wenig für eine Umarmung, und versprachen, sie bald wieder zu besuchen. Es ist sehr einsam hier, sagte sie am Ende und sah aus wie ein Kind, das allein auf dem leeren Bahnhof zurückgelassen wird, Jerome traten Tränen in die Augen.

War das nicht großartig, fragte er im Auto, so könnte ich leben, ohne daß mir je dabei langweilig würde.

Anschließend gingen wir in einen der selten gewordenen

Diner zum Mittagessen, verzehrten aus der Mode gekommene hash fries, redeten über die bedauernswerte New Yorkerin, die es in dieses Kaff verschlagen hatte, überlegten, wie man ihr helfen könnte, wir redeten und lachten über die grotesken Tragödien des Lebens, während wir an diesem sonnigen Vorfrühlingstag noch viele Meilen durch die hügelige Landschaft von New Hampshire und Westmassachusetts fuhren. Es war immer ein wenig, als seien wir in diesem fahrbaren Kasten aus Blech und Glas auf der Flucht vor der Welt, die uns nichts anhaben konnte, solange wir in Bewegung blieben, es war eine Art von Glück. Sein widerstandskräftiger, kompakter Körper und sein unerschütterliches Vertrauen, daß es für jede Unbill eine Lösung und aus jeder Sackgasse einen Ausweg gäbe, schützten mich vor meiner Lebensangst.

Aber an den gleichförmigen Tagen, an denen nichts geschah, als daß sie sich ununterscheidbar zu einem Durchschnittsleben aneinanderreihten, war Jerome manchmal wie abwesend. Inmitten der Fülle an Verrichtungen, Gedanken und Gesprächen gähnte für ihn ein Mangel, der ihn abweisend und aggressiv machte. Er wollte mit seinen Sehnsüchten allein sein, deshalb mußte er immer drei Schritte hinter mir gehen. Eine Unrast begann in ihm zu gären, die sich auf mich übertrug, unbemerkt zuerst und schließlich nicht mehr zu unterdrücken, wir standen einander nur mehr im Weg, unsere Ziele schlossen sich gegenseitig aus. Wir waren einander zu ähnlich, das stieß uns in solchen Zeiten des Aufbruchs ab, wir waren beide unfähig, im Augenblick zu leben, sogar über den schönsten Momenten lag ein Schleier von Melancholie, von unerfüllter Sehnsucht und sei es nur die nach Dauer, selbst der vollkommenste Tag war bloß eine Kompensation. Aber die Vertrautheit trieb uns nach jedem Abenteuer wieder zueinander zurück, so wie man zu alten Gewohnheiten und Lastern zurückkehrt, und wie man sich zu Hause seiner selbst vergewissern muß, von Zeit zu Zeit. Unsere Ehe glich einem dieser Kippbilder, die man auf Postkartenständern findet, wild, haßerfüllt mitunter, aber unter einem leicht veränderten Neigungswinkel unvermittelt voll Eintracht und Zärtlichkeit. Erst als wir spürten, daß die Zeit knapp wurde, kamen wir mit der Absicht zu bleiben wieder aufeinander zu.

Es ist mir gleichgültig, wie nah er den Frauen auf den Fotos stand, ich will nicht darüber nachdenken, ich will die einzelnen Gesichter nicht identifizieren, sie können mich nicht mehr kränken. Indem ich sie vernichte, tilge ich sie aus meinem Leben und gebe sie ein wenig mehr dem Tod durch Vergessen preis. Ich finde keine Überraschungen, kein Foto, das er mir absichtlich verheimlicht hätte, sie lagen immer herum, er war immer bereit, darüber zu berichten, er fragte sogar um Rat. Manchmal, in den Jahren, in denen wir uns selten sahen, rief er mich an, wütend oder fassungslos: Sie ist nicht zu ertragen, sie ist verrückt geworden, stellt mir das Haus mit Topfpflanzen voll, hängt sie am Plafond auf, kettet sie an Regale, überall, wo sie einen Halt für einen Übertopf finden kann, damit ich sie mit meinen Tränen gieße, wenn sie mich verläßt, ich habe ihr versichert, ich werde ihnen keinen Tropfen Wasser geben, jetzt hat sie mich verlassen. Ich tröstete ihn und konnte die Schadenfreude nicht unterdrücken. Bei meinem nächsten Besuch hatte sich auf der ausgetrockneten Erde eine Schicht Staub gesammelt und in den Untersätzen lagen lose Vierteldollarmünzen und Centstücke. So habe ich die meisten, deren Fotos ich in den Müllsack werfe, schon früher kennengelernt, ich fragte mich, was sie verband, was ihn anzog, aber wenn wir zu dritt bei Tisch saßen, traten die Verhältnisse klar zutage.

Wir beide waren das aufeinander eingespielte Paar, das sich mit einem Blick, mit einem halben Lächeln, einem sekundenlangen Zögern verständigte, und die andere war die Geliebte. Das Einverständnis zwischen uns war wortlos, eine unvermeidliche Verbindung wie die Pole zweier Magneten, die aufeinander zustreben, selbst im Streit, sogar im Haß. Nur die anderen nahmen es wahr, uns blieb es verborgen, wir sahen in solchen Zeiten nur, was uns trennte und verletzte, wir sahen die sadistische Genugtuung in den Augen des anderen und die mörderische Eifersucht. Gerade deshalb konnten wir einander quälen.

Denk an Simone de Beauvoir und Jean Paul Sartre, sagte er.

Ja, aber die haben keine Kinder, du bist nicht Sartre, und ich schlafe nicht mit deinen Freundinnen, entgegnete ich.

Die Fotos, die am Ende übrigbleiben, sind ein kleiner Rest: Kindheit, Familie, eine Familie, die es nicht mehr gibt, die es für den größten Teil seines Lebens nicht mehr gab, Schulzeit, Studium und Beruf, einige Höhepunkte, Feste, Gruppenfotos mit strahlenden Gesichtern, die seine frühen Triumphe teilten, Lehrer, Kollegen, Vorgesetzte, Menschen, die ihn bewunderten und schätzten. Es ist seine Lebensgeschichte, die mir nicht gehört, die ich nur ordnen und für seine Tochter aufbewahren kann. Von niemandem gibt es so viele Fotos wie von Ilana, immer wieder Ilana, vom ersten Lebenstag an, unser Kind, unser wertvollster Besitz. Wir bewiesen einander unsere Liebe zueinander, indem wir sie durch die Liebe zu unserer Tochter filterten. Wir wetteiferten in Liebesbeweisen, indem wir demonstrierten, daß wir gute Eltern waren, als müßten wir das Mißtrauen des anderen zerstreuen. Ob wir einander noch liebten, kam nicht mehr zur Sprache, und wir wollten nicht danach fragen, die Antwort hätte eine Notlüge sein können.

Dafür liebten wir unser Kind und damit auch den Teil an ihr, in dem wir uns selber nicht erkannten. Ich liebte ihre tiefliegenden graugrünen Augen, ihre dunklen Locken und ihren festen kleinen Körper ebensosehr wie die Gesichtsform, die Wangengrübchen und die Form der Lippen, die sie von mir hat, und ich erkannte Jeromes Anlagen an ihr, Stärken und Schwächen, die zu Charaktereigenschaften werden würden. Ich betrachte auf den Fotos die demonstrative Zärtlichkeit, mit der Jerome sich zu ihr hinunterbeugt und sie mit den Armen umfängt, während die vierjährige Ilana von ihm wegstrebt, weil sie sich aufgehalten und mitten im Lauf gebremst fühlt. In jenen Jahren sind wir immer zu dritt, Ilana und ein Elternteil, ganz auf das Kind konzentriert, der andere unsichtbar hinter der Kamera. Wer hätte uns als vollständige Familie auch fotografieren sollen? Ich lege eine eigene Schachtel für sie an: die Stationen des ersten Mals, sitzen, umdrehen, aufstehen, gehen, Ilana im Babybuggy, Ilana auf einem Schlitten, schreiend vor Angst und Vergnügen, hoch auf dem Hügel des Boston Common, Ilana im Badehöschen am Strand, jeden Sommer von neuem, während das Kind langsam ein Mädchen wird und eine junge Frau, die weiß, wie anziehend sie ist. Beim Anblick dieser Fotos bilde ich mir ein, das Meer zu riechen und die kühle, salzige Brise auf der Haut zu spüren, die angenehme Müdigkeit und Ruhe am Abend, wenn wir vom Strand zurückkamen, uns auf der Veranda einer Imbißbude niederließen und Jerome uns frittierte Meeresfrüchte auf dünnen Papptellern von der Selbstbedienungstheke brachte. Das Meer unserer Sommerferien ist in meiner Erinnerung spiegelglatt und von einem zarten metallischen Blau.

Aber wie unglücklich die junge Frau aussieht, die dem Kind die Arme entgegenstreckt, es hochhebt und herumträgt, wie schlecht sie angezogen ist. Könnte es sein, daß meine Erinnerung trügt und ich gar nicht glücklich war? Ich erkenne das Gesicht auf den verblaßten, von Feuchtigkeit und Alter gewellten Fotos kaum mehr als das meine, die herausfordernde Kopfhaltung, das dunkle Haar, das in unregelmäßigen Fransen auf Schultern oder Rücken fällt, den entschlossen zusammengekniffenen Mund, der nicht zu dem manchmal beleidigten, manchmal verzagten Blick paßt, ein Gesicht voller Widersprüche, das den Betrachter dazu einlädt, den Eigensinn zu überwinden, die Frau aufzufordern, den Augenblick zu genießen, weil er nie wiederkäme. Auf einem Foto drückt Jerome mich an sich und nähert sein Gesicht dem meinen, als wolle er mich küssen, aber ich habe offenbar die demonstrative Umarmung nicht erwartet, ich lache, aber mein Körper widerstrebt. Ich liebte ihn an meisten, wenn wir getrennt waren, wenn ich durch eine fremde Stadt ging und durch kein Telefon zu erreichen war.

Wie verblendet mir auf einmal mein Beharren erscheint, ich sei der wichtigste Mensch für ihn gewesen angesichts dieser Müllsäcke voller Frauen, deren Körpersprache kein Widerstreben zeigt.

Eines mußt du wissen, jetzt gleich, damit du nachher nicht sagst, ich hätte es dir verschwiegen: Ich habe es bisher nie geschafft, treu zu sein.

Das hatte er am Anfang gesagt. Wir saßen einander in einem Restaurant gegenüber, das Essen war gut, wir tranken Wein und hatten vor einer Stunde miteinander geschlafen, er sagte es fast im selben Atemzug, in dem er wiederholte, daß er mich liebe.

Ist es nur Sex, hatte ich gefragt, oder verliebst du dich dann auch?

Kann man das trennen? wollte er wissen.

Mit einem Schlag war die festliche Stimmung weggewischt, aber ich hatte gehofft, es sei nur ein Versuch, die beängstigende Intensität, die unsere Liebe angenommen hatte, auf Abstand zu halten. Ich weiß nicht, ob es auch an diesem Abend war, als er behauptete, er höre nie auf, sich einer Frau, mit der er geschlafen hatte, verbunden zu fühlen. Ich bin da sehr loyal, hatte er verschmitzt gesagt, ich stelle mir manchmal vor, wie sie alle einmal an meinem Grab stehen und weinen und einander trösten. Alle ihre Geschichten über mich ergäben dann den Roman meines Lebens. Du bist ein Idiot, der keine Ahnung von Frauen hat, war meine Antwort darauf gewesen, vielleicht erst später, die schlagfertigen Antworten fielen mir immer erst später ein. Vermutlich habe ich damals verletzt geschwiegen, und er redete nicht mehr darüber, bis ich es als Angeberei wegschob und vergaß. Jetzt tauchen mit den Fotos alle Dämonen, die ich weggesperrt hatte, wieder auf, selbst das Vergessene wird lebendig. Nicht hinsehen, sage ich, es ist zu spät, sich zu entschuldigen oder zu vergeben. Wenn Freunde uns abrupt und ohne Erklärung verlassen, als wären sie gestorben, gehen die Mutmaßungen, was geschehen ist, noch eine Weile weiter, es könnte ja sein, daß sie zurückkommen, um die Beziehung wiederaufzunehmen oder sie endgültig zu beenden. Die Tatsache, daß sie am Leben sind, hält unseren einseitigen Dialog mit ihnen aufrecht. Man erinnert sich, wann das Zerwürfnis angefangen hat und fragt sich, was sie vertrieben haben könnte. Aber die Toten gehen anders fort und ich bleibe mit meinen unbeantworteten Fragen ohne Gegenüber und ohne Antwort sitzen. Niemand nimmt das Gewicht des Unannehmbaren mehr weg, indem er sagt, es tut mir leid, so war es nicht gemeint. Man muß es annehmen, nicht vorläufig, bis man es versteht, sondern endgültig, für den Rest des Lebens.

Einmal erzählte Jerome mir von einem Film, genau genommen war es nur eine Szene, er wußte weder den Titel des Films noch den Regisseur oder die Schauspieler. Zwei Menschen sind in einem Auto auf der Flucht, erzählte er. Eigentlich sei nur der Mann auf der Flucht. Sie steigen besser wieder aus, sagt er zu der Frau neben ihm, meine Bekanntschaft könnte Sie das Leben kosten. Und weißt du, was sie macht, fragte Jerome mit Tränen in den Augen, statt einer Antwort greift sie nach dem Sitzgurt und schnallt sich an. Ich schwieg, weil diese Szene in Wirklichkeit ein Vorwurf war. Das habe ich mir immer gewünscht, sagte er, daß eine Frau so bedingungslos bei mir bleibt, auf der ganzen Fahrt bis ans Ende.

Der Richter Steve, dessen Nachnamen ich nicht weiß, sagte mir, Jerome sei stolz gewesen auf meine Selbständigkeit, auf das, was ich mir erarbeitet hatte, oft in zähem Kampf gegen seine Forderungen. Aber er nahm es mir immer ein wenig übel, daß ich etwas brauchte, das ganz allein mir gehörte und meine Handschrift trug und daß ich ihm aus diesem Grund nie den Platz in meinem Leben zugestehen konnte, den er sich wünschte. Wir redeten manchmal darüber, was Liebe eigentlich bedeutete. Sich selbst an zweite Stelle setzen, behauptete er kategorisch. Einander kennen und verzeihen, sagte ich. Die Frage nach der richtigen Art zu lieben war ein Streitobjekt zwischen uns, um das wir kämpften, stritten, uns versöhnten, jahrzehntelang, ohne eindeutigen Ausgang. Ich weiß noch immer nicht, nach welcher Art von Liebe er mit zunehmender Panik suchte, und ich verstehe nicht, wie Menschen einander so sehr verfehlen können, wenn sie doch alle Liebe, deren sie fähig sind, auf den anderen konzentrieren. Du wirst erst nach meinem Tod wirklich wissen, was du an mir gehabt hast, sagte er manchmal. Wir wußten beide, daß derjenige von uns, der den anderen überlebte, sich bis ans Ende mit den Erinnerungen Schmerz zufügen würde, mit den guten ebenso wie mit den schlimmen. Oft schien es mir, als würden die schlimmen überwiegen. Jetzt, wo er tot ist, beginnt die Perspektive sich zu verschieben, ich erkenne deutlicher als zuvor, was wir einander angetan haben, aber ich sehe einen Mann und eine Frau, die gegeneinander wüteten, weil das Gemeinsame und das, was sie für sich retten wollten, in einem erbitterten Streit lagen. Und wenn ich diesen Kampf zur Seite schiebe, gelange ich zu dem anderen, das sie verband: daß sie einander so nahe waren, daß sie sich schweigend verständigen konnten und daß sie wußten, ein Leben ohne den anderen wäre unvollständig und auch unvorstellbar.

Natürlich unterstützten wir einander, wir redeten über unsere Berufe, gaben einander Ratschläge, ich hörte mir seine Klientengeschichten an, seine Rivalitäten im Beruf, machte die Lösung seiner Probleme zu meiner Aufgabe, aber das war nicht genug. Wenn wir von einer gemeinsamen Zukunft sprachen, wiederholte er seine Forderung, daß ich jeden Tag des Jahres, ohne Unterbrechungen und ohne mich abzuwenden, mit ihm leben sollte, aber meist übergingen wir schweigend, was wir als die Untreue des anderen betrachteten.

Natürlich fühle ich mich einsam, wenn ich allein bin, versicherte ich Jerome, aber gerade diese Einsamkeit brauche ich, um mich frei zu fühlen und arbeiten zu können, und wenn ich zurückkomme, ist es, als träte ich aus einer kalten Winterlandschaft in ein Haus.

Gut, daß unsere Katzen nicht reden können, die würden mir das gleiche sagen: Wenn wir aus der kalten Winterlandschaft zurückkommen und an der Tür kratzen, freuen wir uns schon auf frisches Futter und eine warme Stube.

Ich habe mir meinen Lebensunterhalt immer selbst verdient, sagte ich gekränkt.

Immer wieder versuchten wir, einander zu erklären, was wir für lebenswichtig hielten, und hörten dabei nur den Egoismus des anderen heraus.

Die Größe eines Menschen, dozierte Jerome, als wir in einem unbequemen Hotelbett in Pittsburgh keinen Schlaf fanden, bestehe in der Größe seiner Liebesfähigkeit, nur Spießer seien monogam. Und worin lag mein Egoismus?, frage ich mich jetzt. Wenn er hier wäre, würde er, ohne lange zu überlegen, ausreichend Beweise dafür finden, Bitten, die ich ihm abschlug, Zärtlichkeiten, die ich ihm versagte, Erwartungen, die ich enttäuschte. Er würde sich an jedes Mal erinnern, wenn er mich bat zu bleiben, und ich antwortete, zu Hause bleiben könne ich, wenn ich alt sei. Aber er *war* mein Zuhause. Vielleicht habe ich mehr genommen als gegeben.

Als wir unseren Ehevertrag aufsetzten, hatten wir keine Ahnung, was es bedeutet, dem anderen die Freiheit zu lassen und nicht zu wissen, ob er zurückkommt. Manchmal war Jeromes Eifersucht so unverhüllt, als sei meine Arbeit ein ernstzunehmender Rivale, dessen Existenz er herunterspielte, weil es nichts nützte, mich vor die Wahl zu stellen. Er wußte, ich würde mich immer wieder für meine Unabhängigkeit und daher, wie er es sah, gegen ihn entscheiden. Er wollte ja nichts Unmögliches, nur eine konventionelle Ehe, wie alle anderen sie hatten. Schließlich versuchte er die Pattstellung durch ein Ultimatum zu beenden: Wenn du dich nicht entscheiden kannst, ohne monatelange Unterbrechungen mit mir zu leben, dann will ich die Scheidung. Er sei es leid, Flugreisen auf sich zu nehmen, um mich zu sehen. Jerome hatte Angst vor dem Fliegen, die sich durch keine Gewöhnung überwinden ließ, jedesmal, bevor wir in ein Flugzeug stiegen, trat Todesangst in seine Augen. Er hat sein Ultimatum nie zurückgenommen, aber wir einigten uns in den folgenden fünfzehn Jahren stillschweigend auf einen Kompromiß, der uns die Freiheit ließ, die wir brauchten, ohne uns endgültig zu trennen.

*

Die Wolkenbrüche der letzten Woche wechseln mit Stunden tropischer Hitze, in denen von den Autodächern und den geteerten Straßen Dampf aufsteigt, und rund ums Haus schießt Unkraut üppig und giftgrün aus dem Boden. Die Nachbarn lärmen, das Leben draußen geht weiter, als wäre nichts geschehen. Plötzlich ist die Wand zwischen Kellertreppe und Flur, dort wo die leeren Weinflaschen gestapelt waren, lebendig und schwarz vor Fliegen. Jahrelang ist hier vergärter Alkohol verdunstet. Bald bedecken Fliegen den ganzen Flur und fliegen in Schwärmen auf, wenn ich den schweren Stoff der bodenlangen Vorhänge bewege. Ich fahre zum nächsten Drugstore, es gibt unzählige Insektenvernichtungsmittel, vor wenig fürchten die Menschen hier sich mehr als vor Fliegen, nie zuvor habe ich die Panik verstanden, mit der sie nach einer einzelnen harmlosen Stubenfliege jagen können.

Als ich das Geschäft verlasse, peitschen wieder dichte Regenwände wie aus Wasserwerfern über den Parkplatz, ich biege auf die Straße ab, seit dreißig Jahren biege ich hier von links oder von rechts auf die breite Straße mit den Bogenlampen zwischen den Fahrbahnen ab, Ilana ging einige Jahre in die Schule gegenüber, und ich brachte sie jeden Morgen mit dem Auto dorthin, aber jetzt fahre ich, als hätte ich keine Erinnerung an die Straße und pralle mit beschleunigter Wucht gegen den Betonpfeiler einer Lampe. Ich höre Krachen und Splittern, dann Stille bis auf das Meeresrauschen des Wolkenbruchs, das Auto steht, der Motor ist beim Aufprall abgestorben, und ich sitze über dem Lenkrad und überlege, ob ich noch lebe. Seit zweiunddreißig Jahren hatte ich keinen Unfall und jetzt, da es niemanden mehr gibt, den ich anrufen kann, damit er mir zu Hilfe käme, fahre ich wie eine Betrunkene gegen einen Laternenpfahl. Im strömenden Regen gehe ich um das Auto herum, die Stoßstange ist verbogen, der Scheinwerfer zersplittert, ein Reifen verformt, aber nicht platt, sonst kann ich nichts sehen, und als ich den Zündschlüssel umdrehe, springt der alte Toyota mit seinen hunderttausend Meilen auf dem Tachometer an und bringt mich nach Hause. Danke, Jerome, sage ich zu seinem Foto über dem Weinregal, ich weiß nicht, was genau passiert ist, trotzdem danke, ich dachte schon, ich wäre tot.

Ich bin noch nicht fähig, das Leben wiederaufzunehmen, sage ich, als Ilana anruft, aber ich schäme mich, ihr zu gestehen, daß ich direkt vor ihrer alten Schule auf der menschenleeren Straße gegen einen Betonsockel gefahren bin. Und ausgerechnet jetzt kündigt mir meine Tochter Besuch an.

Prabodh hat angerufen, er konnte dich nicht erreichen. Hebst du denn nicht ab, wenn das Telefon läutet, fragt sie.

Der Anrufbeantworter ist doch an.

Mit Dads Stimme, sagt sie, das ist für manche Leute gruselig, es ist, wie mit einem Toten reden.

Das tun wir beide doch ständig, denke ich.

Manchmal schaffe ich es einfach nicht, mich der Außenwelt zu stellen, verteidige ich mich, das kannst du doch verstehen?

Doch, sagt sie leise, das versteh ich gut. Ich komme ja übermorgen.

Was will Prabodh?

Er möchte zum Grab und tun, was man eben in seiner Religion am Grab eines Menschen tut, dem man nahestand. Er war doch sein bester Freund.

Wie viele beste Freunde hatte Jerome denn?

Nicht viele, und noch weniger, auf die er sich verlassen konnte.

Auf Prabodh hatte er sich verlassen können, und er hatte dessen rebellischen Stiefsohn in einem langwierigen Disziplinarverfahren vertreten und den Prozeß für ihn gewonnen. Sie hatten sich während des Doktoratsstudiums kennengelernt, Prabodh war mit einem Stipendium an die Universität gekommen, ein traditionell denkender Inder aus der Kriegerkaste, stolz, leicht zu kränken, ehrgeizig, zehn Jahre älter als die übrigen Studenten. Mit seiner Intuition für alles, was die meisten als unüberbrückbar fremd abstieß, muß Jerome ihm in den ersten Jahren der Eingewöhnung ein guter Freund gewesen sein.

Ich lernte Prabodh kennen, als ich Jerome das erstemal nach unserer Begegnung im Flugzeug nach Tel Aviv besuchte. Ich hatte den ganzen Herbst wie in einem Delirium gelebt, die Freiheit eines Landes, das mich überhaupt nicht zur Kenntnis nahm, war mir zu Kopf gestiegen. Ich fuhr fast täglich nach Manhattan, verbrachte die Tage in Buchhandlungen und Bibliotheken, wanderte an den Rändern von Princeton umher und schrieb überall, an jedem Ort, Gedichte. Ich war außer mir, buchstäblich, wie im Traum, und dennoch bei überklarem Bewußtsein, die unwirkliche Brillanz der Herbstfarben rief unentwegt Bilder in meinem Kopf hervor, beim Gehen, unter jedem Baum, an jedem Flußlauf. In dieser inspirierten

Euphorie gab es keine Grenzen, die mich an den abenteuerlichsten Vorhaben hätten hindern können, auch nicht daran, meinen Besuch bei einem Mann anzukündigen, mit dem ich vier Jahre zuvor in einem Flugzeug nicht mehr als ein paar Sätze gewechselt hatte und von dem ich nicht wußte, wie er lebte und ob er sich an mich erinnerte. Unterwegs, auf einem Autobusrastplatz, unter einem Ahornbaum mit zitternden goldenen Blättern drehte ich mich um mich selber wie ein Kreisel, berauscht von den Farben und von meiner unfaßbaren Freiheit. Es war schon dunkel, als ich in Boston aus dem Greyhoundbus stieg. Kommen Sie, kommen Sie, hatte Jerome am Telefon erfreut gerufen, erzählen Sie mir von Israel! Jetzt stand er in der Schalterhalle, aber er erkannte mich nicht, während ich ihn sofort erspähte, auch ohne das Hemd mit den Wassernixen, er hatte ein frisches, dezent gestreiftes Hemd für seinen unbekannten Gast angezogen. Er hatte zwar keine Erinnerung an mich, aber wie beim erstenmal gab es von Anfang an keine Fremdheit zwischen uns, und es erschien uns selbstverständlich, daß er mich mitsamt meinem Gepäck nach Hause brachte, in sein helles Studio Apartment mit dem großen Balkon und dem Panoramablick über Boston und einem Arbeitszimmer ohne Fenster, das ursprünglich ein geräumiger begehbarer Schrank gewesen war. Eine Arbeitsplatte über zwei Aktenschränken und ein schmales Sofa hatten darin Platz. Hier können Sie es sich gemütlich machen, sagte er.

Wir schliefen noch in derselben Nacht in seinem Bett. Wenn ich mir heute die Fotos von Jerome als Dreißigjährigem ansehe, bin ich erstaunt, wie gut er aussah mit seinem dunklen Lockenkopf, dem schmalen Oberlippenbärtchen und der tiefen Kerbe im Kinn. Er lächelt verschmitzt und hintergründig in die Kamera, als hätte er ein Geheimnis, seine Augen und die regelmäßigen kleinen Zähne blitzen in dem Gesicht mit dem leicht olivfarbenen Teint. Ein wenig untersetzt war er schon damals und so jugendlich, daß ich es mir nicht mehr vorstellen kann, diesen jungen Mann geliebt zu haben. Aber Jugend war damals nichts Erstaunliches, sie war die Normalität, die Abweichung war das Alter, und daß er sechs Jahre älter war als ich, machte ihn fast zu einem alten Mann. Was mich bezauberte war sein Charme, seine geistreiche Behendigkeit in den beiden Sprachen, zwischen denen er sich mühelos bewegte, und kleine, unbewußte Gesten, schalkhafte Bemerkungen und Fragen, die mir zeigten, daß er mich verstand, aber vor allem, wie synchron unsere Gedanken von Thema zu Thema sprangen, als hätten wir zu wenig Zeit und müßten über alles Wichtige gleichzeitig reden. Ich bewunderte seine Bildung, er kannte sich in europäischer Geschichte aus, in Musik und Literatur. Ich weiß nicht mehr, ob ich es in einer Zeitung gelesen oder im Radio gehört hatte, daß Kurt Schuschnigg gestorben war. Erinnerst du dich an Schuschnigg, fragte ich meinen Amerikaner und erwartete, daß er fragte, who? Natürlich, sagte er auf Deutsch: Ich weiche der Gewalt. Aber er sprach Gewalt so aus wie seine Großmutter, wenn sie rief Oj, gevalt!, und ich mußte lachen.

Vom ersten Abend, als ich mich mit der Absicht bei Jerome einquartierte, mir Boston anzusehen, habe ich nur in Erinnerung behalten, daß er meiner spröden Abwehr entgegenhielt: Du hast nichts zu verlieren, schlimmstenfalls verabschieden wir uns morgen oder übermorgen, bestenfalls bleiben wir zusammen. Es war keine atemlose Leidenschaft zwischen uns, damals jedenfalls nicht, eher ein vorsichtiges Herantasten und Warten und das Erstaunen darüber, jemanden anzutreffen, der antwortete, genau so, wie ich es erhofft hatte. Zu dieser Zeit war Hingabe noch nicht Fordern und Gewähren, sondern ein

Zuhören mit Körper und Seele. Zum erstenmal versuchte ich nicht, meine Schwächen zu verbergen oder mich hervorzutun, alles an mir wurde dankbar und kritiklos angenommen. Von Anfang an war eine selbstverständliche Zusammengehörigkeit zwischen uns, als wäre alles Wichtige längst geklärt. Die Übereinstimmung trotz der Unterschiede in Herkunft und Prägung erstaunte uns immer wieder. So konnten wir einander ein wenig von unserer Lebensangst nehmen, weil wir sie am anderen wiedererkannten. An seiner Seite war das Leben tragisch, pathetisch und absurd, zum Totlachen und zum Schreien ungerecht, aber nie langweilig und nie sinnlos. Vielleicht waren wir uns zu ähnlich und sind einander zu nah gekommen, um das Abenteuer des Begehrens über die Zeit hinwegzuretten, es war zu wenig Fremdheit zwischen uns. Oder war ich, wie alle Verliebten, damals blind für die Unterschiede und hatte nur Augen für die Übereinstimmungen, daß wir die gleiche Musik und die gleichen Bücher liebten, daß wir Sport verabscheuten und eine verwandte Melancholie unsere Weltsicht färbte?

An einem der Abende dieses Herbstes gingen wir mit ein paar seiner Freunde zum Essen aus. Jules war dabei, Prabodh mit einer blonden Frau, und ein paar Leute, die ich danach nie wiedersah. Ich habe keine Erinnerung an die Gespräche dieses Abends, ich konnte mich nicht darauf konzentrieren, wer mit mir redete und was sie sagten, das Glück war wie ein Rauschen in meinen Ohren, es deckte alles andere zu.

Eine Woche später, als Jerome ihn und Pamela zum Zug brachte, warnte Prabodh ihn vor mir: Sie bedeutet Ärger, sie ist zu unabhängig, sie wird immer auf ihre Eigenständigkeit pochen und dir das Leben schwermachen. Heirate sie nicht, riet er Jerome, das kann nicht gutgehen. Ich wußte nichts davon, aber ich spürte Prabodhs Mißtrauen. Weißt du, was das

Problem mit diesen jungen Frauen ist, soll er zu Jerome gesagt haben, sie wollen nicht mehr für einen Mann leben, sie wollen mit einem Mann leben. Nur sechs Jahre trennten Jerome und mich, aber wir gehörten verschiedenen Generationen an. Als ich durch Amerika trampte, Marijuana rauchte und Bob Dylan hörte, war er bereits Anwalt, der die Counter Culture mit Faszination aber aus der Distanz betrachtete und nie ganz verstand, was sie außer Drogen und sexueller Freizügigkeit noch anzubieten hatte.

Er brauche keine Counter Culture, um sich für die Unterdrückten einzusetzen, sagte er, als ich versuchte, sie ihm zu erklären. Aber da ist noch mehr, die Freiheit, die Auflehnung gegen Autoritäten, insistierte ich. Vermutlich breitete ich das ganze ideologische Arsenal der Studentenbewegung zweier Kontinente vor ihm aus, aber er bestand darauf, das sei nichts Neues, altes Gedankengut, für das bereits sein Großvater in den Gewerkschaftskämpfen in New York auf den Barrikaden gestanden sei. Ich nahm ihn ins Kino mit, sah *Zabriskie Point* mit seinen Augen und gab ihm insgeheim recht, als er sagte, es seien bloß die Bilder, die Filmsprache, die die Botschaft vermittelten. Aber er sei nun einmal kein Ästhet, und das bißchen Dialog sei banal und farblos, ein wenig Wilhelm Reich, ein bißchen bürgerlich linke Ideologie, und ein Schuß fernöstlicher Philosophie, und in dieser wortreichen Sprachlosigkeit stünden sich zwei Menschen gegenüber, der junge Mann mit seiner fast sadistischen Arroganz und das Mädchen in seiner dümmlichen Mütterlichkeit. Was für Freiheitssymbole sollen das denn sein? fragte er verächtlich. Die Counter Culture war lange Zeit ein Streitpunkt zwischen uns, ein Lebensgefühl, das er nicht erfahren hatte, und das ich ihm nicht vermitteln konnte, ohne daß er sich darüber lustig machte.

Er hatte sich von Anfang an für die Bürgerrechtsbewegung eingesetzt und sich auch dann nicht abgewendet, als die Black Panthers ihre weißen Mitkämpfer hinausdrängten. Seit seiner Zeit in Jamaica Plain, als er noch in ihrem Viertel lebte, gehörten die Anrufe illegaler Einwanderer von den karibischen Inseln, von Sozialhilfeempfängerinnen, die mit einer Schar kleiner Kinder in winzige Slumwohnungen gepfercht wohnten, zu seinem Alltag. Der Gerichtsvollzieher stehe in der Tür, er sei doch Anwalt, er müsse ihnen helfen, jetzt gleich. Jerome ließ alles andere liegen und kam zu Hilfe, verhandelte mit den Behörden, machte Eingaben, vertrat sie bei Gerichtsterminen, sagte, beim nächsten Mal rufen Sie gleich an, wenn der Brief von der Behörde kommt, nicht erst, wenn es zu spät ist. Warum warten sie, bis man ihnen nicht mehr helfen kann, fragte er, aber er half, manchmal auf Kosten seiner Arbeit für zahlende Klienten. Was soll ich tun, rechtfertigte er sich, zusehen, wie sie auf der Straße biwakieren? Wenn sie Geld hätten, würden sie ja auch ihre Miete zahlen können. Einmal wollten wir gerade zum Abendessen ausgehen, als das Telefon läutete. Wir müssen sofort zu Vicki, sagte Jerome, sie bringt sich gerade um. Ihr ganzes Leben hatte Vicki mit staatlicher Notstandsbeihilfe überlebt, und weil Jerome ihre jüngste Delogierung nicht mehr hatte verhindern können, wohnte sie nun in einem winzigen Raum mit einer wechselnden Zahl kleiner Kinder und erwachsener Töchter. Zu allen anderen Problemen, die sie hatte, war sie auch noch manisch depressiv und versuchte in regelmäßigen Abständen, sich umzubringen. Jerome lieh ihr oft Geld und achtete darauf, daß sie ihre Unterstützungszahlungen bekam, die ihr zustanden. Natürlich bekomme ich das Geld nicht wieder, sagte er, sie weiß es, und sie weiß auch, daß ich es weiß, aber so kann sie ihre Selbstachtung bewahren.

Die blonde Frau an Prabodhs Seite war Pamela gewesen, seine amerikanische Geliebte, aber mit Sosheila, seiner indischen Ehefrau, hatte er zwei halbwüchsige Söhne. Sie war ein Kind gewesen, als sie verheiratet worden waren, aber auch nach zwanzig Jahren war keine Zuneigung zwischen ihnen gewachsen. Sie sei zufrieden zu Hause, sagte er, eine sanftmütige, gehorsame, wenn auch kühle Frau, die nichts anderes kenne als ihre häuslichen Pflichten. Acht Jahre später zertrümmerte die sanftmütige Sosheila mit einer Axt das gesamte Mobiliar, kaufte mit der Kreditkarte ihres Mannes einen Lincoln Continental und denunzierte ihren Mann bei seinem Arbeitgeber, bevor sie mit dem neuen Auto gegen einen Baum fuhr. Pamela sah sich als die rechtmäßige Nachfolgerin Sosheilas, aber Prabodh flog nach Indien und hielt um die Hand einer Frau an, die er seit seiner Studentenzeit an einer indischen Universität liebte, als er mit der elfjährigen Sosheila verheiratet worden war. Es gab Widerstände, denn Vijay war Brahmanin, aber nach dreißig Jahren in Amerika ließ er sich von Traditionen nicht mehr einschüchtern und brachte Vijay und ihre Kinder aus erster Ehe schließlich nach Philadelphia. Dieser Mann und seine mir unbekannte Frau werden in wenigen Tagen meine Gäste sein. Doch vorerst muß ich das Auto reparieren lassen.

Ah, Jeromes Toyota, ruft der Syrer an unserer Tankstelle erfreut, als er mich sieht, und wo ist Jerome? Er beugt sich näher und sieht mich fragend an: Ist er? Er faßt mich schärfer ins Auge: Er ist doch nicht?

Ich nicke: Jerome ist tot.

Zwei junge, stets freundliche Brüder, Einwanderer aus Syrien, betreiben die Tankstelle. In einer winzigen, mit grauen Schindeln verkleideten Hütte verkaufen sie Zigaretten, Wettscheine und Autozubehör, und in einem Schuppen voller alter

Autoreifen und Schrotteile reparieren sie Autos. Ich sehe, wie ihm die Tränen in die Augen steigen, bevor er seinen Bruder herbeiwinkt und ihm auf arabisch die Nachricht mitteilt. Sie schütteln mir die Hand, zu bewegt, um etwas zu sagen, dem einen rinnen Tränen über die Wangen, man könnte meinen, sie hätten einen nahen Verwandten verloren. Keiner unserer Trauergäste war so aufgewühlt. Und gleichzeitig erinnere ich mich daran, daß sie Jerome zu überzeugen versuchten, daß der Drahtzieher des Terroranschlags auf das World Trade Center kein anderer gewesen sei als der Mossad. Aber sie nahmen es ihm auch nicht übel, als er sagte, das sei Unsinn, arabische Propaganda. Er war ein Freund, sagte der eine, ein großartiger Mensch und immer gutgelaunt.

Von nun an stehen ich und Jeromes Auto unter ihrem Schutz. Zwei Tage später ist das Lenkrad wieder ausgefluchtet, der Reifen erneuert, das Auto, als wäre ich nie gegen einen Betonpfeiler gefahren. Lassen Sie das, und passen Sie auf sich auf, my friend, sagt der Syrer, als ich bezahlen will.

Danke, Jerome, sage ich daheim zu seinem Foto, du hattest auch ein paar nützliche Freunde.

Überall sehe ich ihn jetzt. Ich sehe, wie er in einem Geschäft verschwindet, mit den für ihn typischen kurzen, energischen Schritten, ich sehe ihn die Stufen von der Wäscherei herunterkommen mit einem frisch gebügelten Hemd in Zellophan, ich beobachte atemlos, wie er aus einem blauen Toyota Avalon aussteigt, wie er sein linkes Bein mit dem dicken Absatz auf die Straße schwingt, der weiße Lockenkopf sich hervorduckt, bevor der breite Rücken nachkommt und die kräftige Hand sich an der Fensteröffnung festhält, und ein glücklicher Schwindel erfaßt mich, aber erst als der Mann neben seinem Auto steht, kann ich mich enttäuscht abwenden. Es nützt nichts zu wissen, daß er es nicht sein kann, daß er nirgendwo sein kann, mein Magen verkrampft sich, mein Herz beginnt ohne mein Zutun zu hämmern, und für den Bruchteil einer Sekunde flammt eine wilde Hoffnung auf, gegen diese Erwartung des Unmöglichen kommt die Vernunft nicht an. Ich kann es nicht verhindern, daß ich jeden Tag, wenn ich meine e-mails abrufe, den Atem anhalte, daß ich erstarre, wenn das Telefon läutet. Es kommt mir vor, als sei er verreist und ich räume das Haus für seine Rückkehr auf, werfe endlich alle sinnlosen, unbrauchbaren Dinge, bis auf das Allernötigste, weg, um unser Leben auf das Wesentliche zu beschränken. Und das Haus wird währenddessen immer leerer.

Ich gehe durch Straßen und Supermärkte und fühle mich nackt und ausgeliefert, als hätte man mich kahlgeschoren und gebrandmarkt. Das Minimum an Maskierung, das es braucht, um der Außenwelt standzuhalten, gelingt mir nicht mehr, ich empfinde mich als Mangelwesen, das sich mit geschwächter Kraft am Leben festhält. Nie zuvor war es mir bewußt geworden, wieviel Robustheit die Wirklichkeit uns abverlangt, wie schmal der Streifen Leben ist, auf dem man sich frei von Angst bewegen kann. Die Haare hängen mir ins Gesicht, ich schlüpfe gedankenlos in die ausgetretenen Schuhe mit dem Riß über der rechten kleinen Zehe und spüre die Nässe nicht, die Jeans schlottern mir um die Hüften. Hätten wir einen Sohn, würde er sich als Zeichen der Trauer um seinen Vater einen Bart wachsen lassen. Die Spiegel zu verhängen und den eigenen Körper zu vernachlässigen erscheint mir nicht mehr als ein Gebot der Trauernden, sondern als natürliche Abkehr von der Welt und Nähe zu den Toten. In den Gesichtern der Menschen lese ich meine eigene Schutzlosigkeit, sie reden mit mir wie mit einem zurückgebliebenen Kind, im Unterschied zur Schiwa-Woche wehre ich mich nicht mehr. Aber wenn ich im Supermarkt etwas entdecke, das Jerome Freude machen würde, strecke ich unwillkürlich die Hand aus, um es für ihn zu kaufen.

Ich habe Prabodh seit Jahren nicht mehr gesehen, und meine Augen suchen unter den Ankommenden in der Bahnhofshalle nach einem schlanken Inder mittleren Alters. Er hat mich zuerst erkannt und kommt mit ausgebreiteten Armen auf mich zu, ein kleiner beleibter, weißhaariger Mann, gezeichnet von der Operation, die ihn daran hinderte, zum Begräbnis zu kommen. Wie eigenartig, daß Jeromes Tod jede Fremdheit zwischen uns aufhebt. In dem Moment, in dem wir uns umarmen, sind wir einander nah wie Hinterbliebene. Und wie vor einer Woche, als einige von Jeromes Verwandten mich nach dreißig Jahren in die Familie aufnahmen, bedauern wir, daß es erst jetzt geschieht.

Warum haben wir uns zu Jeromes Lebzeiten so selten gesehen, fragt Prabodh, es ist keine Frage, sondern nur Ausdruck des Bedauerns. Aber ich weiß, warum Jerome darauf achtete, daß wir uns nie sahen. Jeder Mensch braucht jemanden, bei dem er sich über den andern, der ihm nähersteht als die meisten Menschen und ihn daher auch öfter und mehr verletzt, beklagen kann, und ich bin sicher, daß Prabodh mehr Schlechtes als Gutes über mich gehört hat. Wir brauchen es nicht auszusprechen, seine Umarmung ist eine Versöhnung und seine Herzlichkeit sagt mir: Du hast zu ihm gehört.

Möchtet ihr euch von der Reise ausruhen, frage ich.

Nein, fahren wir gleich zum Friedhof, sagt Prabodh, und sie verstauen umständlich ein großes in Seidenpapier gewickeltes Bouquet im Auto. Ich habe vergessen, einen Stein aus meiner Sammlung von den Stränden Neuenglands mitzubringen und schäme mich, einen beliebigen Kieselstein aufzuklauben, als käme ich ohne passendes Gastgeschenk.

Die Erde ist seit dem letztenmal aufgeschüttet worden, eine neue Schicht Kieselsteine liegt da, Ilanas Brief ist längst darunter begraben. Es ist, wie immer, vollkommen still, die Grabsteine erstrecken sich über die Hügelwellen bis zum Horizont. Prabodh legt Rosen rund um das Grab, rahmt das häßliche nackte Viereck aus Kieseln und lehmiger Erde mit Blumen ein. Dann beschwert er ein Stück weißen Papiers mit einem Stein: *Cast a cold eye on life, on death. Horseman pass by* steht darauf.

William Butler Yeats, warum? Ich sehe ihn fragend an.

Yeats war sein Lieblingsdichter, erwidert er, er war ja ein so großer Romantiker. Mehr will er nicht sagen, und wir verfallen in ein langes Schweigen. Ich bin fast sicher, daß es in diesem Schweigen um Suleyma geht. Ihr galt Jeromes schwärmerische Begeisterung für Yeats, für irische Literatur und den singenden, rhapsodischen Akzent, den er so hinreißend nachahmte, daß es irisch und jiddisch zugleich klang.

Später fahren wir ins Wonder Spice Café essen, es steht an der Straße mit den alten Straßenbahnschienen, aus der die Diners und kleinen ethnischen Lokale verschwunden sind. Es war unsere alte Straße in Jamaica Plain, damals, als wir uns kennenlernten, Jerome und ich, Prabodh und ich. Die heruntergekommene ehemalige Main Street, die an einen Westernfilm erinnerte, ist jetzt das Zentrum eines modischen Yuppie-Viertels. Wo vor dreißig Jahren die Armut farbiger und hispanischer Einwanderer eine dörfliche Atmosphäre schuf, mit Holzhäuschen ohne Veranda und ohne Panoramafenster, Verschlägen mit schmutzigen kleinen Fenstern, ist jetzt schicke Vorstadt mit Kunstgewerbeläden, viel Glas und grellen Farben, ein wenig exotisch und ziemlich teuer. Das war damals beinah ein Slum, bemerkt Prabodh, und seht euch diesen Chic an.

Da, wo jetzt die Tische des Wonder Spice Cafés hinter der breiten Glasfront stehen, war vor fünfunddreißig Jahren der Paketschalter der Post, hier habe ich zwanzig Bücherpakete nach Europa aufgegeben, die nie ankamen. Und dort, an der Ecke, wo die Bar mit den bunten Glasfenstern und den marmornen Eingangstufen ist, hatte im Erdgeschoß der libanesische Schneider seine Werkstatt, bei dem Jerome am Anfang unserer Ehe seine Anzüge anfertigen ließ. Ich stand dabei, begutachtete den Sitz der Schultern und die Ärmellänge, und erst vor ein paar Tagen, als ich die Fotos aus dieser Zeit sortierte, sah ich, wie schäbig ich gekleidet war, ich erinnerte mich an die weihevollen Anproben beim Schneider, und mit dreißigjähriger Verspätung packte mich eine ganz unverbrauchte Wut. Als er aufhörte, mir als seiner Königin zu huldigen, weil das Objekt seiner Verehrung sich in seine Ehefrau verwandelt hatte, widersetzte er sich mit passiver Sturheit, die nie erörtert wurde, jeder Ausgabe, die mich betraf. Und jetzt erst, nach dreißig Jahren erreicht mich das ganze Ausmaß der darin verborgenen Geringschätzung.

Ich sitze Prabodh und Vijay gegenüber und schaue auf die trotz allem noch immer dörfliche Main Street hinaus und frage mich, warum ich ein so heftiges Heimweh nach diesem Ort habe, den ich in all den Jahren nie besuchte, obwohl er so nahe war, und warum ich mich jetzt verraten fühle, weil er meine Erinnerungen nicht konserviert hat und nicht derselbe geblieben ist.

Dort hat er gewohnt, berichtet Prabodh seiner Frau, und zeigt auf den Jamaica Tower, der die zweistöckigen, mit weißen Holzschindeln verkleideten Häuser des Viertels um zehn

Stockwerke überragt, vom Balkon aus überblickte man ganz Boston bis zur Back Bay und zum Meer. Die Wohnung sah aus, behauptet Prabodh, als habe er es sich während des Einzugs anders überlegt und nie zu Ende ausgepackt. Die meisten Gegenstände verharrten in einem Zustand der Vorläufigkeit, die Koffer in Türnähe, bereit zum Auszug. Er hatte wertvolles Meißner Porzellan, aber er machte keinen Unterschied zwischen den Kunstgegenständen und den Souvenirs, die er von irgendeiner Freundin bekommen hatte. Ich erinnere mich an eine besonders geschmacklose Gipsfigur, einen fetten, nackten Mann, der auf einer Schildkröte ritt. So hat er gelebt, erzählt Prabodh, zwischen rutschenden Zettelhaufen und Bergen von Zeitschriften, wie ein chaotischer Gelehrter. Er war ein unglaublich spiritueller Mensch, dem die materielle Welt wenig bedeutete, aber gutes Essen und alte Weine, Musik und Geselligkeit waren ihm wichtig, in dieser Beziehung war er einer der kultiviertesten Menschen, die ich je gekannt habe.

Ich höre ihm schweigend zu, wie er Vijay von seinem Freund erzählt, und ich denke, er redet von Jerome, aber es ist ein anderer als der, den ich liebte, ich erkenne ihn wieder in einigen Details, und dennoch klafft ein Abgrund zwischen seiner Erinnerung und meiner, aber vielleicht liegt die Wahrheit dort, in diesem Abgrund. Je länger ich diesem alten Mann gegenübersitze, den ich fast zwanzig Jahre lang nicht gesehen habe, desto deutlicher erkenne ich die kühnen aristokratischen Züge von damals wieder, als er mit Pamela bei uns auf dem Balkon saß und ich für kurze Zeit Jeromes Königin war, genau so, wie er es mir im Flugzeug nach Tel Aviv in Aussicht gestellt hatte, ohne dabei an mich zu denken.

Ich hätte gar keine andere Wahl gehabt, als die Welt zu lieben, die Jerome mir täglich zum Geschenk machte, jeden Tag eine neue Facette seiner Stadt, alles, was er mir zeigte, war neu und überraschend, Boston mit seiner europäischen Eleganz, Symphony Hall und die Theater ein paar Häuserblöcke von Chinatown entfernt, die Silhouette der Stadt mit den beiden Hancock Türmen und dem Prudential Center, eisblau gegen den Abendhimmel, wenn wir von Cambridge über den Charles River fuhren, das Meer an Wochenenden, die Rituale auf dem Weg dorthin, die wir im Lauf der Monate erfanden, das Waldstück mit dem einsamen Farmhaus an der Landstraße, das aussah wie Hoppers Gemälde *Solitude*, die Imbißbuden entlang der Küste, wo Jerome Hummerscheren für mich knackte und mir die gebutterten Maiskörner von ihren Kolben schälte, weil mir die Sitte, sie wie eine Fleischkeule abzunagen, barbarisch vorkam. Es war ein Ausnahmezustand, der etwas Irreales hatte, wir lebten wie auf einer Insel, ohne Vergangenheit und ohne Alltag. Erstaunlich, daß er mehr als ein Jahr lang anhielt. Was mich anzog, war nicht nur, daß er mich ohne Vorbehalte annahm und keinen Makel an mir fand, sondern auch, daß er eine Welt verkörperte, an deren Schwelle ich schon seit langem gestanden war und die ich als eine mir geistesverwandte ersehnt hatte. Damals liebte ich nicht nur ihn, ich liebte uns, ich leistete es mir zum erstenmal in meinem Leben, mich mitzulieben und mir Gutes zu tun, mich sogar ein wenig zu verwöhnen, weil er mich liebte. Ich hatte die Freiheit, mich ganz neu für ihn zu erschaffen, denn ich kam aus einer ihm unbekannten Welt, ich konnte die Frau für ihn sein, die ich gern gewesen wäre, und er würde nicht sagen, sei dir selber treu, und damit meinen, paß dich dem Bild an, das ich von dir habe. Ich war ich selber, wie ich hätte sein können. In seiner Sprache konnte ich eine andere werden, von der ich dachte, sie sei mir näher als die unzufriedene junge Frau voller Selbstzweifel, die ich bis dahin gewesen war.

Alles erschien uns als Huldigung an unsere Liebe, die festliche Beleuchtung eines Restaurants, die Freundlichkeit der Kellner und alle Zufälle, die uns gewogen waren. Aber wie kann ich sicher sein, daß diesen Bildern zu trauen ist, sie flimmern wie phantastische Projektionen über eine leere Leinwand, auf der die wirkliche Geschichte noch nicht begonnen hat, und dieses magische Jahr ist so weit weg, Jugend gehört jetzt anderen, sie gehört uns nicht mehr, nicht einmal als Erinnerung. Es gibt zu wenige Fotos aus dieser Zeit, die Gegenwart war nichts, was wir im Bewußtsein ihrer Flüchtigkeit für später aufbewahren wollten. Nie wieder haben wir so intensiv das Glück eines jeden Augenblicks ausgekostet. Vor ein paar Tagen hielt ich einen Schnappschuß in den Händen, den ich damals von Jerome gemacht hatte, ich erkannte Zeitpunkt und Umstände der Aufnahme an seinem Mantel mit dem breiten Samtkragen wieder. Aber der junge Mann mit dem schwarzen Schnurrbart und der Haltung, die an die Pose Napoleons erinnert, war mir nicht sympathisch, er erschien mir ein wenig zu selbstbewußt und eitel. Man mußte schon jung und verliebt gewesen sein, um seine Selbstgefälligkeit zu übersehen. Es war mir unangenehm, das Foto zu betrachten, ich weiß nicht, wer dieser junge Mann war, und es schien mir, als fälle ich ein schnelles, ungerechtes Urteil über einen Unbekannten.

Was fehlt dir am meisten, will Vijay wissen.

Sein Humor, sage ich, seine Phantasie, daß alles Niederdrückende sein Gewicht verlor, wenn ich mit ihm zusammen war. Er zog mich immer mitten ins Leben hinein, er hatte soviel davon, soviel Energie, die ihn ans Leben band.

Er war ein Lebenskünstler, wirft Prabodh ein.

Er hat sich selber immer als Überlebenskünstler bezeichnet, sage ich.

Seine Fürsorge fehlt mir, füge ich hinzu, sie war mir oft lästig, aber jetzt fehlt sie mir.

Ich muß auf dich aufpassen, das sagte er in der ersten Zeit, als wir im Jamaica Tower lebten, ebenso häufig wie, ich liebe dich. Später wurde mir klar, daß Fürsorge und Liebe für ihn identisch waren, jedesmal, wenn er zu einem Menschen Zuneigung faßte, wollte er ihn beschützen und dessen Probleme zu seinen eigenen machen. Manchmal wurde mir und Ilana sein Beschützerdrang zur Plage, dem wir uns nur durch Flucht entziehen konnten. Schon damals, in den ersten Monaten unseres Zusammenlebens bat er mich inständig, nur in seiner Begleitung und nie in der Dunkelheit um den Jamaica Pond spazierenzugehen. Aber gerade nach Sonnenuntergang wurde der Park erst schön, wenn die gelben Fallschirme der Gingkobäume in der Dämmerung leuchteten und der See die Farbe des Himmels annahm. Jeromes fürsorgliches Interesse gab den Menschen, denen er sich zuwendete, Geborgenheit, sie vertrauten ihm, das machte seinen Charme aus und war das Geheimnis seiner Überzeugungskraft. Das alles versuche ich Vijay zu erklären, während sie mir beim Reden zusieht und sagt: Du hast ihn sehr geliebt, aber ich glaube, er hat es nicht begriffen.

Er hat es nicht begreifen wollen, sage ich.

Ich erinnere mich an einen Vormittag im letzten Winter in Cambridge wie an eine in der Zeit erstarrte Szene. Burdick's war mein Café, ich hatte es an einem Morgen entdeckt, an dem ich dringend Trost brauchte. Ich weiß nicht mehr genau, was mich dort so vollkommen tröstete, der kleine hellgrün getünchte Raum mit den Spiegelwänden und den Bänken entlang der Wände, die alten zusammengewürfelten Möbel, die großen, dickwandigen Tassen, an denen man sich die Hände wärmen konnte, oder daß ich aus der Wärme in einen dunklen, naßkalten Tag hinausblickte, an dem es nicht hell werden wollte, aber ich fühlte mich getröstet wie ein eben noch zu Unrecht bestraftes Kind. Jerome konnte nie ganz die Magie dieses Cafés verstehen, aber er trank gern die heiße Schokolade, ein dickflüssiges Gebräu von einem ins Violett spielenden Braun. Ich saß ihm gegenüber, wir redeten, und ich betrachtete mich im Spiegel hinter ihm, als sich die drei Bulgarinnen am Nebentisch niederließen, eine jugendliche, glamouröse Mutter mit zwei erwachsenen attraktiven Töchtern. Ich sah sein Entzücken bei ihrem Anblick und wußte, gleich würde er sie ansprechen. Woher sie kämen, ob sie hier lebten, fragte er und hörte nicht auf, sie auszufragen und Ratschläge zu erteilen, obwohl sie nur widerwillig antworteten, er neigte sich zu ihrem Tisch hinüber und verlor dabei fast das Gleichgewicht. Als sie ihm zu verstehen gaben, daß sie sich nicht mit ihm unterhalten wollten, drängte er ihnen seine Visitenkarte auf: Ich bin Anwalt, falls Sie mich einmal brauchen. Ich spürte seine glückliche Aufregung und gleichzeitig die Irritation der drei Frauen, die sich gestört fühlten, und schämte mich seiner Aufdringlichkeit. Bald darauf begann er im Internet nach Ferienappartements in Sofia zu suchen, ein neuer Traum begann Gestalt anzunehmen.

Er hat es nicht begreifen wollen, versuche ich Vijay zu erklären, denn dann hätte er mich sehen müssen, so wie er andere gesehen hat, als Gegenüber, als Möglichkeit, als Zukunft.

Später führe ich sie durchs Haus wie bei einer Auktion. Jeder Raum ist wie ein Trödelladen voller Gegenstände, die auf einen unwahrscheinlichen Käufer warten. Auch Dinge, die mir früher etwas bedeuteten, will ich nicht mehr haben. Nimm dir, was immer dich an ihn erinnert, sage ich zu Prabodh und hoffe, sein Blick fiele auf Krawatten, Hemden, Pullover. Aber er bleibt vor der Wand im Arbeitszimmer stehen und zeigt auf eine Grafik, eine Karikatur von Yeats mit großem Kopf und winzigem Rumpf. Den Yeats habe ich ihm geschenkt, weil er ihn so gern zitierte, sagt er. Ich nehme ihn von der Wand, dränge ihm das Bild auf. Ein Stück weniger, das ich nicht mitnehmen kann, weil es bittere Erinnerungen weckt, und das ich trotzdem der Vernichtung nicht preisgeben möchte, weil er es täglich vor Augen gehabt hatte.

Ich möchte in der nächsten Ausgabe des Jahresberichts für Alumni einen Nachruf auf ihn schreiben, schlägt Prabodh vor, kannst du mir ein Curriculum Vitae beschaffen?

Jerome arbeitete mit Word Perfect, bevor WINWORD aufkam, und er blieb auch später dabei, es fiel ihm leichter, er war daran gewöhnt, aber wir kennen den Schlüssel nicht und können die Dateien nicht öffnen. Seine Tagebücher, vor deren Lektüre ich Angst hatte, alles, was er vor mir und der Welt streng verborgen hielt, ist in ihnen gespeichert. Ich bin enttäuscht und auch erleichtert, als wir einer nach dem anderen den Versuch aufgeben, den Code zu knacken. Haben wir das Recht, über die uns abgewandte Seite seines Lebens zu verfügen? Was er zu seinen Lebzeiten nicht teilen wollte, soll ungeöffnet bleiben. Er war auf seine Intimsphäre sehr bedacht, sage ich, man konnte nie genau wissen, was für ihn dazu gehörte, aber ich habe es immer respektiert. Get out of my body bag, pflegte er zu sagen, wenn jemand seinen Geheimnissen hinterherschnüffelte. Ich habe nie ganz verstanden, was er damit meinte. Body bags waren die Leichensäcke im Marschgepäck amerikanischer Soldaten im Zweiten Weltkrieg, in denen man sie zurück nach Hause schickte, wenn sie im Kampf gefallen waren. Bei Jerome war es Ausdruck der Abwehr, als griffe man nach seiner Seele.

Am nächsten Tag bringe ich Prabodh und Vijay zum Bahnhof, wir umarmen uns wie Verwandte, versprechen einander weitere Besuche, Telefonate, Briefe, aber wir wissen, es wird nicht dazu kommen. Was uns verbindet ist die Erinnerung an Jerome, die für jeden etwas anderes bedeutet und verblassen wird. Ich schaue ihnen nach, zwei alte Menschen, Vijays in einem Knoten zusammengefaßtes langes Haar ist schütter, aber trotz ein paar silberner Fäden noch immer glänzend schwarz, sie sind zusammen alt geworden und haben ihre Ration Glück noch nicht aufgebraucht. So habe ich mir unsere Zukunft vorgestellt und mich in der Vorfreude darauf eingerichtet, so wie ich mir als Kind die besten Süßigkeiten für zuletzt aufgespart hatte, um bis zum Schluß etwas zu haben, worauf ich mich freuen konnte.

Zu Hause suche ich alle Fotos mit Prabodh und Vijay aus den Müllsäcken und lege sie in den Karton, den Jerome mit seiner krakeligen Linkshänderschrift als *photos to be kept* gekennzeichnet hat. Ich weiß, daß ich über seine Erinnerungen und die Gegenstände, an denen sie sichtbar werden, verfüge, als wären sie mein eigenes Leben gewesen. Die Dinge sind nicht mehr sie selbst, sie sind Stecknadeln auf der Landkarte unserer Kriege und Friedenszeiten.

*

Ilana und ich haben den zweiten Schabbat-Abend ohne Jerome gefeiert und den letzten Rinderbraten, den er gekauft und eingefroren hatte, gegessen. Von Tag zu Tag verschwinden jetzt die unscheinbaren Spuren seines Lebens, wie er es für die unmittelbare Zukunft vorausgeplant hatte, und mit diesen alltäglichen Dingen entfernt auch er sich unmerklich, obwohl wir auf Regalen und Kommoden Devotionalienaltäre mit Fotos und symbolträchtigen Gegenständen für ihn errichtet haben.

Wenn ich eines seiner Lieblingsgerichte koche, erwarte ich, daß er jeden Augenblick hereinkommt und ruft: Ah, wonach duftet es denn so herrlich? Die Freude an gutem Essen hatten sie gemeinsam, Jerome und seine Tochter, es war stets eine ernstzunehmende Sache und erforderte Konzentration, die beim Einkaufen begann und bei Tisch zelebriert wurde. Es lohnt die Mühe, für Ilana zu kochen, und jeden Abend, an dem wir zusammen essen, öffnen wir einen der alten Weine, die er für besondere Anlässe aufbewahrt hatte, Jahrgänge, die in unserem Leben eine besondere Bedeutung hatten, Geburtsjahrgänge, Abschlußjahrgänge, Erinnerungen an glückliche Höhepunkte, von denen wir wünschen, es hätte ihrer mehr gegeben. Aber den Wein kann ich trotzdem nicht genießen, ich mache niemandem mehr eine Freude, wenn ich mich darauf konzentriere, meine Geschmacksempfindungen zu beschreiben.

Davor sind wir zum Temple Beit El gefahren und haben Judy getroffen, die uns begrüßte, als seien wir von einer langwierigen Krankheit genesen. Beit El ist eine große reformierte Synagoge, mit einem Kantor, der sich auf der elektrischen Gitarre begleitet, und einer Rabbinerin, und wir sind seit vielen Jahren nicht dort gewesen, aber Ilana will für ihren Vater Kaddisch sagen, wie sie es seit dem Begräbnis täglich tut, nicht immer in der Synagoge mit einem Minjan, wie es Vorschrift ist, oft auch allein in ihrer Wohnung, und sie will Rabbi Schaefers Toleranz nicht auf die Probe stellen. Vielleicht hat er es sich ja anders überlegt und erlaubt es Töchtern nicht mehr, meint sie.

Bei Rabbi Akiba steht, daß das Kaddisch die Verstorbenen vor der Verderbnis bewahre, für den Fall, daß es die Hölle geben sollte, erzählt sie während der Fahrt.

Wir haben beide, unabhängig voneinander nach Büchern über den Tod gesucht. Ich kann im Augenblick nichts anderes lesen, sage ich, der Tod ist zu gegenwärtig, eigentlich kann ich überhaupt nichts lesen, denn alle Bücher, deren Klappentexte Auskunft über den Tod versprechen, sind Ratgeber und handeln vom Leben.

Ilana ist zu einer Frömmigkeit zurückgekehrt, die sie nach den Jahren als Betreuerin im Sommerlager religiöser Jugendlicher abgelegt hatte. Sie sagt, die Regelmäßigkeit des Kaddisch käme ihr entgegen, es sei, als mache sie damit ihrem Vater jeden Tag eine kleine Freude. Es sei nicht ein Gebet wie jedes andere, sondern ein Geschenk an ihn, so als seien die Rollen vertauscht und sie müsse jetzt für ihn sorgen. Wenn ich Kaddisch sage, erklärt sie mir, rede ich mit ihm und gleichzeitig über ihn, und ich merke es an der Art, wie mich die andern ansehen, daß sie es wissen. Vielleicht, überlegt sie, ist Trauer gar nicht anders möglich als in ritualisierten Formen, sonst wird sie zu maßlos, zu gefährlich.

Ich bin vom Tod zu unerwartet überwältigt worden, erwidere ich, da können mich weder Gott noch Rituale retten.

Was ich nicht sage ist, daß Jerome der Boden unter meinen Füßen war und jetzt alle Zugehörigkeiten ungewiß geworden sind, ich werde sie auf einem neuen Fundament errichten müssen. Im Augenblick weiß ich selber nicht mehr mit der alten Sicherheit, wer ich bin. Als ich vor drei Jahrzehnten die Welt des amerikanischen Judentums entdeckte, war mir nicht bewußt, daß ich in einen bestimmten Abschnitt seiner historischen Entwicklung eingetreten war, ich dachte, so sei es immer gewesen, so und nicht anders müsse es sein: die reformierten Synagogen in den Vorstädten mit ihren kulturellen Angeboten, den Abenden mit israelischer Folklore, mit Bibelexegese, Vorträgen und den gemeinsamen Festen mit ihrer herzlichen, familiären Atmosphäre, in die alle Neuen ohne Mißtrauen aufgenommen wurden. Das religiöse Ferienlager, in das wir unsere Tochter jeden Sommer schickten und dessen Gebetsmelodien wir übernahmen, prägte eine ganze Generation. Es waren Erfahrungen der Zugehörigkeit und der Gemeinsamkeit, selten schmerzlich, öfter beglückend, als wäre alles, was ich hinzugewann, die Antwort auf ein vorhandenes Bedürfnis, dessen ich mir erst in der Erfüllung bewußt wurde. Ein Jahrzehnt früher oder ein paar Jahre später wäre alles anders und die Aufbruchsstimmung der Nachkriegsgeneration verbraucht gewesen, aber das erkannte ich erst im Lauf der Zeit, je mehr Bücher ich darüber las. Für Ilana war alles einfacher, sie lernte den Entdeckungseifer und die Begeisterung von mir und das Lebensgefühl der Traditionen von ihrem Vater.

Sie werde es am Ende der dreißig Trauertage vermissen, Kaddisch zu sagen, gesteht Ilana, sie wünschte, es wäre noch lange nicht zu Ende. Ich werde von neuem verwaist sein, sagt sie. Ich sehe sie an, wie sie am Steuer sitzt und durch die Dämmerung fährt. Immer, wenn ich sie unbemerkt beobachte, kommt die Erkenntnis, daß sie meine Tochter ist, wie eine freudige Überraschung über mich. Es ist einer der langen stillen Frühsommerabende mit einem Himmel, der erst nach Sonnenuntergang zu leuchten beginnt. Ich betrachte ihr klares Profil mit seinen von der Jugend noch weichen Konturen und sehe, wie sich plötzlich ihr Gesicht sekundenlang verkrampft und sie die Augen zusammenkneift.

Was ist, frage ich besorgt, tut dir was weh?

Er fehlt mir so, antwortet sie gepreßt, es überkommt mich manchmal ganz heftig und unerwartet.

Ich lege meinen Handrücken an die roten Flecken, die ihr vom Hals in die Wangen steigen. Ich weiß, es ist ein Schmerz wie ein jäher Stich, und jedesmal trifft er einen unvorbereitet, und wenn er ausklingt, wird er dumpf und endgültig.

Mit der Subway fahren wir am Montag nach Downtown Boston und trennen uns beim Boston Common, wie wir es immer hielten, seit Ilana mit zwölf Jahren beschloß, allein in die Stadt zu fahren, und Jerome es unter keinen Umständen erlaubte. Damals gewöhnten wir uns an, ihn zu hintergehen und ihr die kleinen Freiheiten zu ertrotzen, die sie brauchte, um selbständig zu werden. Nie hatte er erfahren, daß wir nur auf der Fahrt mit der Subway zusammen gewesen waren.

Ich brauche nicht zu überlegen, meine Füße suchen sich selbständig ihren Weg zum Old Statehouse, wo Jerome an seinem letzten Tag geparkt hat. Er hatte vor einigen Jahren einen Unfall gehabt und besaß seither eine Plakette für Handicap-Parkplätze. Von da gehe ich mit jedem bewußt gesetzten Schritt seinen letzten Weg, überquere die Washington Street, gehe die Bromfield Road hinauf zur Tremont Street. Ich habe für nichts Augen als für die unsichtbaren Spuren seiner Schritte und glaube zu spüren, wie das Gewicht des Koffers voller Münzen an ihm zerrte. In den engen Gassen zwischen Washington Street und Tremont Street sind die kleinen altmodischen Läden, die sich seit mehr als hundert Jahren auf Schmuck und Numismatik spezialisieren. Bereits als Kind, als er Münzen zu sammeln begann, kam Jerome mit seinen Eltern hierher, um sich ein Geburtstagsgeschenk auszusuchen. Das vornehmste Geschäft für numismatische Raritäten ist das J.J.

Teaparty. Ich stehe davor, wie er davor gestanden sein mag, zumindest einen Augenblick lang, um nach dem anstrengenden Fußmarsch zu verschnaufen. *Please ring for admittance* steht an der verschlossenen Glastür. Durch das Schaufenster betrachte ich die elegante Holztäfelung des Raums, er sieht aus wie eine alte Apotheke in meiner Kindheit, mit einem hohen Tresen aus Glas, unter dem auf grünem Samt Münzen liegen. Zwei Kunden sind im Gespräch mit einem Angestellten in grauem Anzug mit Krawatte. Genauso muß es vor einem halben Jahrhundert ausgesehen haben, als Jerome ein Kind war, und einem weiteren halben Jahrhundert davor, als andere, die längst tot sind, hier seltene Münzen kauften. Die virtuelle Realität von Münzen übte eine große Faszination auf ihn aus, das Glücksversprechen, das ihr Besitz seit jeher bedeutete, und auch die zerstörerischen Kräfte, die sie in Gang setzen konnten. Stell dir die Hände vor, durch die sie gegangen sind, sagte er ehrfürchtig, Münzen sind das egalitärste und dauerhafteste, das von einem Volk bleibt. Rundum flutet das einundzwanzigste Jahrhundert durch die Straßen, Rapmusik dringt aus Strawberry's Musikladen, aber in J.J.Teaparty ist die Zeit stehengeblieben. Ich stehe davor und wage nicht zu läuten. Ich wüßte nicht, was ich sagen sollte, und fürchte mich davor, genau an die Stelle zu treten, an der Jerome stand, und denselben Ausschnitt des Verkaufsraumes zu sehen, das letzte, was er wahrnahm, bevor die Dunkelheit ihn überfiel. Ich fürchte die unsichtbare Gegenwart des Todes in diesem Raum so sehr, daß ich draußen bleibe und weitergehe, hinauf zum Granary Burial Ground mit den Grabsteinen aus verwittertem Schiefer und dem Hartriegelbäumchen zwischen den hohen Mauern, das im Lauf der Jahre eine besondere Bedeutung für mich gewonnen hat. Mit seinem zierlichen Wuchs und seiner perfekten Symmetrie erscheint es so jugendlich unter den alten Bäumen, und jedes Frühjahr verkörpert seine exotische Pracht Tausender zarter weißer Blüten in der Düsternis des alten Friedhofs die Stimmung heiterer Erwartung. Diesmal nehme ich auf dem Weg zu unserer Bank im Public Garden, während ich den sanften Hügel des Boston Common hinuntergehe, die auf dem Rasen lagernden Menschen als etwas ganz und gar Fremdes wahr.

Es ist wieder ein wolkenloser Tag wie vor vier Wochen, aber nun ist es Sommer und das Laub dichter, sommerlich gekleidete Familien und Paare flanieren an mir vorbei, der sonntägliche Park gleicht einem Gemälde von Monet oder Prendergast, festlich und voll Licht, und an der kleinen gewölbten Brücke über den Teich steht ein Straßenmusikant mit einer Drehorgel. Es ist halb drei Uhr nachmittags, die Zeit, die auf der Todesurkunde angegeben ist, und es geht noch immer über meine Vorstellungskraft, daß er zu dieser Stunde gestorben ist. Ich sitze auf der Bank mit meiner von der Zukunft abgeschnittenen Vergangenheit, und das Leben erscheint mir wie ein unergründliches, mit der Fremdheit des Todes versiegeltes Geheimnis, vor dem mir schaudert. Die Bank ist meine Bühne für den zweiten Akt, der nicht stattfinden wird, und ich warte vergeblich auf meinen Partner für dieses Stück, denn es ist ein Ein-Personenstück und heißt: Die Anatomie der Trauer. Hunderte von Menschen sind heute in diesem Park, Millionen leben in dieser Stadt, es fehlt nur einer, aber für mich war er die Stadt, er war der Brennpunkt all dessen, was sie für mich bedeutete. Jetzt hat sie sich vor mir verschlossen. Als ich schließlich aufstehe und zur Beacon Street zurückgehe, kommt es mir vor, als sei alles rundum in Farbe und ich ginge durch die Menge wie ein Schatten aus einer anderen Welt, in der es nur Grau und Schwarz gibt. Erst als ich an der steinernen Brücke die Mittelachse des Parks überquere, lasse ich ihn bei den Toten zurück und trete aus unserem Kreis heraus, ich höre den Nachhall seiner Stimme, beruhigend und ein wenig ironisch, ich glaube, ich höre ihn *bye, darling* sagen.

Ich bin an J.J. Teaparty vorbeigegangen, sage ich am Abend zu Ilana, ich bin lange davorgestanden, aber ich habe mich nicht hineingetraut, ich weiß nicht, warum.

Ich war drin, entgegnet sie.

So haben wir beide an diesem Tag das gleiche getan, Jeromes Tod umkreist, den Ort seines Sterbens auskundschaftet, uns wieder einmal so nah, wie es Lebenden möglich ist, an ihn herangepirscht und nach einer letzten unsichtbaren Gegenwart von ihm gesucht.

Was hast du dort gesagt? frage ich Ilana.

Ich habe gesagt, ich bin seine Tochter.

Bin ich deshalb nicht hineingegangen, weil ich nicht gewußt hätte, wie ich mich vorstellen sollte? Weil ich nicht wußte, was ich für ihn war?

Sie waren sehr freundlich, berichtet Ilana, sie drückten mir ihr Beileid aus, alle kannten sie ihn von früher. Sie haben mir gezeigt, wo genau er gestanden ist, als er bewußtlos wurde, alles haben sie mir erzählt, bis ins Detail, aber über seinen letzten Witz waren sie sich nicht einig, nur daß er sich selber ein altes Schwachherz genannt hat. Übrigens, Ilana grinst mich schalkhaft an: Louise war auch schon dort, sie sagte, sie sei seine Braut.

Gut, daß ich draußen geblieben bin, das hätte sie verwirrt.

Im Märchen, versichert mir Ilana, wäre diejenige, die sich aus Furcht oder Ehrfurcht nicht einzutreten traut, die Richtige.

*

Dreißig Jahre lang war das Haus mit der unscheinbaren Straßenfront und dem weiten Blick über den Fluß unser Zuhause gewesen, und die Möbel darin unsere Möbel, ebenso die Bilder, die Teppiche, die Gebrauchsgegenstände und auch das Porzellan in der Vitrine, das Jerome früher allein, später mit mir gemeinsam gesammelt hatte. Als ich vor fünfzehn Jahren auszog, nahm ich nichts mit, nur das, was mir gehörte, ein paar Bücher, Kleidung, Manuskripte, und bald kam ich zurück, zuerst auf Besuch, dann für länger und brachte Dinge aus Europa und Israel mit, die fehlten, eine Kaffeemaschine, Musikkassetten, Bettwäsche, Servietten, silberne Kerzenleuchter, einen neuen Sederteller. Und jetzt auf einmal gibt es nichts mehr, was uns gehört, weil es *uns* nicht mehr gibt, und die verwaisten Dinge werden aufgeteilt, und jeder nimmt das, wovon er glaubt, daß es zu ihm gehört und ihn mit Jerome verbindet.

Harold und Emily reisen an, um sich das ihre abzuholen. Er hat seit Jeromes Tod Herzbeschwerden, alle Symptome von Angina Pectoris, und ruft stündlich seinen Kardiologen an, um einen Termin für eine Bypass-Operation zu bekommen. Standen sie einander so nah, daß der lebende die Krankheit des toten Bruders auf sich zieht? Ist es der abwegige Versuch des kleineren Bruders, sich in den Mittelpunkt zu drängen? Oder ist es einfach nur Zufall? Sie packen Nippes und Familienporzellan sorgfältig ein, suchen Kindheitsfotos der beiden Brüder aus den Stößen von Fotos aus, einen Glaswürfel mit Fotos ihrer Eltern als junges Paar und Harold, der seinen Erstgeborenen stolz der Kamera präsentiert. Harold geht von Möbel zu Möbel, die gedrechselten Schränke aus meinem Elternhaus hätte ich gern, wenn es dir recht ist, sagt er, auch die Achatlampe ist ein altes Stück meiner Großmutter und das geschnitzte Schachspiel, ich habe mir nach dem Tod unserer

Eltern ja nichts genommen, betont er, ich habe damals noch studiert. Die Frisierkommode meiner Mutter und die Nachtkästchen meiner Eltern, wenn möglich, bei jedem Stück sieht er Ilana fragend an, und sie winkt großzügig ab: Was immer du möchtest. Es ist eine entspannte, freundliche Güterverteilung, die hier stattfindet. Du kannst auch das Bett haben, sagt Ilana, es gehört dazu. Um Himmels willen, nicht das Bett, ruft er und lacht sein verschämtes Lachen, das ihn trotz allem liebenswert macht. Er denkt wohl jetzt auch an die durchgelegene Matratze mit den Buckeln der Eisenfedern und dem Brett auf der einen Seite, das sie im Gleichgewicht halten soll, aber Jerome weigerte sich, eine neue anzuschaffen. Wie kann ich sie wegwerfen, sagte er mit gespielter Entrüstung, wenn meine Tochter hier entstanden ist. Aber es war neben dem Witz und der Sentimentalität auch eine Spur Bedauern in diesem Satz. Er hatte sich eine große Familie gewünscht, eine ganze Schar lärmender Kinder, wie sein Cousin Ben sie hatte und zu unserem Schrecken manchmal mitbrachte, Attila, Dschingis Cohen und die wilde Chaja, wie Jerome die drei nannte.

Anfangs habe ich für jeden von Jeromes Freunden alles gesammelt, wovon ich annahm, sie wollten es behalten, Geschenke, die sie ihm gemacht hatten, Bücher mit Widmungen, Souvenirs, gemeinsame Fotos, die Delfter Porzellankatze mit den gesträubten Barthaaren von Louise, die eine Ähnlichkeit mit Jerome hatte, Fotos von seiner letzten Reise mit Leslie.

Im Frühling, vor einem Jahr, waren sie zusammen in die Südstaaten gefahren, Leslie wollte die Schauplätze des Bürgerkriegs besuchen, und Jerome freute sich darauf, die Orte seiner Studentenzeit wiederzusehen, Durham, Baltimore, und den gedehnten Südstaatendialekt wieder zu hören. Wochenlang sang er unter der Dusche Judy Garlands *Nothing could be finer than to be in Carolina in the morning*, Carolaina, laina, laina, näselte er, die bevorstehende Reise machte sie beide jung und übermütig. Sie waren drei Wochen unterwegs, übernachteten in schäbigen Motels, waren oft die einzigen Gäste und hörten sich abends auf der Veranda die Lebensgeschichten einsamer Motelbesitzer an, während in den Sümpfen die Ochsenfrösche quakten, legten an den Tankstellen der Trucker Pausen ein, aßen Rippchen und Hafergrütze und fuhren durch die endlosen grünen Ebenen des Südens, zu Schlachtfeldern, auf denen außer Soldatendenkmälern nichts zu sehen war. Von dieser Reise gibt es einen ganzen Packen Fotos, die ich Leslie noch in der Trauerwoche aushändigte und die er jedem, der zufällig in seiner Nähe war, ausufernd erläuterte.

Aber keiner der Freunde hat seither angerufen, sie sind verschwunden, als seien auch sie gestorben, und wenn ich mich aufraffe, sie anzurufen, weiß ich nicht, was ich auf den Anrufbeantworter sprechen soll. Gibt es euch noch? Habt ihr mich vergessen? Sie sind mir nichts schuldig, sage ich mir und lege auf. Und nach ein paar Wochen werfe ich alles weg, was eine Bedeutung für sie hätte haben können.

Einmal noch führt mich Philip aus, der mir unter dem unmittelbaren Schock beim Begräbnis versichert hatte, er sei immer für mich da, ein kurzer Anruf und er sei zur Stelle, er werde sich um alles kümmern, um Ilana, um mich, um die Katzen, um das Haus. Schließlich sei das Frühstück im Four Seasons Hotel der letzte Höhepunkt unserer Freundschaft gewesen. Philip hatte mir jahrelang den Hof gemacht, im Spaß, aber nur halb im Spaß. Wenn du nicht zu Jerome gehörtest, würde ich dir einen Antrag machen, scherzte er manchmal, und gleichzeitig versprach er, in seinem Haus eine Hochzeitsparty für Jerome und mich auszurichten, wenn wir endlich wieder heiraten sollten. Bei Pfannkuchen und wäßrigem Kaffee in einem Frühstücksdiner mit rohen Holzbänken im Western Style empfiehlt er mir, ich solle mir grellroten Lippenstift und ein einladendes Wesen zulegen, wenn ich Hilfe bräuchte, kein Mann würde mich so, wie ich jetzt aussähe, eines zweiten Blickes würdigen. Kannst du mir helfen, neue Besitzer für die Katzen zu finden, frage ich. Nein, sagt er, du wirst sie in ein Tierheim geben müssen. Zum Abschied reicht er mir eine schlaffe Hand, take care, sagt er gleichgültig, als bedeutete ein nichtssagendes *see you* schon ein Versprechen, das er nicht halten will, und macht mit seinem Lexus kehrt, kaum daß ich ausgestiegen bin. Er hat Angst, daß du ihn jetzt, nach Dads Tod, beim Wort nimmst, würde Ilana sagen.

Nicht einmal Peter hat Zeit für mich. Im Herbst, sagt er, ab Oktober, vorher nicht. Aber im Oktober werde ich nicht mehr da sein. Im Leben unserer Bekannten waren wir eine Episode, die abgeschlossen ist. Und Leslie legt mitten im Gespräch den Hörer auf, er habe jetzt keine Zeit für Diskussionen, er sei mit Wichtigem beschäftigt. Er ist überzeugt, Jerome habe im Jenseits für ihn interveniert und ihm die junge bulgarische Theologiestudentin geschickt, die er vor kurzem kennengelernt hatte, um ihn für den Verlust seines besten Freundes zu entschädigen und über Beths Kälte hinwegzutrösten.

Meiden dich Jeromes Freunde auch? frage ich meine Tochter.

Sie sieht mich erstaunt an. Ich habe noch keinen von ihnen angerufen, erwidert sie, was gäbe es schon zu sagen?

Sie hat recht, es ist nicht ihre Generation, sie war ein Kind, als diese Menschen unsere Freunde und Bekannten wurden. Während es um uns beide immer stiller wurde, führte sie schon lang ihr eigenes Leben mit ihrem eigenen Freundeskreis.

Wie immer ist es Harold, der mich mit der unangenehmen Wirklichkeit konfrontiert. Er ruft jeden Sonntag vormittag an, fragt, wie es mir gehe, und wird ungehalten, wenn ich die übliche Redewendung *danke, mir geht's gut und dir?* verweigere. Du und Ilana, ihr seid im Augenblick mein einziger Kontakt zu unserem früheren Leben, beklage ich mich, niemand sonst will mit mir reden.

Du kommst von woanders her, erklärt er mir mit nüchterner Sachlichkeit, und du wirst in absehbarer Zeit verschwinden. Wozu sollten sie sich bemühen? Außerdem war das Bild, das wir von dir hatten, kein sehr schmeichelhaftes.

Klammere ich mich an eine Illusion, die ich nicht aufgeben kann, weil mich die Trauer um Jerome vor der Verbannung aus seiner Liebe schützt? Was hat er ihnen erzählt? Wie hat er über mich gesprochen? Wie hat er mich gesehen, und welches Bild hat er in den Monaten und Jahren meiner Abwesenheiten von mir entworfen, für sich und für die Freunde? Und was ist die Wahrheit? Wußte *er*, was die Wahrheit war? Habe ich solange an meinen eigenen erfundenen Geschichten einer großen Liebe festgehalten, bis ich sie glaubte? Mein Leben ist ein einziges Unglück, seit wir keine Familie mehr sind, schrieb ich ihm einmal. Wir *sind* eine Familie, tröstete er mich, du bist meine Freundin, meine Ratgeberin, meine Gefährtin. Aber ich wollte seine einzig Geliebte sein. Wir werden immer zueinander gehören, auch wenn einmal eine andere Anspruch auf mich hat, versicherte er mir. Wir haben nicht über dasselbe geredet, wenn wir von Liebe redeten.

Ich beginne zu begreifen, daß mir der Versuch, Jeromes Leben mit meinen Erinnerungen zur Deckung zu bringen, nur widerspruchslos durchgeht, solange ich keine Zeugen anrufe. Ich kann zwei Drittel seiner Fotos vernichten, ich kann den

Bademantel, den ihm seine letzte Freundin zum Geburtstag geschenkt hatte, mit rachsüchtigem Vergnügen in den Müll werfen, und all die kleinen Andenken, die Musikkassetten und CDs, die ihn an schöne Augenblicke erinnerten, ich kann sein Leben im nachhinein zensieren, aber ich kann seine Erfahrungen nicht ungeschehen machen. Es gab eine Wirklichkeit, und es gibt Zeugen. Und ich kann nicht wissen, was seine Wahrheit war. Trotz der großen Nähe zwischen uns blieben wir füreinander unfaßbar. Wir konnten voneinander nicht wissen, was wir dachten, und ich kann auch nicht wissen, wie er zu anderen über mich redete. Zählt üble Nachrede aus Überzeugung als Verrat? Könnte es sein, daß wir in verschiedenen Welten lebten, von Anfang an, immer wieder, bis zuletzt? Daß uns nie bewußt wurde, wie sehr wir im Käfig unserer eigenen Wahrnehmungen gefangen saßen, weil wir sie für die Wirklichkeit hielten? Und wessen Wahrheit war die richtige? Oder waren beide falsch? Gibt es eine dritte Wahrheit? Wenn ich mit seinem Bruder redete, sah ich mich einen Augenblick lang mit seinen Augen, ich sah seine Wirklichkeit, und sie traf mich wie ein vernichtender Schlag. Ist sie Jeromes Wahrheit? Ich betrachte Jeromes Porträtfoto auf dem Weinregal, das amüsierte, boshafte Glitzern in seinen Augen sagt: Du kriegst mich nicht, da sterbe ich lieber. Solange er am Leben war, konnte ich seine Widersprüchlichkeiten wie einen Feldblumenstrauß mit seinem unverwechselbaren Duft in einer Hand halten, ein wenig herb, ein wenig wild, mit der flüchtigen Süße vergangener Zärtlichkeiten, und alles konnte nebeneinander bestehen. Was es zusammenhielt war das Vertrauen, daß wir trotz aller Bocksprünge und Eskapaden immer füreinander dasein würden. Jetzt ist alles in unvereinbare Bestandteile zerfallen, und mit derselben Geschwindigkeit löst seine Welt sich in wertlose, überflüssige Gegenstände auf, die ich wie Essensreste von der letzten Mahlzeit in Plastiksäcke stopfe, verschleudere, verschenke. Und ich bleibe auf meiner Liebe sitzen wie auf einem Sack voll Lügen.

In dem Sommer vor fünfzehn Jahren, in dem ich ihn verließ, sagte Jerome: Ich weiß, daß du zugrunde gehst, aber es ist mir egal, ich will nicht mit dir untergehen. Er hatte für sich und seine Geliebte auf Cape Cod ein Cottage gemietet, und sie verbrachten jeden Tag am Horseneck Beach. Es ist eine unleugbare Tatsache, weil es Fotos gibt, vom Strand, von der Veranda, auf der sie Eis essen und sich necken. Aber nach ein paar Jahren verbrachten auch wir wieder unsere Sommerferien am Meer, und ich erinnere mich an das Glück der Aufbrüche am frühen Morgen, an die langen Dämmerungen und ihre trägen Sommergeräusche und die Ferienstimmung in den Küstendörfern und den Strandcafés, die angenehme Müdigkeit und Ruhe nach einem Tag am Strand und daß wir uns liebten, als wäre es immer so gewesen. Von jenem Sommer und jener Frau war nie wieder die Rede, aber sie war da wie ein Schatten, den man für kurze Zeit verdrängen, jedoch nie vergessen und ungeschehen machen konnte. Und dennoch, sogar in Zeiten, in denen wir vieles, auch Unwahrheiten, sagten, nur um einander zu verletzen, versicherte er mir, ohne zu zögern, daß unsere Anfangszeit die beste in seinem ganzen Leben gewesen sei, nichts, was später passiert sei, käme an sie heran, während ich überlegte und nicht mehr sicher war, bis heute nicht sicher bin, was die besten Stunden, Wochen, Monate in meinem Leben waren. Sechsunddreißig Jahre sind seither vergangen, wie kann ich mich auf meine oder auf seine Erinnerung verlassen oder darauf, daß ich mich nicht verändert habe? Es gab so viele Begegnungen seither, so viele Menschen und Erfahrungen, die mich geprägt haben, und nach einer Weile weiß man nicht mehr, wer man vorher war. Man müßte alles auf einen Blick sehen können, das ganze Spektrum vom heftigen, ans Unerträgliche grenzenden Glück bis zum Schmerz, bei dem man leichtfertig sagt, das überlebe ich nicht. Es gibt Erlebnisse, die immer gegenwärtig sind und die einen Spalt zwischen die Unschuld der ersten Liebe und alles Spätere treiben. Wie kann ich sicher sein, daß ich mir in dieser langen Zeit nicht eine Liebe erdichtet habe, die ganz anders war?

Bevor Jeromes Bruder nach San Francisco zurückfliegt, will er die Gegend noch einmal besuchen, in der sie aufgewachsen sind. Wenn er von seinen Herzbeschwerden spricht, erkenne ich in seinen Augen sekundenlang die gleiche Todesangst, mit der Jerome mich zum Schluß manchmal ansah. Es ist ein Abschiedsbesuch, und er fürchtet, daß er nicht nur von seiner Kindheit und seinem Bruder, sondern auch von seinem eigenen Leben Abschied nimmt. Weston ist eine vornehme Vorstadt mit großen Grundstücken und weit zurückgebauten Häusern und die getrimmten Rasenstücke laufen ineinander, eine Parklandschaft mit Villen, die hinter Ziersträuchern verborgen liegen, und alten Ulmen. Die Straßen sind wie ausgestorben, Totenstille liegt über dem Viertel, kein Lärm spielender Kinder, keine Menschen, nicht einmal Autos in den Auffahrten und auch in unserem Auto herrscht bedrücktes Schweigen, jeder spinnt seine eigenen Gedanken vor sich hin, die nur manchmal unvermittelt laut ausgesprochen werden.

War es schon immer so, frage ich.

Wie, so? fragt Harold zurück.

So still, so vornehm?

Nein, erwidert er, als wir Kinder waren, gab es hier viele junge Familien, es war lebendiger, wir radelten auf der Straße und spielten auf den Rasenstücken vor den Häusern Ball. Ihr wißt ja, daß der Sohn von Mutters bester Freundin vor Jeromes Augen von einem Müllwagen überfahren wurde. Sie waren gleich alt, vier Jahre. Seit damals ist die Gegend viel exklusiver geworden, und die Bewohner heute sind älter und reicher. Wenn man sich vorstellt, sagt er mit bitterem Bedauern, wieviel diese Häuser jetzt wert sind.

Und das ist unser Haus, erklärt er und hält an. Wir stehen vor einem weitläufigen Bungalow mit zwei Edeltannen vor der Einfahrt und streng symmetrisch gestutzten Koniferen zu beiden Seiten der Haustür. Da sind wir aufgewachsen, sagt er nachdenklich.

Ich kann keine Verbindung finden zwischen Jerome und der symmetrischen Wohlanständigkeit dieses Hauses, zwischen seiner anarchischen Phantasie, seinem ans Anstößige grenzenden Witz und der Sterilität, die das ganze Viertel ausstrahlt. Auch sein unbeugsames Beharren auf sozialer Gerechtigkeit kann nicht hier entstanden sein. Woher kam das Proletarische an ihm, das er so stolz, mitunter angriffslustig zur Schau trug? Wie kam es, daß er angesichts dieser in genau berechnetem Abstand zum Haus und zur Einfahrt gepflanzten Tannen nicht lernte, das innere Chaos in Schach zu halten und die Ordnung zu lieben? Harold, ja, der schon, denke ich, der paßt hierher, ein verwöhntes Vorstadtkind mit seiner unangreifbaren, grausamen Tugendhaftigkeit. Dieser Ort macht mir beide ein wenig fremd.

Im Sommer, von Mai bis September, grasten wir in unserem Ice Cream-Wagen die Gegend ab, sagt Harold zu seiner Frau, wir haßten es, besonders hier herum, wo wir wenig Geschäft machten, näher an Boston gab's mehr Kinder auf der Straße, aber da waren die Gangs, die uns Streiche spielten.

Wenn Jerome über seine Zeit als Eisverkäufer sprach, klang es wie ein Abenteuer, wie seine Vertreterfahrten in New Hampshire, er habe ein Repertoire an Späßen gehabt und die Kinder seien ihnen zugelaufen, erzählte er.

Hat Jerome es auch gehaßt? frage ich.

Welcher Jugendliche will seine Sommerferien auf diese Art verbringen? fragt Harold gereizt. Jerome mochte es genauso wenig, wir hatten keine schöne Kindheit, der kranke Vater, die depressive Mutter, die Angst, das Haus zu verlieren, und schließlich haben wir es ja auch verloren, und dann auch noch den ganzen Sommer Eis verkaufen, sieben Tage in der Woche, ohne freien Tag.

Aber ihr wart zu zweit, wo Dad doch immer für Unterhaltung sorgte, versucht das Einzelkind Ilana sich die gemeinsamen Fahrten auszumalen.

Auch zwischen den Brüdern gab es Dissonanzen, sagt er kryptisch, als spreche er von irgendwelchen Brüdern, und dann verstummt er so entschieden, daß man seine Kiefer zuklappen hört.

Trotzdem fährt er die stillen Straßen ab, eine nach der anderen, langsam, im Schrittempo und meist schweigend, und fragt sich wohl, ob es das letztemal ist, und auch wir schweigen, um ihn in seinen Erinnerungen nicht zu stören, und manchmal sehe ich im Rückspiegel, wie er heftig zwinkert und sich die Tränen aus den Augen blinkt. Ich versuche zu verstehen, ihn, Jerome, versuche zu verstehen, daß sie Brüder sind und die gleichen Eltern, die gleiche Kindheit hatten. Was habe ich über Jerome gewußt? Nur, was er bereit war, mir zu zeigen. Im Rückspiegel betrachte ich die Stirn und die Augen meines mir fremden Schwagers, den ich immer für eine farblose Version von Jerome gehalten hatte. Sein Bruder, der mich nicht mag und trotzdem versucht, verbindlich zu bleiben und mich fair zu behandeln. Und der andere, mit dem ich mein ganzes erwachsenes Leben teilte, mit dem ich eine Tochter habe. Ich kann mich nur auf Anekdoten stützen, die nahelegen, daß Jerome, der maßlos geliebte Erstgeborene, dem Temperament nach seiner Mutter ähnlich war und deren Verachtung für die ostjüdische Bodenständigkeit seines Vaters übernahm, während der Jüngere sich an den Vater hielt und seine Eigenarten kultivierte. Seine Mutter hätte dich gehaßt, sagte Jeromes Tante das einzige Mal, als er mich auf Besuch mitnahm. Er konnte mir nie sagen, was sie damit meinte, aber vielleicht wußte er es ganz genau und wollte mich schonen wie so oft. Der Jüngere hatte von Anfang an teilen müssen, und vielleicht waren die Teile nicht ganz gleich gewesen. Wenn Harold von seinem Vater spricht, klingt seine Stimme so, wie Jeromes Verehrung für seine Mutter. Und er haßt alles, was für sie und für Jerome Kultur bedeutet hatte, Literatur, klassische Musik, französische und mediterrane Küche, und Rotwein. Und jetzt bricht der Konflikt auf, die Rivalität und die Bitterkeit des Zweitgeborenen, der sich um seinen Anteil an Liebe betrogen fühlt.

Mit Harold muß ich mich nicht mehr auseinandersetzen, denke ich. Diese Familiengeschichte ist mit Jeromes Tod für mich abgeschlossen. Und Jerome? Er gehört jetzt mir, im Tod kann ich ihn besitzen, wie er es im Leben niemals zugelassen hätte.

*

Es kommt mir vor, als ginge alles gleichzeitig zu Ende, Jeromes Leben, unser leckes Haus, die Bäckerei, in der wir seit vielen Jahren Bagels und Challah kauften. Jerome blieb stets im Auto sitzen, während ich einkaufte, weil er im Lauf der Zeit immer wieder vergessen hatte, bestelltes Brot abzuholen und die Rüge der resoluten Besitzerin fürchtete. Die Bäckerei der strengen Malka schloß am Schabbat nach Jeromes Begräbnis für immer. Auch Ruben's sperrte zur gleichen Zeit zu, Jeromes Lieblingsdeli, wo man die üppigsten Sandwiches bekam. In der Woche davor verschwand Tower Records, die letzte große Musikhandlung für klassische Musik, und eine Woche später die kleine Buchhandlung in der Newbury Street, in der Jerome nach den Autographen stöberte. Alles, was ich erfahre und was mir zustößt, sind Chiffren des Todes, überall teilt er seine Schläge aus, nichts ist mehr vor ihm sicher. Auch wenn ich mich dagegen sträube, die Realität von Jeromes Tod zu begreifen, kann ich die vielen Veränderungen nicht ignorieren, die das Gehäuse unseres Lebens und unserer Erinnerungen zum Einsturz bringen. Was mir zu anderen Zeiten wie der normale Lauf der Dinge erschienen wäre, daß kleine Geschäfte schließen und große zusammengelegt werden, hat nun eine unheimliche Bedeutung. Der unaufhaltsame Fortgang der Welt schließt Jerome aus und drängt ihn ins Vergessen, und von allen Seiten dringt nur die eine Botschaft auf mich ein: Versteh es endlich, er kommt nicht mehr zurück, nichts wird wie früher sein.

Die rückwärtige Hälfte von Filene's, dieses viktorianischen, ein wenig martialischen Wahrzeichens des Merkantilismus aus dem neunzehnten Jahrhundert, mit seinen steifen Kapitellen und dem ovalen Portal Inbegriff aller Department Stores seit 1911, ist bereits abgerissen, während im Parterre der Ausverkauf weitergeht. Am 11. September 2001 waren wir zum letztenmal gemeinsam in Filene's gewesen, um Jeromes abgetragenen Wintermantel durch einen neuen zu ersetzen. Er sträubte sich, fand den alten noch ganz brauchbar, aber Harold hatte schon im Winter davor gesagt: Du siehst wie ein Hausierer aus. Später, als jeder wie unter Schock ausführlich berichtete, an welchem Ort, bei welcher Tätigkeit ihn die Nachricht vom Terroranschlag angetroffen hatte, als die Nation in einem kollektiven Innehalten erstarrte, konnten wir nur sagen, wir waren im obersten Stockwerk von Filene's, als ein freundlicher Manager uns bat, das Gebäude sofort wieder zu verlassen. Eine Feuerübung? fragte Jerome. Nein, sagte jemand, das World Trade Center ist gerade eingestürzt. Auch den alten Mantel habe ich in einen Kleidersack der Caritas gesteckt, am Kragen speckig und abgewetzt, das Futter zerrissen, aber Jerome hatte sich von da an geweigert, einen neuen Mantel zu kaufen. Es bringt Unglück, sagte er, das kann ich nicht verantworten. Ich bin froh, daß ich ihn davor bewahrt habe, mir an unserem letzten Tag im April einen Mantel zu schenken und dafür mit seinem Leben zu bezahlen.

Alles scheint in Auflösung begriffen, eine neue Ära, heißt es, neuer, größer, zeitgemäßer, aber ich sehe nur die Vernichtung so vieler unsichtbarer Spuren von Menschen, die sich hier mit vergänglichen Versprechen auf ein besseres Leben trösteten. Im Parterre, wo man früher Accessoires und Modeschmuck kaufen konnte, stehen Stangen mit Abverkaufsware, verschmierte, häßliche Fetzen, um achtzig, neunzig Prozent reduziert. Und alle, die es sich früher nicht leisten konnten, wühlen benommen in den Kleiderhaufen, stehen vor den Umkleidekabinen Schlange. Junge Mädchen betrachten sich mit verklärten Gesichtern in den Spiegeln zwischen den Kabinen, streichen sich sanft über den Körper und lächeln glücklich, in jedem Fetzen sind sie schön. Daneben suchen verwahrloste, aus der Form gelaufene Frauen mit hastigen Händen, schieben die Kleiderbügel weiter, als schleuderten sie die Kleidungsstücke zum Abfall mit der ärgerlichen Geste, die dem Glück gilt, das sich ein Leben lang entzieht. Wenn sie sich in den Spiegeln betrachten, sieht man in ihren Gesichtern keine Illusionen, hier finden sie nichts, was ihrem Leben eine Wende geben könnte, sie wissen es, und trotzdem treibt eine zornige Ungeduld sie weiter. Am Rand, wo früher die teuren Handtaschen in Vitrinen standen, hängen noch immer die Pelzmäntel wie vor acht Wochen, auch der Mantel, den Jerome mir kaufen wollte, ist noch da. Verkäuferinnen ohne Makeup, gehetzt, als stünde eine Flucht bevor, stopfen die Ware in Plastiksäcke ohne Logo, und keine Musikberieselung macht das Einkaufsparadies zu einem schönen Traum. Es ist ein nackter, roher danse macabre, ein Kehraus, der alle Masken abgestreift hat. Kleidungsstücke, einst mit sehnsüchtigen Blicken liebkost und mit Bedauern zurückgelegt, sind jetzt Müll, nichts hat mehr den geringsten Wert, die Schleuderpreise sind nur noch ein Symbol, das die Frauen daran hindert, hemmungslos über die Ware herzufallen, einander die Fetzen zu entreißen, sich gegenseitig aus dem Weg zu rempeln. Hier geschieht etwas, das man selten so unverhüllt sieht: das Erwachen aus einem Traum von Schönheit, den Umschlag in nackte, verzweifelte, hoffnungslose Gier, das vergebliche Haschen nach Glück.

Auch Ilana und ich statten Filene's einen Abschiedsbesuch ab, und ich erzähle ihr von dem Gespräch im Public Garden an unserem letzten Nachmittag, und wie ich versucht hatte, Jerome vor dem Zusammenbruch, den ich vorausgeahnt hatte, zu bewahren. Der Zugang zu den Stockwerken ist bereits verbarrikadiert, die Rolltreppe kann man durch das große Loch im halb abgerissenen Gemäuer von der Washington Street aus sehen. Wir zählen einander die Kleidungsstücke auf, die wir im Vault im Untergeschoß gekauft haben, Blazer von Armani, Hosenanzüge von Krizia, Sandalen von Yves St. Laurent, The Vault war bei Schnäppchenjägerinnen bis an die Westküste bekannt gewesen, man wußte nie, was einen dort erwartete.

Das waren Zeiten, sagt Ilana.

Vor den Malls, füge ich hinzu.

*

Auch unser Haus sieht immer mehr wie eine Lagerhalle aus. Die Kartons voller Bücher lassen nur schmale Gänge in den Zimmern frei. Mit welch freudiger Erwartung wir früher neue Bücher nach Hause brachten, jedes Buch mit seinen jungfräulichen Seiten ein Aufbruch in eine unerforschte Welt, wir machten keinen Unterschied zwischen der Wirklichkeit der Bücher und des alltäglichen Lebens, oder doch – die Bücher enthielten die ganze, auf die Essenz verdichtete Wirklichkeit, exemplarisch, wahrhaftig, wie keine andere Wirklichkeit es sein konnte. So sahen wir es, so sehe ich es noch immer, aber ich habe niemanden mehr, mit dem ich tage- und nächtelang über Bücher, Ideen, das Leben anderer diskutieren kann. Bücher waren zugleich Kampfzonen und Beweismaterial für die Verwandtschaft unserer Seelen, und wir wußten immer, in welchem Regal wir suchen mußten, um einander mit Zitaten zu widerlegen. Auf einmal sind sie wertloses Altpapier und fühlen sich schmutzig an, mit einer klebrigen Schicht Staub. Nachdem ich die Taschenbücher von den gebundenen getrennt, die Kunst- und Bildbände, die Klassiker in vollständigen Ausgaben, ein paar deutsche Klassiker aus der Familie seiner Mutter in Goldschnitt und Ledereinbänden als Köder in die vordersten Reihen gestellt habe, frage ich bei Antiquariaten an, deren Visitenkarten ich in Jeromes Schreibtisch fand, und verspreche Autographen und einen insgesamt wertvollen Nachlaß. Einer kommt an einem Samstag aus New Hampshire angereist, sieht sich die alten Bände verächtlich an, ich glaube nicht, daß die Autographen echt sind, sagte er, außerdem ist die Yeats-Ausgabe mit Bleistift signiert. Die schweren juridischen Wälzer, gebunden für die Ewigkeit, die auch nicht, frage ich? Er schüttelt den Kopf, läßt sich auf keinen Handel ein und ist offenbar verärgert, daß er sich mit falschen Versprechungen an einem Samstag nach Dedham hatte locken lassen. Entsorgen, empfiehlt er mir, Bücher sind Wegwerfware, und da ist kein einziges Buch dabei, das auch nur zehn Dollar wert wäre, und verschwindet mit einem unwirschen Gruß.

Was soll ich machen, frage ich Ilana, ich kann zwanzig Bücher mitnehmen, auch fünfzig, aber nicht fünftausend oder mehr. Ich wiege einen schweren Bildband in der Hand, *Die Kunst der Renaissance*, schlage ihn auf. *Mazel tov, ihr habt ein Baby ausgebrütet* steht auf dem Deckblatt, das Geschenk eines Freundes, der längst aus unserem Leben verschwunden ist. Ilana streckt die Hand danach aus: Kann ich es nehmen? Auf diese Weise werden noch ein paar Dutzend Bücher vor dem Verderb gerettet. Wir legen alles zur Seite, was eine besondere Bedeutung für uns hat, Jeromes Weintagebuch, in das er jeden Wein eintrug, den wir getrunken hatten, mit Datum und unseren Kommentaren, die vom Händler verschmähten signierten Ausgaben und seine Lieblingsautoren, Yeats und Beckett, William Blake und Isaac Babel, dem er sich wesensverwandt fühlte. Ich nehme alles, was er mit Randbemerkungen kommentiert hatte, und das, was Freunde ihm im Lauf der Zeit gewidmet hatten, auch Literaten waren darunter, keine berühmten, aber es waren *seine* Dichter gewesen, und sein Lob hatte sie zu hymnischen Freundschaftsbekundungen hingerissen.

Ich lege die schweren Kunstbände beiseite, die wir gemeinsam entdeckt haben, japanische Farbholzschnitte, die Fresken von Ravenna, die ihn beeindruckt hatten, weil ihm das Bild des christlichen Erlösers als Triumphator soviel aufgeklärter schien als der Gekreuzigte. Er hatte eine besondere Beziehung zu Berninis David mit seiner verbissenen Entschlossenheit, und von Munchs Frauenbildern fühlte er sich angezogen und abgestoßen zugleich, wir haben oft darüber diskutiert und miteinander gestritten. In den Schuhschachteln, in denen er Hunderte von unsortierten Kunstpostkarten sammelte, um sie dann in irgendeinem Winkel zu vergessen und wieder von vorn zu beginnen, finde ich immer wieder Munchs Frau am Meer, ganz in Helligkeit getaucht, oder manchmal dunkel, unterwegs in die Auflösung, in die Dämmerung des Wassers, ihr Körper die einzige aufrechte Figur, die dem Tod einen biegsamen Widerstand leistet und eine Verlockung darstellt. Und ebenso oft das Paar am Meer, aber erst als Paar tritt plötzlich die Einsamkeit als leerer Raum zwischen die beiden. Diese quälende Isolation sei nicht vorhanden, solange eine Figur für sich allein sei, hatte er behauptet, dann ruhe sie in sich selber und hätte eine Würde, die sie verlöre, sobald der andere in unverbundener Ferne neben ihr stünde. Einsamkeit war, in seinen Augen, die Anwesenheit eines Menschen, der die Nähe verweigerte. Dieses stumme Verharren in der Abgewandtheit erschien ihm lebensfeindlich, ein Bild des Todes. Er haßte das brütende, bedeutungsvolle Schweigen, mit dem in Filmen und Romanen Beziehungskrisen dargestellt werden, er mokierte sich darüber, kühle Verweigerung war ihm unerträglich, dann schon lieber Ausbrüche und großes Drama. Verkörperte ihm dieses Paar die monogame Ehe?, frage ich mich beim Betrachten der Bilder, ließ es ihn deshalb nicht los, weil er verstehen wollte, worin die manchmal unüberbrückbare Einsamkeit im Zusammenleben bestand und woher sie kam? Jetzt kann ich mir diese Frage leisten. Bevor wir heirateten, schrieb er mir in einem Brief, er wünsche sich, daß unsere Liebe nach vierzig Jahren immer noch so neu wäre wie ganz am Anfang, das gleiche Staunen, daß dieser Mensch einem tatsächlich gehörte, die unverbrauchte Erregung, die keinen Aufschub duldete, das Herzklopfen aus Angst und Begehren. Wer sollte solchen Erwartungen gerecht werden? Die Zeit in mir geht im Kreis, bedeckt einen im Vergleich zu den Jahren winzigen Radius an Erinnerungen, unvergessenen Sätzen, Kränkungen, Augenblicken, die sich durch Zufall festgesetzt haben, man müßte doch meinen, ich würde jedes Staubkorn auf dem Boden unseres Lebens kennen, und immer wieder beginne ich von neuem zu grübeln und in den verlassenen Überresten zu graben und komme zu keinem Schluß.

Das erste Geschenk, das ich ihm nach zwei Monaten unserer Beziehung machte, war ein Bildband über Chagall, den Maler, dem er sich am stärksten verwandt fühlte in seiner realistisch surrealen Weltsicht, dem ekstatischen Überschwang seiner tanzenden, fliegenden Menschen, und den Themen, die er in immer neuen Variationen umkreist, Liebe, Judentum, Trauer und Lebensfreude. Es waren Jeromes Themen, und es war sein Lebensgefühl, das zwischen Melancholie und erwartungsvollen Aufbrüchen hin- und herpendelte. Vierzig Jahre oder länger schlief er unter einem großen Farbdruck von Chagalls Braut, die mit einem Blumenstrauß zum Fenster hinausfliegt, während der Bräutigam versucht, sie mit einem Kuß aufzuhalten. Als ich das Bild abnehme, sehe ich, daß der auf einem

Pappkarton aufgezogene Druck sich aus dem Rahmen gelöst hat und nur noch von einem vertrockneten Klebestreifen daran gehindert wird, auf das Bett zu stürzen.

Die Regale bleiben nur kurze Zeit leer, dann füllen sie sich mit Dingen, die aus den vergessenen Winkeln zum Vorschein kommen. Überall liegen Muscheln und Steine von auffallender Form oder Farbe herum, von jedem Strand zwischen Maine und Newport – als Andenken an Augenblicke, deren besondere Bedeutung ich vergessen habe, weil wir bei jeder Gelegenheit ans Meer fuhren. Sogar nach einem Streit, wenn wir fanden, wir hätten einander nichts mehr zu sagen, fuhren wir an einen Strand und gingen in entgegensetzte Richtungen am Wasser entlang.

An jedem Wochenende wiederholte sich zwischen Frühstück und Mittagessen dasselbe Ritual. Fahren wir wohin, schlug ich vor.

Wohin willst du denn fahren? fragte Jerome.

Keine Ahnung, vielleicht nach Süden?

Und dann fuhren wir aufs Geratewohl die Küste entlang, an Wäldern und Sanddünen vorbei, über die Sagamore Bridge, der Einfahrt zu Cape Cod, und atmeten bei offenen Fenstern den Salzgeruch des Marschlands, den herben Geruch der Pinien, den Duft von frischem Heu und Gemüse, und nach wenigen Kilometern waren wir in einer anderen, freieren Welt.

Immer wenn Jerome mich zum Flughafen brachte, nahm er den kleinen Umweg für einen letzten Blick aufs Meer, als müsse ich zurückkommen, wenn schon nicht seinetwegen, dann weil ich doch ohne Meer auf Dauer nicht leben könne. Wenn ich zurückkam, wanderten wir noch am selben Abend ein Stück an der Strandpromenade entlang, in Europa und meinem Zeitgefühl nach war es längst nach Mitternacht, aber hier ging im Sommer die Sonne gerade erst über der Bucht unter, Boote wurden an Land gezogen, das Meer war wie milchige Jade und die Mole schwarz gegen den roten Himmel. Wenn ich im Winter ankam, war es oft kalt und windig, und die Wasserfläche metallisch hell unter den tief hängenden Schneewolken, aber auch dann stiegen wir kurz aus dem Auto, um die Brandung zu hören, diesen ewigen Ton der Trauer.

In den letzten Jahren verbrachten wir die Wochenenden nach Labor Day, im Oktober bis in den November, in unserem Haus auf Cape Cod, dann waren wir die einzigen Bewohner und die Feriendörfer wie ausgestorben, Möwenschwärme versammelten sich auf dem leeren Strand, stürzten sich auf die zerschellten Muscheln, das Wasser war durchsichtig bis auf den steinigen Grund, und nachts hörte man das hohle Donnern der Brandung so laut, als spülte sie uns den ganzen Inhalt des Atlantiks vor die Veranda, und trotzdem gibt es kein beruhigenderes Geräusch als das regelmäßige Rauschen der Brandung an einem Regentag. Ich füllte viele Fotoalben mit Aufnahmen vom Meer, keine Landschaft ist so vielfältig und so wandelbar, und wir dachten, es würde immer so weitergehen, mit den Ausflügen, dem Fotografieren, dem Muschelsammeln.

Ich stelle die alten gerahmten Fotos aus seiner Jugend auf die Regale, weil sie mir einen Menschen zeigen, den ich nicht kenne, als Napoleon verkleidet bei einem Purimfest, als Kind in der Badehose zwischen schlanken Frauen in züchtigen Badeanzügen und Frisuren der vierziger Jahre, ein glücklicher Sommertag der Kindheit mit Hitze, Eiscreme, Nichtstun, Sand und Wasser. Und plötzlich fällt mir auf, daß ich das Haus für ihn neu einrichte und alle Dinge, die ihm etwas bedeuten würden, ins Wohnzimmer schleppe, die Bücherregale sind eine einzige Hommage an ihn. Die Möbel sind auf Hochglanz poliert, die Spannteppiche gereinigt, alle gedankenlos abgelegten Gegenstände sind weggeräumt, die Bücherkartons abgeholt, alles Überflüssige, Häßliche, die Mitbringsel aus billigen Geschenkläden weggeworfen, es ist weniger vollgeräumt als früher, eleganter, die wenigen verbliebenen Gegenstände von einer fast feierlichen Bedeutung, für das Sofa habe ich in einem Schrank einen neuen Überwurf gefunden, der zu den Fauteuils paßt, die ramponierten alten Stühle und die gestrickten Überwürfe seiner Großmutter habe ich für die Müllabfuhr an den Straßenrand gestellt, und sein überlebensgroßes Foto beherrscht vom Weinregal aus immer noch den Raum. Und jetzt sitze ich in meinem Samtfauteuil und warte, daß er kommt, gehe von Zeit zu Zeit in die Küche und schaue auf die Straße hinaus, ob ein blauer Toyota um die Ecke biegt und vor unserer Einfahrt durch die Pfütze fährt, die selten ganz austrocknet. Ich warte, daß er kommt und das Resultat von vier Wochen harter Arbeit bewundert, das ihm mehr als alle Worte sagen würde: Schau, so schön könnten wir es haben, wenn du mir erlaubtest, in deinem Leben die Rolle zu spielen, die ich mir seit langem wünsche. Ich warte, um ihm das Leben, dem ich mich all die Jahre widersetzte, zum Geschenk zu machen. An manchen Tagen ist er lebendiger als zu Lebzeiten und die Erinnerungen sind wie Pläne für die Zukunft, ich lasse mich von Hoffnungen verleiten, daß sich alles nachholen ließe, und wie ein Kind im Fiebertraum flehe ich: Nur noch ein einziges Mal, bevor das Licht ausgeht, noch ein allerletztes Mal, bitte!

V

Das erste Jahr

Von jetzt an beginnt der Aufbruch Wirklichkeit zu werden. Es gibt einen Abholtermin der Speditionsfirma, die unser Hab und Gut nach Providence und nach Österreich übersiedelt, und einige Tage später sollen die Schlüssel dem Makler übergeben werden. Die vielen Dinge, die das Haus bevölkert haben und einen Zweck erfüllten, geben nichts mehr her, weder Wärme noch einen vertrauten Duft, sie sind Gegenstände, die weggeschafft werden müssen, und ihre zufällige Existenz hat nichts mehr mit mir zu tun. Von Tag zu Tag fällt es mir leichter, sie in Müllsäcke zu stopfen, sie am Sonntagabend über die Schwelle zu zerren, die Stufen hinunter bis an den Rand des Gehsteigs, und jeden Montagmorgen sehe ich zu, wie sie auf die fahrende Deponie geworfen und sofort plattgedrückt werden. Welche unverhüllte Angst Jerome sein ganzes Leben lang vor diesen Müllautos hatte, als könnten die großen Schaufeln ihn erfassen und in das Innere hinunterwürgen, vielleicht mußte er jedesmal an seinen vierjährigen Freund denken und erlebte seinen Tod von neuem. Nie ließ er an einem Montagmorgen die Katzen aus dem Haus, aus Angst, sie könnten überfahren oder in einer Mülltonne gefangen zerquetscht werden.

Das Ende ist nun nicht mehr bloß ein vages Wissen, es ist ein Datum im Kalender unwiderruflich durch unterschriebene Verträge. Die Tage sind leer und voll nutzlosen Lichts wie das leergeräumte Haus, in dem ich warte wie in einem Niemandsland ohne zu wissen, worauf, vielleicht darauf, daß gegen Abend der Tag sich noch vollständiger entleert. Sogar die Erinnerungen haben einen unnatürlichen Nachhall, als würden sie in ein Gewölbe hineingerufen.

Leslie hat Harold gebeten, Jeromes Büro leerzuräumen, bevor er endgültig abreist, und sich entschlossen dagegen verwahrt, daß Ilana oder ich dabei wären. Ich sei eine außenstehende Person, die Jeromes Leben nichts anginge, sagte er zu Ilana, und ihr sei die Arbeit nicht zuzumuten, sie könne sich ja vorstellen, daß dieses Büro wie der Stall des Augias aussähe. Vor welchen Geheimnissen, die zum Vorschein kommen könnten, fürchtet er sich und wen will er schützen? fragen wir uns.

Ich habe Jeromes Dokumente in Schubladen und alten Xerox-Kartons verstreut gefunden und sie in einer Mappe gesammelt, hymnische Empfehlungsschreiben, Zeugnisse eines Studenten mit der Durchschnittsnote A-, die Abschlußurkunde summa cum laude, mehrere Jahrgänge des *New England Law Journal*, dessen Herausgeber er als Student war. Es scheint, als sei die Kurve zwischen dem Aufstieg, dem keine Grenze gesetzt schien, und einem unerklärlichen langsamen Versanden in alle Unternehmungen seines Lebens eingeschrieben. Alles, was er begann, zerfiel, bevor er es zu Ende brachte. Er konnte mit solcher Klarheit, solch folgerichtiger Schärfe argumentieren, im Beruf wie im Leben fand er aus jeder Sackgasse einen Ausweg, aber er hatte das unstete, von der Phantasie getriebene Temperament eines Künstlers. Seine Plädoyers seien mitreißend und brillant gewesen, hörte ich in der Trauerwoche immer wieder, an Intelligenz und Wissen hatte es ihm nicht gemangelt, sein Gedächtnis war enzyklopädisch, aber an etwas muß es doch gefehlt haben, wenn er sich am Ende mit einem Winkeladvokaten wie Leslie zusammentat. Er habe nie einen wichtigen Prozeß verloren, sagte er einmal, aber er verlor Dokumente, Akten, er vergaß Gerichtstermine, und er verlor Prozesse, die ihm nicht wichtig waren. Der Beruf war nicht sein ganzes Leben, einzelne Lebensläufe waren es, für die er unbemessene Zeit und seine ganze Kraft hergab. Wenn er mit ansehen mußte, wie die Grausamkeit der Umstände Menschen zu Opfern des Systems machte, wurde er zum Rebell, der mit einer verbissenen Sturheit alle Instanzen durchfocht, als müsse er das Schicksal selber in die Schranken zwingen. Auch wenn er es bestritten hätte: In allem, was er tat und dachte, wurde offenkundig, daß es ihm um Gerechtigkeit ging, im Zweifelsfall gegen das Gesetz, in jedem Fall vor seinen eigenen Interessen, vor allen Nützlichkeitserwägungen. Es erfüllte mich immer wieder mit Staunen und beschämte mich, wie sicher sein Urteil war, wie unbeirrt frei von jedem Zweifel, wenn sein Gerechtigkeitsgefühl verletzt war. Da war er selbstlos und kühn bis zur Selbstzerstörung. Hier lag der unveränderbare Kern seiner in so vielen anderen Dingen ambivalenten Persönlichkeit.

Schon Jeromes erste Wahl eines Kompagnons machte seine mangelnde Menschenkenntnis deutlich. Nach einigen mißlungenen Versuchen, in einer etablierten Firma unterzukommen, hatte er sich mit Jerry, dem Bruder einer verflossenen Freundin, zusammengetan. Auch Jerry war ein Idealist, aber seine Liebe galt den Tieren, vor allem den vom Aussterben bedrohten Arten. Weißt du, was Aussterben bedeutet, fragte er mit den weit aufgerissenen Augen und dem irren Blick eines Sektenpredigers: Es bedeutet, niemals wieder, nie, eine Ewigkeit nicht mehr! Er besaß mehrere T-Shirts, alle mit derselben Aufschrift: *Extinct means forever*. Abgesehen davon, daß er in

Rage geraten konnte, wenn jemand Tieren etwas zuleide tat, und daß er immer einen Revolver bei sich trug, der ihm bei unbedachten Bewegungen aus der Hosentasche fiel, war er ein sanfter, rücksichtsvoller Mensch, nur eben ein wenig eigenartig und dem Wahnsinn eine Spur näher als die meisten. Sie nannten sich Jerome&Jeremy und empfingen ihre Klienten in einem alten Einfamilienhaus in Forest Hills, dessen Obergeschoß Jerry bewohnte und im Lauf der Jahre mit verschiedenen bedrohten Tierarten bevölkerte. Als ich Jerome kennenlernte, gab es dort einen weißen, noch nicht ausgewachsenen Wolf, ein Wiesel, und ein Albinokaninchen, aber im Lauf der Zeit kamen eine Boa Constrictor und ein Schaf dazu, das einem Rehkitz ähnelte. Ilana liebte Dads Kanzlei, weil sie dort immer etwas zum Streicheln fand, aber obwohl beide fähige Anwälte waren, nahm die Zahl der Klienten in dem Maß ab, in dem Jerrys Zoo wuchs. Schließlich spitzte sich die Lage zu, als der Wolf das Kaninchen fraß und die Boa Constrictor nicht aufzufinden war. Jerry mußte jeden, der das Haus betrat, vor der frei umherstreifenden Riesenschlange warnen, außerdem durchzog beißender Wildtiergeruch das Haus, und als die letzten Klienten weggeblieben waren, verließ auch Jerry sein Domizil und schloß sich als Backgroundsänger einer Band an. Das Haus benutzte er nur mehr als Müllhalde, und die Tiere übergab er dem Stonehill Zoo. Als Ilana klein war, sangen wir *Jerry Weisfield had a farm*, es war ein Lied mit einem traurigen Ende.

Dann kamen Jeromes Triumphe als Strafverteidiger, seine sichere Teilhaberschaft in einer Bostoner Kanzlei, mit einer Sekretärin, die ihn davor bewahrte, Termine zu versäumen und Akten zu verlieren, es waren gute Zeiten finanzieller Sicherheit, an denen ich keinen Anteil hatte, sie dauerten nicht über unsere Jahre der Trennung und Ilanas Studium hinaus. Es waren gezählte Sonnentage, die nächste Niederlage bahnte sich bereits an. Vielleicht war es der Überdruß oder die Schwermut, die ihn von Zeit zu Zeit, oft ohne äußeren Anlaß niederdrückte und das Ende beschleunigte, als seien Streben und Schicksal unversöhnliche Gegensätze. Ich müßte seinen Freund Steve ausfindig machen, um zu erfahren, was genau in jener Bostoner Anwaltsfirma geschehen war, Harold und Leslie werden es mir nicht sagen. Ich weiß nur, daß er von seinen Kompagnons um viel Geld geprellt wurde und einen Grund gehabt haben muß, sich vor einem angedrohten Strafverfahren zu fürchten und das Feld zu räumen, ohne sich zu wehren. Einige Jahre später kam sein Widersacher bei einem Autounfall ums Leben, und Jerome machte sich Vorwürfe. Vielleicht habe ich ihn ja auf dem Gewissen, mutmaßte er, ich habe ihm so inbrünstig den Tod gewünscht. Er war immer überzeugt gewesen, daß starke Wünsche zu Kräften werden konnten, die ins wirkliche Leben eingriffen. Vielleicht hoffte er deshalb am Ende seines Lebens, ich könnte den Tod von ihm fernhalten, wenn ich es nur mit allen Kräften wünschte.

Aber nach jedem Überdruß und jeder Strecke der Entbehrungen kam ein Neuanfang, in den er seinen ganzen Ehrgeiz und seinen Optimismus steckte, und das Leben war wieder voller Versprechen und Geheimnisse. Er arbeitete sich ins Asylrecht ein, aber er konnte sich nicht aus Intrigen heraushalten, der zwielichtige Bereich der Illegalität, in dem manche seiner Klienten jahrelang gelebt hatten, machte ihn ratlos. Manchmal führte ihn sein Mitgefühl selber in eine Grauzone des Rechts. Das Asylverfahren eines jungen libanesischen Ehepaares verstrickte ihn in eine Familienfehde, bei der die Abschiebung des jeweils anderen Partners betrieben, Jerome hinters Licht geführt und für ihre Familienpolitik ausgenutzt wurde. Sein Freund Steve, der Richter, hatte gesagt, Intrigen sei Jerome nie gewachsen gewesen. In seinen Versuchen, Klienten zu schützen, geriet er zwischen die Fronten und wurde hintergangen, weil die Rechtlosen, für die nicht einmal die amerikanische Verfassung galt, niemandem trauten, auch ihrem Anwalt nicht. Dieser Abschnitt seines Lebens führte nach wenigen Jahren zu resigniertem Schweigen, die tragischen Lebensgeschichten, die er mir erzählte, brachen ab.

In den letzten Jahren hatten Not und Tugend ihn immer mehr zu dem gemacht, was Rabbi Schaefer einen Anwalt der Armen nannte. Wenn jemand im Supermarkt auf dem feuchten Boden ausrutschte, drückte er ihm mit seiner umständlichen Behutsamkeit seine Visitenkarte in die Hand: Ich bin Anwalt, rufen Sie mich an. Delogierungen, Zwangseinweisungen, gebrochene Gliedmaßen in öffentlichen Räumen, das tagtägliche Unrecht, das den Rechtlosen auf Schritt und Tritt zuzustoßen scheint, wurde sein Arbeitsfeld. Er wartete mit seinen Klienten vor verschlossenen Türen in schäbigen Distriktgerichten, holte sie aus Gefängnissen heraus, in die sie wegen geringfügiger Übertretungen und aus Mangel an Schläue geraten waren, ihre Armut färbte allmählich auf ihn ab, auf die Art, wie er sich kleidete, wie er sich gab. Jetzt war er wieder verläßlich wie in den besten Zeiten, er konnte sie nicht im Stich lassen, sie hatten ja niemanden außer ihm. Mitten in der Nacht riefen sie an, am Rand eines Zusammenbruchs, jammerten in wirren, von Verfolgungsängsten angetriebenen Tiraden, er müsse kommen, jetzt sofort. Gleich morgen in der Früh, vertröstete er sie und stand um sechs Uhr auf, um sie vor dem Abtransport ihrer Habe und anderem Unheil zu bewahren. Aber sie achteten ihn nicht, er war zu sehr einer von ihnen geworden, und für die wichtigen Prozesse nahmen sie bekannte Anwälte und hatten auf einmal auch das Geld dafür. Wer nichts verlangte, war nichts wert. Als im März, zwei Monate vor seinem Tod, eine Tochter seiner alten Freundin Vicki, die er seit langem unterstützte, von einem Lastwagen angefahren wurde und mit gebrochenen Knochen im Spital lag, wies Vicki sein Angebot, sie zu vertreten, kühl zurück: Nein, diesmal gehen wir zu einem richtigen Anwalt, diesmal geht es um eine ganze Menge Geld. Es kränkte ihn, aber er nahm es hin, schweigend und resigniert, wie er in dieser letzten Zeit alles hingenommen hat. Zur gleichen Zeit kam wie zum Trost die Chance auf einen großen Schadensprozeß, eine Tote und ein Schwerverletzter an einer Autobahnauffahrt, und das Recht war eindeutig auf Seite der Geschädigten, ein Schadensfall um Millionen, versprach Jerome dem Sohn der beiden Unfallopfer. Wenige Tage nach dem Begräbnis rief eine Anwaltskanzlei an, mit der er zusammengearbeitet hatte, um den Fall mit der üblichen Provision zu übernehmen: ob ich nicht wenigstens den Namen des Klienten wisse. Ja, sagte ich, ein gewisser Mr. Lee. Aber es gibt mehrere Seiten mit diesem Namen im Telefonbuch, den Vornamen wußte ich nicht. Wie so oft hatte Jerome Adresse und Telefonnummer verloren.

Als Harold und Emily von ihrer Aufräumarbeit im Büro zurückkommen, sind sie so wortkarg, wie ich es erwartet habe. Aber sie übergeben mir einen Brief, und aus der grimmigen Genugtuung in der Miene meiner Schwägerin schließe ich, daß sie ihn gelesen haben. Nach all den Jahrzehnten, die vergangen sind, erkenne ich die Schrift meiner engsten Freundin zur Zeit meiner Matura sofort wieder. Er hatte sie kennengelernt, als ich ihn zum erstenmal auf Besuch nach Hause mitnahm. *Lieber Jerome*, schreibt sie, *es tut mir schrecklich leid, daß*

Dich Deine Frau verlassen hat und auch daß es Dir so nahegeht, aber ich kann Dir dabei nicht helfen. Du weißt ja, wie sie ist, egoistisch und uneinsichtig, wenn sie sich etwas in den Kopf gesetzt hat. Ich fürchte, niemand kann sie dazu bewegen, zu Dir zurückzukehren, jedenfalls nicht jetzt. Noch aus diesen zurückhaltenden Sätzen kann ich die Dringlichkeit und Verzweiflung seines Briefes herauslesen. In der rechten Ecke ein Datum im Oktober des Jahres, in dem ich nach Österreich zurückkehrte. Meine Knie geben nach, und ich lasse mich auf meinen Sessel am Eßtisch fallen. Warum hat es mir niemand gesagt, frage ich seinen leeren Stuhl, warum hat sie mir deinen Brief nicht gezeigt, warum habt ihr über mich verhandelt, ohne mich zu fragen?

Ich wäre zurückgekommen, beteuere ich ihm, ganz sicher, ich habe mich so nach einem Brief von dir gesehnt, einem Anruf, irgendwas. Meine Angst, für immer von dir und dem Kind abgeschnitten zu sein, steigerte sich manchmal zu einer so unerträglichen Panik, daß ich dachte, das überlebe ich nicht.

Erst später, nach einem Jahr, begann ich mich in meinem neuen Leben einzurichten und merkte, daß es mir gefiel. Aber bis jetzt war ich überzeugt gewesen, daß Jerome mich verlassen habe, nicht ich ihn. Wir versöhnten uns, aber von da an verbargen wir unsere Liebe voreinander, aus Vorsicht und aus Angst vor der Zurückweisung. Wir kamen uns näher, manchmal so nah, daß ich dachte, ich müsse nur meine Hand nach ihm und unserem alten Leben ausstrecken und es wäre mir sicher. Zehn Jahre oder länger standen wir an der Schwelle zu dem, was Jerome Versöhnung nannte. Versöhnt waren wir ja längst, aber er meinte damit ein Leben wie vor der Trennung, er meinte die selbstverständliche Intimität eines Paares, die aus einem Zusammenleben ohne Abschiede und Neuanfänge entsteht. Jedesmal, wenn wir darüber sprachen, sagte ich, wenn du mich wieder heiraten willst, müssen wir erst über ein paar Einzelheiten verhandeln, damit es nachher keine Überraschungen gibt. Und er wollte zuerst wissen, ob wir zu der Liebe zurückkehren konnten, an die er sich erinnerte, einer Liebe wie am Anfang. Aber im letzten Augenblick, noch während wir uns küßten, scheuten wir davor zurück.

Wenige Monate nach der Scheidung trafen wir uns in Montreal, er war die ganze Strecke von Boston heraufgefahren und hatte eine Hotelsuite gemietet, er mußte lange recherchiert haben, so sorgfältig war das Programm ausgesucht, das er mir bot, und er war großzügig und aufmerksam, mit keinem Blick und keinem Wort deutete er eine Absicht an, die über ein freundschaftliches Treffen hinausging, nie überschritt er die Grenzen vollendeter Zuvorkommenheit. Es waren schöne Tage, aber meine Erinnerungen sind bis auf ein paar Bilder und das starke Gefühl der Geborgenheit verblaßt. Ich erinnere mich an alte Plätze mit kahlen Bäumen und an einen hohen blauen Frühlingshimmel, an die beißende Kälte des Windes bei einer Wanderung am Fluß, und an Cafés, in denen wir uns an den großen Tassen eines Café au lait die Hände wärmten und redeten. Es war auch jetzt keine Fremdheit zwischen uns, wir waren Freunde, die sich über ihr Wiedersehen freuten. Nachts schliefen wir in dem großen Doppelbett, und wenn ich mich auszog, drehte er sich weg. Erst am letzten Morgen wurde mir die Bedeutung der Champagnerflasche bewußt, als er sie mit einem zornigen Ruck aus dem schmelzenden Eis zog. In diesem Augenblick erst begriff ich seine Erwartungen der vergangenen Tage und Nächte. Ich wollte ihn umarmen, aber er hatte sich schon abgewandt und drängte unwirsch, es sei Zeit zu gehen. Wir haben nie darüber geredet, es war eine der vielen versäumten Möglichkeiten, eine

Enttäuschung, wie wir sie einander aus Unvermögen noch oft bereiten sollten.

Statt sich mir anzuvertrauen, statt mich zu fragen, was ich von ihm erwartete, fuhr er zu seinem Shrink, einem Vorstadttherapeuten mit einer Praxis in einer verlassenen Strip Mall, und wenn er zurückkam, war er niedergeschlagen und auf eine feindselige Art verschlossen. Time to move on, hätte der Psychotherapeut ihm geraten, erzählte Jerome später, voran ohne zurückzuschauen, das Alte sei tot, man müsse es hinter sich lassen, sich von Mißlungenem abwenden, neu beginnen. Damit lag er im Trend der Zeit. Diesen Rat hättest du aus einer Seifenoper billiger haben können, sagte ich. Eine neue Liebe, schöner als alles zuvor, würde auftauchen, versprachen sie ihm, nicht nur sein Shrink, auch Louise, wahrscheinlich alle, die er jemals um Rat gefragt hatte, sobald er mit seinem alten Leben ins reine gekommen sei, aufgeräumt und die Vergangenheit aus der Erinnerung ausgebrannt habe.

Jeromes stets unzufriedener Geist, der mit seiner Sehnsucht immer schon woanders war, nahm das Versprechen begierig auf. Außerdem hatte er die Gewißheit, daß ich mit unerschütterlicher Treue immer wiederkommen würde, auch wenn er mich mit seiner Unzufriedenheit quälte und noch viele Male vertrieb. Ich hatte mich im Warten gut eingerichtet und kam jedesmal zurück, weil ich davon überzeugt war, daß meine endgültige Rückkehr zu ihm, irgendwann später, nur eine Frage der Zeit war. Es war eine Übereinkunft, die mir entgegenkam, in dieser Hinsicht hatte sein Therapeut recht. Sie hat genau die Situation herbeigeführt, die ihr entspricht, erklärte er Jerome, sie hat die Freiheit, zu kommen und zu gehen, wie es ihr beliebt, und gleichzeitig den Halt einer Lebensbeziehung. Das ist es, was sie alle mit Groll gegen mich erfüllt, Harold und

Emily und die ganze Trauergemeinschaft und vielleicht ein wenig sogar meine Tochter. Aber darin irrte sein Therapeut, es war kein fester Halt, es war ein Drahtseilakt, der fünfzehn Jahre dauerte und von der Kraft des Wünschens in Balance gehalten wurde. Wir wollten ihn beenden, demnächst, wenn alles Vordergründige erledigt war: dieser Auftrag noch, von dem so viel abhing, ein weiteres Buch, nur noch das eine, jene Reise, die ich mir schon so lange vorgenommen hatte, und wenn ich dann zurückkam, hatte er gerade wieder jemanden kennengelernt, und es war neu und aufregend. Ich heirate sie ja nicht, sagte er, ich glaube nicht, daß ich sie liebe, aber ich brauche diese Spannung, um mich lebendig zu fühlen, und du bist zu selten da. Dieses eine Abenteuer noch, dann kommen wir zueinander zurück. Darüber vergingen fünfzehn Jahre.

Bei jeder Rückkehr wiederholte sich die anfängliche Vorsicht, die Ungewißheit, ob alles beim alten war. Es konnte vorkommen, daß in den ersten Stunden eine Reizbarkeit und Fremdheit zwischen uns lag, die sich in rauhem Geplänkel Luft machten, bevor wir uns wieder aneinander gewöhnten. Manchmal machte er sich einen Spaß aus meiner Unsicherheit, strafte mich für meine Treulosigkeit, sagte am Telefon, ich werde dich nicht abholen können, deutete an, ich sei im Weg. Aber spätestens am zweiten Tag hatten wir die alte Vertrautheit wiederhergestellt. Jedesmal stand er erwartungsvoll im Türrahmen, während ich den Koffer auspackte und meine Mitbringsel hervorholte. Er nahm sie in Empfang wie ein Kind seine Geburtstagsgeschenke. Es waren schöne Augenblicke der Wiedersehensfreude. An diesen Abenden gingen wir stets in dasselbe chinesische Restaurant und aßen die gleichen Speisen, und ich konnte mein Bedürfnis, ihn ständig zu berühren, nicht im Zaum halten. Auch dieses Restaurant wurde geschlossen und wird umgebaut, in derselben Woche, in der Malkas Bäckerei zusperrte und Jerome begraben wurde.

Auf der Kommode im Eßzimmer, direkt hinter Jeromes leerem Stuhl, lehnt das Foto von unserem Ausflug nach Rockport an einer Vase, und der höfische Windhund aus Rosenthal-Porzellan, eine Filigranarbeit nicht größer als zehn Zentimeter, den ich bei einer Antiquitätenmesse kaufte und Jerome zu seinem sechzigsten Geburtstag schenkte, macht ihm mit graziös angewinkelter Pfote seine Aufwartung. Er wird seinen Antrag immer von neuem wiederholen, bis irgend jemand nach meinem Tod die beiden trennen wird, weil er nicht weiß, daß sie zusammengehören, das Foto und der Hund. Ich würde es jedem gegenüber leugnen, daß es zwischen den beiden eine Verbindung gibt, aber insgeheim ist das zweihundert Jahre alte zarte Porzellanhündchen mit der blauen Halsschleife Symbol der gescheiterten Nähe zwischen uns. Nicht, daß ich Nippes besonders mag, aber Jerome liebte das Gegenständliche, und er sammelte Figurinen seit seiner Jugend. Ich hatte gehofft, er würde mein symbolisches Werben verstehen, aber er beachtete das Geschenk kaum, schon gar nicht als Vorhut erbettelter Liebe. Wenn du möchtest, sagte ich, ist er bereit, dir meinen Antrag zu überbringen, zur Vorsicht machte ich einen Scherz daraus. Nein, erwiderte er und wandte sich ab, schob mir den Hund mitsamt der Geburtstagskarte über den Tisch zurück. Aber ich liebe dich, sagte ich ein letztes Mal, ich habe nie jemanden so geliebt wie dich. Ich stand nicht auf, um mein Geschenk mit einer stolzen Geste an mich zu nehmen und ihn ein weiteres Mal zu verlassen. Ist es so schwer zu verstehen, daß man aus Liebe nicht geht, wenn man weggeschickt wird?

Ich weiß, ich hatte kein Recht zur Eifersucht, sagte ich in der Trauerwoche.

Es freut mich, daß dir das klar ist, erwiderte Harold sarkastisch.

Hättest du mich auch zurückgewiesen, wenn du gewußt hättest, wie wenig Zeit uns blieb? frage ich jetzt Jeromes Foto.

Zwischen Wäschestücken und schlecht gefalteten Hemden finde ich die Briefe, Liebesbriefe, Lockbriefe, die Jeromes Zurückweisung erklären: *Ich fühle mich noch voll Tatendrang und Unternehmungslust*, schreibt er, *ich habe eine erwachsene Tochter, die ich sehr liebe, aber ich wollte immer mehr als ein Kind, ich möchte noch Kinder mit Ihnen haben.* Aber im selben Monat schrieb er an eine andere: *Die Zeit mit dir war die schönste in meinem Leben, so oft sehne ich mich danach zurück.* Es sind Brieffragmente, sie brechen mitten auf der Seite ab und sind nicht unterschrieben, aber er hat sie gedacht und seine Sehnsucht niedergeschrieben. Selbst als flüchtige Anwandlungen wären sie so wirklich wie alles, was er für mich empfunden hat. Eine große Trauer über die Vergeblichkeit unserer immer von neuem versuchten Liebe überwältigt mich angesichts dieser Zeugnisse seiner Sehnsucht. Alle diese Unbekannten werden nichts von seinem Tod erfahren. Und wenn sie es erführen, würde es ihnen eine einzige schlaflose Nacht bereiten? Wie lange würde es sie verstören? Eine Stunde? Einen Tag? In einem kleinen Fach in der Schlafzimmerkommode seiner Mutter finde ich Gedichte, Gedanken eines Menschen, der sich dem Tod nahe fühlt, die Angst vor dem langsamen Verfall des Körpers, den er entsetzt an sich beobachtete, ein klarsichtiger Blick auf den vorgezeichneten Weg in die Vernichtung. Es sind Notizen in Gedichtform, kurz und kunstlos und deshalb so bestürzend. Wann hat er sie geschrieben? *Wie wird er mich antreffen*, fragt er, *wird er die Axt sein, die meinen Schädel spaltet, oder sich langsam an meinen Eingeweiden mästen, bis ich vor Schmerzen brülle?* Und gleichzeitig diese besessene Sehnsucht nach Jugend, nach einer Frau, die über den Tod noch lachen kann, wie Philips Mädchen. Manchmal belauschte ich ihn unter der Dusche, wenn er mit seinem Widersacher Zwiesprache hielt. Nein, keine Chance, erklärte er triumphierend. Sein stummer Widerpart war nie seiner Meinung, Jerome wies ihn grimmig in seine Schranken. Ich habe ja gar nicht erwartet, daß du es so siehst, antwortete er seinem Phantom, ach, vergiß es, ich trau dir auch nicht. Wer war der Widersacher seiner Streitgespräche? Was verheimlichte er?

Er hätte es in Kauf genommen, mit seiner Todesangst allein zu bleiben, wenn er sich nur für Stunden die Illusion der Jugend hätte verschaffen können. Ich verstehe, daß ich mich dazu nicht eignete, wir gingen seit fünfunddreißig Jahren im gleichen Tempo dem Verfall entgegen, nahmen ihn schweigend und manchmal mit Schrecken am andern wahr. Da war ich schon einmal, sagte er zu Erfahrungen, die er bereits gemacht hatte. Been there, done that. Ich hatte es früher als er begriffen, mein alternder Körper hatte es mir beigebracht, daß wir im Lauf des Lebens nur eine gewisse Anzahl von Jahren und von Menschen zugeteilt bekommen, die wichtig für uns sind. Er muß die Zeichen des Alters an mir gesehen haben, und er beschämte mich nie mit Worten, aber manchmal sah ich etwas wie Widerwillen in seinen Augen, so flüchtig, daß ich nicht sicher sein konnte. An meiner Seite würde er dem Tod nicht entfliehen können, die Frage war nur, wer von uns beiden zuerst an die Reihe kam. In solchen Augenblicken, in denen ich seinen Überdruß spürte, argwöhnte ich, daß er mich los sein wollte. Aber nein, beschwichtigte er mich, doch seine Stimme blieb ironisch, ich liebe dich ja, glaubst du, ich würde dich ertragen, wenn ich dich nicht liebte? Dann lachten wir, und was wir dabei empfanden, war etwas, das der Liebe zumindest sehr nahe kam.

*

Die Räumung des Souterrains habe ich mir bis zum Schluß aufgespart. Es ist der unterste, wie ein Biberbau in die Uferböschung hineingesetzte Teil des Hauses, und was von oben friedlich und heiter wirkt, sieht von hier unten morastig und düster aus. Trotz der Fensterfront über die ganze Länge des Raums herrscht hier immer ein dumpfes Zwielicht wie in einem Aquarium, über das in der kalten Jahreszeit, wenn die Äste kahl sind und der Raum heller wird, Lichtreflexe vom Fluß herauf irrlichtern. Das Souterrain war Jeromes eigenes Reich, in das nicht einmal die Katzen Zutritt hatten, ein wie das Innere einer Holzschatulle getäfelter Raum mit einer Kassettendecke, eine große Truhe, in der er alles begrub, was ihm irgendwann etwas bedeutet hatte. Hier herrscht das Durcheinander willkürlich aufeinandergehäufter Dinge, die jahrzehntelang den Blicken entzogen, dennoch sichtbar und gegenwärtig bleiben sollten. Manchmal hatte ich mich gefragt, wohin manche alte Sachen gekommen waren, plötzlich waren sie verschwunden und hier, in der Düsternis eines Lusters, auf dem die Hälfte der Glühbirnen ausgebrannt ist, finde ich sie wieder: Ilanas Schaukelpferd, die Babybadewanne, ein Kinderschuh, kollabierte Türme aus Schulbüchern, seinen, Ilanas, sogar solchen, die Harold gehört haben, eine Bibel, die von Harolds Bar Mizwa stammt. Vieles zerfällt mir in der Hand und ist von einer grünlichen Schicht Schimmel überzogen, der Modergeruch reizt die Atemwege. Jeromes ganze Kindheit und Jugend ist hier begraben, Playboy-Hefte von den sechziger bis in die neunziger Jahre neben *Winnie-the-Pooh*, und sämtlichen *Sesame Street* Kassetten, es könnte sein, daß manche Dinge ihres Alters wegen wertvoll sind, aber ich habe nicht die Kraft, sie einzeln zu sortieren, ich stopfe sie mit abgewandtem Gesicht in die Müllsäcke, um nicht am aufgewirbelten Staub zu ersticken. Hinter dem Rolltop des alten Schreibtischs mit vertikalen Brieffächern finde ich Geschenke, die er nicht einmal ausgepackt hat, Rasierwasser und goldene Manschettenknöpfe, eine goldene Krawattennadel mit seinen kunstvoll verschnörkelten Initialen, er trug nie Manschettenknöpfe, er machte sich mit der Zeit immer weniger aus Äußerlichkeiten.

Wäre der Kontrast zwischen der Unordnung rundum und der peinlichen Ordnung in den unteren Schreibtischladen nicht so auffallend gewesen, hätte ich wahrscheinlich ihren Inhalt in meiner Hast, die sich aus purer Erschöpfung von Zeit zu Zeit bis zur Vernichtungswut steigert, einfach in einen Müllsack gekippt. Aber die Genauigkeit, mit der die Akten beschriftet und abgeheftet sind, und die Jahreszahlen machen mich neugierig. Es ist ein Dossier von vielen hundert Seiten, angelegt wie für einen Prozeß, der entweder nie zustande kam oder gar nicht beabsichtigt war, und es umspannt viele Jahrzehnte, die ersten Blätter gehen bis auf die frühen fünfziger Jahre zurück und sind mit der Hand geschrieben. Briefe auf Deutsch, in Kurrentschrift, die ich nicht entziffern kann, eine von Jeromes Onkel angelegte Akte über einen Deutschen mit dem Namen Heribert Hacker, geboren 1912, der auch eine Korrespondenz mit dem Roten Kreuz enthält, schriftliche Ansuchen an deutsche Behörden, aber erst, als ich den Mädchennamen von Jeromes Mutter finde, begreife ich die Zusammenhänge. Es geht um Jeromes Tante, die ermordet wurde. Deshalb war Jerome in den sechziger Jahren so oft in Israel, um Gewißheit über die Umstände ihres Todes zu bekommen. Die Daten zusammenzutragen muß Jahre gedauert haben, eine Zeitspanne, die an den kleinen Veränderungen seiner schwer leserlichen Handschrift abzulesen ist, an den wechselnden Farbbändern seiner alten Olivetti-Schreibmaschine, von den verblaßten Schreibmaschinendurchschlägen bis zu den ersten FAX-Ausdrucken mit ihren perforierten Rändern. Paula Hocheiser hieß seine Tante vor ihrer Hochzeit, und ihre ganze Lebensgeschichte ist dokumentiert, Geburtsurkunde, Schulzeugnisse, der Meisterbrief als Modistin aus dem Jahr 1930, sie war zehn Jahre älter als Jeromes Mutter, eine Abschrift ihres Trauscheins vom Standesamt München, und ein Dokument, das Jerome nie erwähnt hatte, eine Scheidungsurkunde vom September 1938. Im gleichen Jahr trat Heribert Hacker in die NSDAP ein, bei Kriegsausbruch war er Offizier der Luftwaffe. Von keinem der beiden gibt es Fotos, es gibt überhaupt keine Fotos in dieser Akte, aber ich stelle mir Paula mit den Gesichtszügen von Jeromes Mutter vor. Sie haben sich bemüht, den treulosen Deutschen ausfindig zu machen, zuerst Jeromes Onkel, ein erfolgreicher Anwalt für Zivilrecht, dann Jerome. Auch sein Jugendfreund Herb trug mit Nachforschungen dazu bei, die vielleicht nur einem CIA-Agenten zugänglich waren. Es gibt eine kurze Korrespondenz mit Simon Wiesenthals Dokumentationsarchiv. Aber Heribert war kein Mörder im üblichen Sinn, und wer, außer den Eheleuten, konnte bezeugen, daß die Scheidung erzwungen war? Wie zieht man einen Feigling zur Verantwortung? Eine Klage wegen unterlassener Hilfeleistung mit Todesfolgen liegt ausgearbeitet in Jeromes Schreibtisch. Aber den Luftwaffenoffizier konnte er nicht stellen, er hätte schon nach Deutschland reisen und ihn ermorden müssen.

Ich lese die Argumente, die Jerome gegen den Ehemann Paulas vorbringt, und sehe sein Beharren auf einer Art von Treue, die Verantwortung meint, über alle Zerwürfnisse, Seitensprünge und Trennungen hinweg, in einem neuen Licht. Zedaka, Mildtätigkeit, bedeutete für Jerome eine Gerechtigkeit, die jedem zustand, auch dem Feind, um so mehr den Menschen, die ihm anvertraut waren. Und Zedaka war es, nicht Treue und auch nicht Freiheit, was er in unserem Verlobungsvertrag festschreiben wollte. Du hättest mich schon allein aus Trotz und Abscheu vor den Nazis versteckt, auch wenn du mich nicht hättest ausstehen können, sagte er einmal am Anfang unserer Beziehung, und diese Gewißheit über mein Verhalten in der Extremsituation schien ihm wichtig zu sein. Immer wenn wir in Österreich oder in Deutschland reisten, war die erste Frage, die er sich stellte, wenn er jemanden kennenlernte: Hätte der mich versteckt oder angezeigt? Einmal fuhren wir nach Mauthausen. Ich erinnere mich, wie er die Luft scharf einzog, als die Festungsmauern hinter einer Kurve plötzlich vor uns aufragten. In der Gaskammer schloß er die Tür hinter uns und öffnete sie, schloß sie und öffnete sie. Ich wollte die Erleichterung spüren, sagte er danach, daß sie wieder aufgeht. Er wurde mitten im Zweiten Weltkrieg geboren, und die Vernichtung der europäischen Juden, die Ermordung seiner Verwandten war immer gegenwärtig, in unseren Gesprächen, in seiner Lektüre und seinen Gedanken, fünfzig Jahre lang war sie der Bezugspunkt zu allem, was in der Welt geschah. Seine Eltern hatten die Kinder von allem Beunruhigenden ferngehalten, und in der Schule hatte man versucht, die Konzentrationslager als Gefangenenlager darzustellen, erzählte Jerome, die Deutschen hätten im Krieg hungern müssen und die gefangenen Juden eben auch. Vielleicht war es der unheimliche Verdacht eines Kindes, daß die Wirklichkeit einen doppelten Boden hat, daß etwas unter der Oberfläche liegt, das man vor ihm verbirgt, was uns, die wir aus entgegengesetzten Richtungen kamen, ähnlich geprägt hatte.

Im Grund war meine Mutter schwermütig und ängstlich, hatte er einmal gesagt. Es sei schlimm für ein Kind, wenn es die Trauer seiner Mutter spüre und die Ursache nicht kenne, nicht einmal danach fragen könne, weil es keine Wörter dafür gebe, weil niemand darüber rede. Der Optimismus war manchmal so offenkundiges Theater, erzählte er, daß wir vor lauter Fröhlichkeit ganz hysterisch wurden. Irgendwann habe sich diese Scheu vor dem Verschwiegenen auf ihn und Harold übertragen.

In seinem holzgetäfelten Erinnerungskabinett im Souterrain verdichtet sich die Geschichte unseres Jahrhunderts zu zwei Lebensgeschichten, und auch hier blieb ihm der Erfolg, den treulosen Nazioffizier zu stellen, versagt. Wie empörend für sein Rechtsempfinden: Ein Mord war geschehen, der hätte verhindert werden können, und der Schuldige war niemals zur Verantwortung gezogen worden, es gab keine ausreichenden Rechtsmittel dafür. Unerträglich, sich damit abfinden zu müssen. Vielleicht befolgte er den Fluch – *sein Name möge ausgelöscht sein* –, wenn er mir diesen Teil von Paulas Biographie verschwieg. Oder er verweigerte sich der Vergeblichkeit so, wie er bis zum Schluß seiner Angst vor dem Tod ausgewichen ist, weil seine Lebensfreude immer wieder triumphierte.

Unserer Kindheit hat es an Leichtigkeit gefehlt, hatte Harold während der Fahrt durch die Straßen Westons behauptet. Während der Schiwa-Woche hatte er meine Empörung über frühere Freunde wie Jules, die Jerome gekränkt und verraten hatten, und nun als Trauergäste in unserem Haus erschienen, mit der Bemerkung abgetan: Jerome hat auch dazu geneigt, sich zu beklagen, anstatt die Dinge zu nehmen, wie sie sind.

Hattest du den Eindruck, daß dein Vater schwermütig war, frage ich Ilana am Abend am Telefon.

Nein, sagt sie und lacht, verdrießlich konnte er sein, launenhaft, das schon. Eines weiß ich mit Sicherheit, er hat gern gelebt. Genau danach habe sie so große Sehnsucht, nach seinem Überschwang, seiner Freude an der Gegenwart, am bloßen Dasein, er habe jede simple Aktivität zum Fest gemacht.

*

Das Haus ist leer, die Zimmer verwaist. Das Telefon ist stumm, außer Ilana ruft niemand mehr an. Ich sitze auf der mitten im Wohnzimmer verbliebenen alten Matratze, als sei das Schiwa-Sitzen noch nicht zu Ende, und die Stunden und Tage gehen an mir vorbei. Die Monate seit Jeromes Tod waren ein Übergang, bei dem ich mir das Gefühl bewahrte, ich sei nicht allein, das starke Gefühl einer Gegenwart neben mir verleitete mich manchmal zu der ungewissen Hoffnung, alles sei nur ein böser Traum und ich würde am Ende zu unserem gewohnten Leben zurückkehren wie in ein Haus, das die Handwerker eine Weile okkupiert und nun für den Neuanfang eingerichtet haben. Der Schlußstrich unter diesen Traumzustand wird der Verkauf des Hauses sein, und danach der zwölfte Iyar, nach dem jüdischen Kalender sein erster Todestag. Unmittelbar nach dem Begräbnis war ein Leben zu bewältigen gewesen, das von allem Gewohnten abwich, und im Lauf der Monate war der Ausnahmezustand Alltag geworden, und ich habe mich in der Vorläufigkeit eingerichtet. Nun weisen die Tage nicht mehr über sich hinaus, sie sind so leer wie die Muscheln auf den Regalen, die wegzuwerfen mir nicht gelingt. Es erstaunt mich, woran man sich gewöhnen kann, sogar an eine Gegenwart ohne Zukunft.

Manchmal schraffiert der Regen den Fluß mit harten Strichen, so hart und kalt, wie am Tag von Jeromes Begräbnis. Danach kehrt der feuchtheiße Sommer zurück, und die schwüle Hitze entlädt sich gegen Abend in schweren Gewittern und Wolkenbrüchen. In den Nächten ziehen die ersten Entenschwärme mit rauschendem Flügelschlag nach Süden. Ich sehe die dreißig Jahre in diesem Haus wie etwas Abgeschlossenes, Fremdes und zugleich Geliebtes, Verlorenes, dem sich nun nichts mehr hinzufügen läßt. Jetzt kann ich mir die uneingeschränkte Liebe ohne Hoffnung und ohne Angst vor Veränderungen leisten. Immer noch ertappe ich mich dabei, daß ich auf Jeromes Anruf warte, noch immer scheut mein Bewußtsein vor der Wirklichkeit zurück und versucht sich darauf einzurichten, daß das alte Leben in absehbarer Zeit zurückkehrt. Bei dieser Hoffnung stellt sich für Augenblicke fast eine glückliche Erwartung ein. Inzwischen weiß ich, wie verräterisch und unbelehrbar Gefühle sind.

Schließlich erklärt sich die Tochter einer von Jeromes Cousinen bereit, die beiden Katzen zu sich zu nehmen. Zu zweit kauern sie mit verschreckten, argwöhnischen Augen in ihrem Käfig, als die junge Frau sie aus dem Haus trägt. Dann wird es noch stiller und leerer in den Räumen. Ein paar Wochen später erfahre ich, daß Jeromes roter Kater tot ist. Drei Monate lang war er auf dem Fenstersims gesessen, hatte sich hie und da mit gespitzten Ohren aufgerichtet und die Straße entlanggespäht. Als er an einen Ort gebracht wurde, an dem Jerome ihn nicht mehr finden würde, hörte er auf zu fressen, verkroch sich unter Möbeln und starb.

Den ganzen Sommer lang fährt gegen Abend ein bunt bemalter Ice Cream-Wagen durch die Straßen, und die vertraute Filmmelodie aus *Der Clou,* die den Kindern sein Kommen ankündigt, nähert sich, vermischt sich mit den Sommergeräuschen und ebbt in der Ferne wieder ab, selten hält er an, die meisten Kinder sind im Ferienlager oder in den Sommerhäusern ihrer Eltern am Meer. Die immer gleiche, ausgeleierte Melodie hat an den langen Juliabenden den melancholischen Beigeschmack aller Erinnerungen an Verlorenes und tröstet mich. An einem Abend im August, als sich bereits ein wenig herbstliche Frische in die sommerliche Trägheit mischt und die Luft wie aus Goldpartikeln gewebt scheint, bleibt der Ice Cream-Wagen vor unserem Haus stehen, aber diesmal spielt er eine andere Melodie, und es ist eine von den Melodien, die Jerome oft beim Nachhausekommen gepfiffen hatte. Er hatte ein Repertoire, das ich durch seine Stimme kennenlernte, bevor ich das Original zu hören bekam, *Hit the Road, Jack and don't you come back, no more, no more,* sang er gern, das *Schiff mit acht Segeln* der Seeräuber-Jenny war unser Protestsong, dann fühlten wir uns als Komplizen gegen die Ungerechtigkeiten der Welt.

Ein kleines Mädchen ist aus dem gegenüberliegenden Haus gelaufen, und während es auf das Eis wartet, wiederholt die Melodie sich immer von neuem direkt vor meinem Küchenfenster, und ich stehe mit angehaltenem Atem da und schaue hinaus und wünsche mir, daß er nicht weiterfahre, daß er nie mehr aufhöre, das Lied zu spielen, daß dieser Augenblick wie der Tod in die Ewigkeit hinüberginge. Es kommt mir vor, als habe Jerome mir dieses Abschiedsständchen geschickt, um mich in der Einsamkeit des Abends zu trösten.

Im August fahren wir, Ilana und ich, nach Cape Cod. Der erste Aufenthalt in unserem Cottage ohne Jerome, aber seit seinem Tod ist fast alles das erstemal und zugleich immer auch das letztemal. Blackthorn heißt das Haus, nach dem Haupteigentümer John Black, Harolds früherem Schwager, und drei Generationen der Black-Familie lärmen durch das Haus. Kinder werden vom Sand gesäubert, streitende Geschwister durch erwachsenes Gezeter getrennt, man ruft zum Essen oder zum Aufbruch an den Strand. Auch Ilana nimmt an diesem Ferienleben teil, in dem man sich, erschrocken über den fehlenden Alltag, rasch eine neue Routine auferlegt, als seien diese Sommerwochen ein anstrengendes Projekt mit täglichen Gruppenmigrationen und Geselligkeitsritualen. Sie hat die Veranlagung ihres Vaters, unter Menschen mühelos ihren Platz zu finden, ihre Vorschläge werden begeistert aufgenommen.

Niemand redet über Jerome, auch wir beide nicht, außer in den wenigen Augenblicken, in denen wir allein sind. Dann erinnern wir uns an Episoden, die wir schon fast vergessen hatten und deren Auftauchen uns entzückt, als hätten wir etwas Verlorengegangenes unverhofft gefunden. Erinnerst du dich an das Geisterspiel? fragt sie. Ich sehe Jerome vor mir, wie er von Zimmer zu Zimmer trabt, mit der Dreijährigen auf dem Rücken, und die Schutzgeister der Räume aufweckt, hallo, Kellergeist, die Badezimmertür aufstößt, hi, alter Wassergeist, hallo, Kleidergeist, hallo, Treppengeist, sie wurde des Spiels nicht müde, klammerte sich an ihm fest und schrie vor schauriger Wonne. Jeden Abend setzt sie sich zu mir auf die Veranda, und wir spielen Weißt-du-noch, und dann geht sie und ich weiß, sie sagt allein in ihrem Zimmer Kaddisch, bevor sie nach dem Essen mit den Kindern Scrabble spielt oder mit ihrem Auto in die Nacht entschwindet.

Es wäre eine peinliche Entgleisung, an diesem heiteren Ort über den Tod zu reden. Mein Bedürfnis, die Menschen mit den Schrecken der Ewigkeit zu konfrontieren und ihnen keine Ausflüchte zu erlauben, hat sich gelegt, aber sie gehen mir behutsam, auf Zehenspitzen aus dem Weg, um meinen Kummer nicht zu wecken und sich unangenehme Gespräche zu ersparen. In ihren Augen leide ich noch immer an der anrüchigen Krankheit Trauer, manchmal trifft mich ein betretener Blick, aus dem ich lese, daß meine Gegenwart ihren Feriengenuß schmälert. Ein letztes Mal erlebe ich die Atmosphäre der Sommerfrische am Meer, gegen Abend, wenn die salzige Brise vom Wasser her die träge Hitze aufrührt und die Gesprächsfetzen von den Veranden angrenzender Cottages herüberträgt. Ich nehme daran teil, als säße ich im Kino, und starrte auf die Leinwand mit Aufnahmen eines weißen Strandes und bunter Sonnenschirme, von Menschen, die gerade aus dem Wasser kommen oder ins Wasser gehen und einer glitzernden endlosen Wasserfläche. Ich bin in den Wochen und Monaten seit Jeromes Tod menschenscheu geworden, und in meinem Gedächtnis suche ich unentwegt nach Erinnerungen an uns drei vor zwanzig, vor fünfundzwanzig Jahren, den in der Gegenwart ausgesparten weißen Flecken Vergangenheit. Und wenn es mir gelingt, mich zu erinnern, so lebhaft, als würde die Wirklichkeit vor meinen Augen gegen eine andere, unsichtbare vertauscht, erfaßt mich die Sehnsucht mit einer Intensität, als könne ich Jerome dazu zwingen, leibhaftig zu erscheinen. Aber wen meine ich, wenn ich mir diese Liebe vergegenwärtige? Mein Bild von Jerome? Aus welcher Zeit? Als wir uns kennenlernten? Als jungen Vater? Als das Versprechen einer Zukunft, die es nicht geben wird? Wie soll ich mir das einzige, allein richtige Bild von ihm machen, wenn ich mich selber nicht verstehe? Zum letztenmal verbringe ich ein paar Sommerwochen auf dem schmalen Küstenstreifen am

Atlantik, der vierzig Jahre lang wie ein Wartezimmer für mich bereitstand, damit ich es betrete. Komm herein oder geh, hatte Jerome einmal gesagt, aber blockiere nicht den Eingang. Aber ich zögerte zu lang, jetzt wird es geschlossen, alles, der Küstenstreifen mit den Dünen im Süden und den steinigen Stränden im Norden, den Leuchttürmen und den Fischerdörfern mit ihren kleinen, weißen Häusern und breiten Veranden, den wilden Rosen und den weißen Kirchtürmen, den gewundenen Landstraßen zwischen Kiefernwäldern, Marschland und dem Meer in seiner unendlichen Wandlungsfähigkeit.

Erst am Abend, wenn die Badenden den Strand verlassen haben und die Flut sich mit hohen, weißen Gischtkämmen heranwälzt, gehe ich hinaus. An manchen Tagen, nach einem Sommerregen, ist es so einsam und menschenleer am Rand des Wassers, als stünde man am Tor zum Jenseits. Die Unendlichkeit und Einsamkeit am Rand des Atlantiks übt eine hypnotische Anziehung aus, verlockt dazu, immer weiterzugehen, dem dunklen Licht zwischen Wasserfläche und Horizont entgegen, während im Westen bereits die ersten Sterne am nachtblauen Himmel flimmern. Es kommt mir vor, als habe dieser schmale Spalt Helligkeit am Horizont auf eine unerklärliche Weise mit dem Tod zu tun, als ziehe sich alles auf diesen einen unbegreiflichen Punkt zusammen, der einen Sinn verbirgt, eine Erklärung, einen Trost. Wie folgt man einem geliebten Menschen in den Tod, ohne das Leben zu verlieren? Wie holt man ihn zu sich zurück? Und dann schließt sich die Wand zwischen Wasser und Himmel, und es war nichts, nur ein Bild, ein Vorwand für eine sehnsüchtige Phantasie. Wer für den Tod Metaphern findet, war ihm nie wirklich nah genug. Vor dem Tod haben Denken und Phantasie ein Ende, das hatte ich, trotz aller Sehnsucht nach Jerome, von allem Anfang an begriffen, nicht mit dem Verstand, sondern mit einer Gewißheit jenseits der Sprache. Der Tod hat am Leben keinen Anteil, und es gibt keine fließenden Übergänge, er ist nicht der entfernte Pol eines begehbaren Spektrums, sondern ein Bruch, vor dem ich immer wieder zurücktaumle. Hier ist das Leben, und solange ich im Wasser immer weiter auf den Horizont zugehe, lebe ich, und spiele mit dem Gedanken an etwas, das ich weder denken noch fühlen kann. Es gibt keine Botschaften, die zwischen hier und drüben hin- und hergehen, nicht in der sichtbaren Welt, nirgends. Vor dem Tod gibt es keine Gegenwart.

Dann kommen die Tage der endgültigen Abschiede. Ilana und ich gehen am Kai entlang und reden über die ungewisse Zukunft. Das Meer ist jetzt tiefblau und ruhig, weiter draußen kreuzen die weißen Dreiecke der Segelboote, es geht gegen Labor Day, und es sind nicht mehr viele Menschen am Strand. Ilana hat eine Wohnung in Manhattan gefunden, und die Möbel, die sie von zu Hause mitnimmt, die Dinge, die sie behalten und in ihr Leben aufnehmen will, sind dorthin unterwegs. Sie hat auch an der Brown University nicht gekündigt, wie sie es in der ersten Woche nach Jeromes Tod tun wollte, dazu war sie am Ende doch zu klug und zu pragmatisch, sie hat um ein Freisemester angesucht und es bekommen.

Es gibt Augenblicke, sagt sie, wo ich so sicher bin wie nie zuvor, daß mir mein Vorhaben gelingen wird. Als könne mir nichts mehr passieren, jetzt wo Dad auf mich aufpaßt. Kannst du dich erinnern? Das hatte er immer gesagt: Ich muß auf dich aufpassen.

So hatte er Liebe und Verantwortung verbunden. Das Gebot, auf jene, die er liebte, aufzupassen, zunächst und vor allem auf den kleinen, um vier Jahre jüngeren Bruder, muß das eindrücklichste Gebot seiner frühen Kindheit gewesen sein. Seine Mutter wußte, was passieren konnte, wenn man auf die Schutzlosen, die einem anvertraut sind, nicht aufpaßte. Es stand am Anfang aller Verantwortung und war der Antrieb für alles, was er tat.

Es war ein zärtliches Aufpassen, sage ich, er hatte sehr viel Liebe. Auf dich aufpassen mußt du nun aber selber.

Als ich nach Hause zurückkomme, fallen bereits die ersten gelben Blätter von den Bäumen an der Uferböschung, und unreife Äpfel liegen auf dem Rasen zwischen den Häusern, die meisten Bewohner unserer Vorstadtgegend sind noch in den Ferien, die Straße ist ganze Tage menschenleer, und eine Müdigkeit liegt über der Landschaft, die schon den Herbst ankündigt. Täglich präge ich mir das vertraute Bild des Charles River ein, der alten Kastanie, direkt vor dem Fenster, die über die Veranda ragt und nachts mit hartem Aufschlag stachelige Früchte auf ihren Bretterboden wirft. Die Tage werden kürzer, und die Stunden werden kostbar, denn es ist nicht nur ein Haus, von dem ich mich losreißen muß, ich bin im Begriff, den größten Teil meines bisherigen Lebens zu verlieren. Noch immer erfüllt Jeromes Gegenwart das Haus, er ist der Zwischenraum zwischen den Dingen, die Zeit zwischen den Minuten. Ungezählte Male am Tag wende ich mich an ihn mit einer Frage, einem verschwörerischen Blick, einem Lachen, und in diesem Bruchteil eines Augenblicks ist er anwesend, zwischen den lebhaften Erinnerungen und dem Wissen, daß er nicht mehr da ist. Deshalb erschreckt mich die Vorstellung, er könne mich an einem neuen Ort nicht finden. Noch immer flackert unvermutet die wahnwitzige Hoffnung auf, daß er zurückkommt, wenn ich meine Sehnsucht mit ganzer Kraft darauf konzentriere.

Zum letzten Schabbat Abendessen lade ich noch einmal alle ein, die bis zum Schluß Jeromes Freunde gewesen waren, Leslie, Louise, Peter, Philip und unsere gemeinsame Freundinnen Suzanne und Rachel. Aber Leslie hat bereits ein Date mit seiner Theologiestudentin, Peter wird von Ilana wieder ausgeladen, Philip beantwortet meinen Anruf nicht und das Telefongespräch mit Louise wird zu einer bitteren Abrechnung. Sie fordert die Geschenke zurück, die sie Jerome im Lauf der Jahre gemacht hat.

Ich habe alles weggeworfen, was mit unserem Leben nichts zu tun hatte, sage ich, du kommst zu spät.

Nach so vielen Jahren, in denen wir vorgaben, über den Konventionen zu stehen, sagen wir einander schonungslos, was wir Jerome zuliebe zurückgehalten haben. Auch als wir aus den Sätzen der anderen schließen können, daß er uns gegeneinander ausgespielt und belogen hat, nehmen wir ihn noch vor der anderen in Schutz.

Hat er dir denn erzählt, was ich über dich gesagt habe? fragt sie.

Nie, kein Wort, lüge ich.

Erstaunlich, sagt sie erleichtert.

Wir haben es immer gewußt, daß wir einander haßten, und es war sinnlos vorzugeben, wir seien Freundinnen, überflüssig, uns zu treffen, einander zum Essen einzuladen, Tratsch und Sorgen auszutauschen.

Tröste dich, sage ich, er hat keine von uns beiden gewollt.

So sind wir auch an dem letzten Freitag abend nur zu viert. Suzanne bringt Challah von Cheryl Ann's Bäckerei, ich röste das letzte gefüllte Huhn in unserem Ofen und hole eine Flasche Burgunder aus Jeromes Weinkeller. Jeromes Sessel ist leer, ich sitze ihm gegenüber. Als ich den Segensspruch über das Brot sagen will, versagt mir die Stimme. Ich öffne und schließe den Mund, und es kommt kein Ton heraus. Erst im Lauf des Abends kehrt meine Stimme zurück, und wir geben vor, es sei nichts gewesen.

In den letzten Tagen vor der Abreise kaufe ich ein, als ginge ich in die Wildnis, alles, was ich in Europa nicht bekommen kann, Pepperidge Farm Cookies, extrascharfen Cheddar Cheese aus Vermont, Clam Chowder, Schabbatkerzen, Jahrzeitkerzen, Bücher. Ich lasse mir zum erstenmal seit vierzig Jahren die Haare kurz schneiden. Jerome liebte mein langes Haar, er mochte es, wenn ich es offen trug, es über sein Gesicht fallen ließ und ihn mit meinem Haar einhüllte wie in ein Zelt.

Für jede Zeitspanne gibt es ein letztes Mal, wenn man das Gepäck aufnimmt, einen letzten Blick auf die leeren Räume wirft, die trotz ihrer Vertrautheit bereits begonnen haben, fremd zu werden, ein letztes Mal die Haustür absperrt und in der Einfahrt sich noch einmal zum Haus umwendet, sich die Dunkelheit der leeren Fenster, die unscheinbare Fassade einprägt, und an der Kurve ein allerletztes Mal zurückschaut. Aber die letzten Blicke gelten nicht wirklich dem, was ich vor mir sehe.

Ich erinnere mich an die Tage, an denen mein Koffer gepackt an der Tür stand und wir uns darauf besannen, daß wir zusammenbleiben und nie mehr Abschied nehmen wollten. Verhaltene Trauer und Beklemmung lagen über den letzten Stunden, und Jerome war besonders zärtlich und aufmerksam.

Was möchtest du als Henkersmahlzeit, bevor wir zum Flughafen fahren, fragte er.

Ich weiß nicht, sagte ich rücksichtsvoll, weil ich ihm die Fahrt zum Supermarkt, in dem es das beste Sushi gab, ersparen wollte.

Aber ich weiß es, sagte er, willst du mitkommen?

Ist es dir nicht ein bißchen zu weit? fragte ich.

Egal, es ist deine letzte Mahlzeit. Dann komm, sagte er und griff nach dem Autoschlüssel. Und immer dachte ich an solchen Tagen, so müßte es bleiben, das Leben war auf einmal von solcher Einfachheit und Harmonie. Warum fliege ich eigentlich fort, wunderte ich mich, wem fehle ich denn außer ihm? Dann schien es mir, als hätten wir unseren letzten Ausbruchsversuch hinter uns und es müsse nie mehr einen Abschied geben.

Ilana kratzt einen ausgefransten vertrockneten Fleck Möwendreck von der Windschutzscheibe. Vogeldreck bringt Glück, heißt es, sagt sie lakonisch, was ich in diesem Sommer schon an Vogelscheiße entfernt und an Scherben aufgekehrt habe, reicht für ein ganzes glückliches Leben.

Der dichte Schleier eines Sommerregens verwischt die Landschaft und entrückt die Vorstädte, bevor wir auf dem Highway nach Norden fahren. Es ist ein weiches, alles umhüllendes Nieseln, das die Geräusche dämpft, und ich bin froh, daß die Wolken tief hängen und die Skyline von Boston von Dunst und Nebel verwischt ist, damit ich den Anblick und den Schmerz leichter ertrage. Ich möchte mich festklammern an dieser Stadt, die ich als Zwanzigjährige zum erstenmal besucht habe, in die ich vierzig Jahre immer wieder heimgekommen bin.

Ilana ist das einzige, was mir auf diesem Kontinent bleibt. In einem halben Jahr werde ich zur Grabsteinenthüllung wiederkommen. Ich hätte lieber einen Baum in die aufgewühlte Erde über Jeromes Sarg gepflanzt, damit er das, was von Jerome übrigbleibt, in seine Wurzeln hülle, aber ich spreche den Wunsch nicht aus. Außer den Grabsteinen gibt es auf seinem Friedhof nichts, das aufrecht stehen darf.

Als ich Ilana am Flughafen umarme, bemühe ich mich, nicht an den letzten Abschied an derselben Stelle vor vier Monaten zu denken und nichts zu versprechen, das mit *nächstes Mal* beginnt.

*

Mit welcher Geschwindigkeit die Ufer des Atlantiks auseinanderfahren und die Küste Neuenglands in unerreichbar weite Ferne zurückweicht. Dreißig Jahre lang war ich sicher gewesen, das Land zu kennen, und es hatte nur der vier letzten Monate bedurft, um diese Gewißheit zu erschüttern. Außer meiner Tochter und Suzanne mit Rachel ist mir dort nichts geblieben, nur die Stadt selber, die Landschaften, die vielen durch Erinnerungen verklärten Orte und unsere Bank im Public Garden. Ich hatte den Ort meiner Kindheit freiwillig verlassen und einen anderen für mein erwachsenes Leben gewählt, und ich war stolz auf meine Wahl gewesen und hatte gehofft, angenommen zu werden, aber es liegt nicht in der Natur des Menschen, das Fremde ohne Widerstand anzunehmen. Solche Ehen gehen immer auseinander und mit viel mehr Bitterkeit als zwischen Menschen derselben Herkunft, hatte eine von Jeromes Bekannten am Anfang gesagt. Diese Prophezeiung zumindest haben wir widerlegt, so gut wir konnten. Aber ich bin eine andere geworden, und ein Anknüpfen an früher ist nicht mehr möglich.

Was vom Trauerjahr übrigbleibt, liegt vor mir wie eine amorphe, undurchdringliche Masse. Aber wie die vergangenen Monate zerfällt es allmählich in Tage und Wochen, in einen Alltag, der mich von Jerome entfernt, jeden Tag ein wenig mehr und viel zu schnell. Täglich durchmesse ich jetzt altes

Territorium, und der Kalender füllt sich mit Vergangenheit, das alte Leben ist stärker als die Gegenwart, und die Erinnerung ist gegenwärtiger als der Alltag. Im September vor zweiunddreißig Jahren wurde ich schwanger, erinnere ich mich, jeden Tag ging ich um den Jamaica Pond spazieren, der See funkelte so kühl und einladend, nie wieder hatte ich ein so heftiges Bedürfnis, in ihn einzutauchen. Diesen September übersiedelt Ilana nach New York und schwärmt von ihrem Studio Apartment im zwölften Stock an der Upper Westside.

Heute vor achtunddreißig Jahren, erinnere ich mich Anfang Oktober, lernte ich Jerome kennen, es war ein Freitag abend und ich war acht Jahre jünger, als meine Tochter jetzt ist. Wie schlecht wir die Zeit genützt haben. Das Leben, das wir uns am Ende vorstellten, als keine Zeit mehr blieb, war nur ein kurzer Blick auf ein Versprechen, wie es von Anfang an hätte sein können. Ich würde ihm, auch mit dem Wissen von heute, mein Leben ein zweites Mal anvertrauen, er hat es geformt, so wie ich das seine beeinflußt habe, wir haben einander die Identität gegeben, die zu unserer eigenen geworden ist. Wer wäre ich geworden ohne ihn? Ich will es nicht wissen.

Im November komme ich für länger, habe ich ein paar Tage vor Jeromes Tod gesagt. Wäre er nicht gestorben, würde ich jetzt den Schritt aus meinem bisherigen Leben hinaus machen, die erzwungene Abstinenz, die mich von Amerika und Jerome fernhielt, endgültig beenden und Europa verlassen, um in Zukunft nur noch als Touristin zurückzukehren. Es hätte andere Verluste und andere Sehnsüchte mit sich gebracht, wer weiß, ob wir das Experiment geschafft hätten, ob wir die Zuneigung und die Zärtlichkeit im Alltag nicht schnell wieder aufgebraucht hätten.

Im Internet halte ich mich über das Wetter in Massachusetts

auf dem laufenden. Anfang Dezember wütet ein Schneesturm über Boston, tobt um das leere Haus mit seinem schäbigen Dach.

Im Jänner berichtet mir meine Tochter, daß sie sich in Manhattan an dem Platz fühle, wo sie hingehöre, und in ihrer Stimme höre ich die atemlose Begeisterung einer neuen Liebe.

Unentwegt kommt es mir vor, als betrete ich neuen Boden, Jahreszeiten, Ereignisse, die ich nicht mehr mit Jerome teile und die er zum erstenmal nicht mehr erlebt. Ich fürchte mich davor, daß das Jahr vergeht, ich wehre mich dagegen, die Erleichterung des Frühlings zu empfinden, des Aufblühens, das vom Tod wegführt. Die Hartriegelsträucher auf Beacon Hill werden an den Hauswänden blühen wie in jedem Vorfrühling, und im April, wenn der Wind aufkommt, werden sie über den Rasen des Public Garden wehen wie weißer Regen, dann wird sich Jeromes Tod zum erstenmal jähren. Wenn er jetzt, in diesem Frühling, dort wäre, würde ich zurückkehren wie aus der Verbannung. Wir würden im schweigenden Einverständnis im Public Garden sitzen, mit dem Blick auf die hellgrünen Zweige der Trauerweiden, die wie Seetang im Wasser treiben, vor uns die taubengrauen Umrisse des Hancock Tower, wir hätten unsere Probezeit hinter uns und könnten noch einmal von vorn beginnen mit der Gewißheit, daß unsere Liebe das Wertvollste war, was wir bekommen konnten. Wir würden nicht mehr Abschied nehmen müssen, denn auch der Tod läge hinter uns.

Im März berichtet Ilana, daß die Premiere ihres ersten Theaterstücks für den September festgesetzt ist, und weißt du wo? fragt sie aufgeregt. Im Repertory Theater in Providence, wo ich mit Dad in meiner Highschool-Zeit immer war.

In den ersten Wochen rufe ich jeden Samstag in dem leeren

Haus an, hoffe jedesmal von neuem gegen jede Vernunft, daß das Unmögliche geschehen könnte, daß ich Jeromes Stimme höre oder zumindest die eines Obdachlosen, der sich eingenistet hat, aber jedesmal wiederholt eine nasale Tonbandstimme: The number you have reached has been disconnected, no further information is available. Und selbst dann wage ich nicht, an Sonntagen das Haus zu verlassen, als könnte er doch noch anrufen, und ich stelle mir vor, wie glücklich ich wäre, seine Stimme zu hören, und wie achtsam wir dieses Mal mit unserer Liebe umgehen würden. Manchmal läutet das Telefon und wenn ich abhebe, höre ich nur mein eigenes Echo, als pralle meine Stimme von einem fernen Planeten ab und käme mit diesem hohlen Widerhall zurück. Auch wenn es vernünftige Erklärungen dafür gibt, frage ich ihn dann: Warst du das? Was willst du mir sagen? Nach zwei Monaten ist das Telefon in unserem leeren Haus in Dedham abgestellt, ich lasse es lange läuten, so lange, bis die Hoffnung in Vernunft umschlägt. Im Dezember sagt eine junge Frauenstimme freundlich: Hallo? Danach erst höre ich auf, das Haus mit meiner Vorstellung besetzt zu halten.

Die Möbel kommen an, beschädigt und zerbrochen, das Porzellan, die Gläser in Scherben, an denen ich mir die Hände zerschneide. Manche Scherben lassen sich leicht, wie von selbst zusammenfügen, andere Bruchstücke sind verschwunden und es bleiben Lücken. Die Lautenspielerin aus dem achtzehnten Jahrhundert hat ihren Schleier verloren und einen feinen Haarriß um den Hals, dort wo ich den Kopf wieder angeklebt habe. Die Dinge, die Jerome über so viele Jahre gesammelt hat, werden zwar nie wieder wertvolle Stücke sein, aber ich tröste mich damit, daß sie mehr denn je unserem Leben gleichen. Die Lücken bleiben offen, und das, was verlorenging, bleibt sichtbar, vielleicht kann ich es vor den Blicken anderer verbergen, die geklebten Risse zur Wand kehren. Der Wert liegt nicht mehr im Sichtbaren, nur noch in den Erinnerungen. Nur der verschmähte Windhund ist heil geblieben.

Ich drucke unsere e-mail-Briefe aus, eintausendsechshundertdreiundzwanzig Seiten, sie spiegeln fast ein Jahrzehnt von Liebe und Enttäuschung, von Mißverständnissen und Lüge, Haß und Wut und den unaufhörlichen Versuchen, wieder anzuknüpfen und aneinander festzuhalten. Dann ist der Folder *Jerome* leer bis auf die letzte Botschaft zwei Tage vor seinem Tod: *Ich hoffe, du wurdest freundlich empfangen. Mir und den Katzen fehlst du sehr, komm bald zurück.* Danach lösche ich den Folder, weil es keine weiteren mails geben wird. Das Nichtsein kann man nicht erzählen, und während man versucht, sich dem Tod zu nähern, stehlen die Worte und Begriffe sich davon.

Und dann kommt eine Zeit der Abrechnung, und alle Kränkungen von fünfunddreißig Jahren steigen aus der Erinnerung auf, ungeheuerlich und ungesühnt, als sei seither keine Zeit vergangen und als hätte ich nichts verziehen. Ich sehe Jeromes verächtlichen Blick, mit dem er sich abwendet und genau das tut, was mich verletzt, ich höre den gereizten Klang in seiner Stimme, wenn er sagt, geh mir aus den Augen, ich erinnere mich an den Morgen vor einer Reise, als er sagte, du kannst anziehen, was du willst, keiner wird von dir Notiz nehmen, ich höre den Satz, ich weiß, daß es dir schlecht geht, aber ich will nicht mit dir untergehen, ich erinnere mich an meine Einsamkeit in seiner unzugänglichen Gegenwart, und an den Abend, als ich ein Telefongespräch belauschte, in dem er überlegte, wie er mir das Sorgerecht für unser Kind entziehen könnte, ich weiß, daß ich oft und über Jahre in seinen Träumen keinen Platz hatte. Längst Vergessenes hakt sich in meinem Gedächtnis fest, Gründe, die mir vor Augen führen, daß ein gemeinsames Leben auch jetzt, in der vom Tod vernichteten Zukunft, nicht möglich gewesen wäre und nie hätte möglich werden können. Das Wissen, daß es niemanden mehr gibt, den ich beschuldigen könnte, nützt nichts, wenn die einsame Wut über Unverziehenes mich überfällt. Das Schlimmste, das man einem Menschen wünschen kann, ist der Tod. Es bleibt nichts zu wünschen übrig. So kalt und ohne Trost entfernt er sich.

Aber diese Aufwallungen von Bitterkeit sind kurze Explosionen, die schnell, ohne Rückstand in sich zusammenfallen. Wäre ich tot und er der Hinterbliebene, hätte ich mir gewünscht, daß er mir die vielen Kränkungen und Racheakte verzeihen würde, ja ich hoffe sogar jetzt noch, daß er es tut, wenn irgendwo ein Rest von ihm existiert, auf welche Weise auch immer, denn jedesmal kehrt nach einer Weile die Liebe zurück, dem blinden Verzeihen zum Verwechseln ähnlich, und die Sehnsucht nach ihm wächst. Trotzdem weiß ich, daß er nirgends ist, an keinem Ort, daß seine Abwesenheit ein Nichts in der Welt ist, die sich ohne Narbe und ohne etwas zu vermissen über ihm geschlossen hat.

VI

Jahrzeit

Es ist sehr klar und kalt an diesem letzten Apriltag, dem zwölften Iyar, der Wind fährt eisig über die Gräber, und außer uns ist niemand auf dem Friedhof. Wir stehen vor Jeromes Grabstein. Ich muß es mir langsam vorsagen, um es zu begreifen: Jeromes Stein. Schwarzer, glatter Marmor. Wir legen unsere kleinen Steine auf den breiten Rand. Der Platz für zwei Gräber neben dem seinen ist leer, Jeromes Grab ist eingeebnet und spärlicher Rasen beginnt darauf zu wachsen. *Geliebter Vater, Sohn, Bruder, Freund* steht darauf eingemeißelt. Für mich gibt es keine Bezeichnung, was war ich für ihn? Fünfunddreißig gemeinsame Jahre, und es gibt kein Wort dafür? Ich wünschte, es stünde da: *beloved husband*, denn nichts anderes war er für mich allen Konventionen zum Trotz, bis der Tod uns trennte, die wichtigste Beziehung in unserem Leben, und es ist, als existierte sie nur in meiner Vorstellung.

Harold und Louise schneuzen sich, Ilana weint. In den Monaten nach seinem Tod konnte ich schon am Eingang zum Friedhof meine Tränen nicht mehr zurückhalten, aber jetzt starre ich auf den Stein und auf die Inschrift und wünsche mich weit weg. Wie immer stehen wir an seinem Grab wie an einem Krankenbett. Hier finde ich Jerome nicht. Hier begruben sie nur seine Leiche. Ich empfinde nichts als die Kälte des eisigen Winds, der vom Meer her kommt. Vielleicht sind es auch die Menschen neben mir, die diese Kälte in mir erzeugen, mein Schwager und seine Frau, Louise, Leslie, Philip, alle, die sich von der Inschrift *beloved friend* angesprochen fühlen. Den Rabbiner, der routiniert die Gebete spricht, kenne ich nicht, aber er scheint es gewohnt zu sein, daß Töchter am Grab ihres Vaters Kaddisch sagen.

Sag, wann du gehen willst, flüstert Ilana.

Jederzeit, wenn es dir recht ist, sage ist.

Ich sehne mich nach unserer Bank im Public Garden. Dort kann ich mit ihm reden, denke ich, dort werden wir für den Rest meines Lebens aufeinander warten. Ilana ist diesmal nicht allein gekommen, es gibt einen neuen Mann in ihrem Leben, und sie sind mit der für Verliebte natürlichen Ausschließlichkeit miteinander beschäftigt, ich weiß, sie hat ihn mitgebracht, um ihn ihrem Vater vorzustellen, deshalb sage ich ihr in einem ungestörten Augenblick: Er hätte Dad gefallen.

Auf dem Weg zum Restaurant fahren wir an unserem Haus vorbei. Der verwitterte Lattenzaun ist weg, die Mulde vor der Einfahrt, in der das Wasser nie ganz austrocknete, ist aufgefüllt, die Türen und Fenster sind neu, mit leuchtend weißen Plastikrahmen. Statt der Rosen und der Lavendelstauden stehen zwei gedrungene lehmfarbene Gnome, amerikanische Versionen von Gartenzwergen. Lamellenjalousien versperren den Blick in Küche und Eßzimmer. Ich hoffe, Ilana kommt nicht auf den Gedanken anzuklopfen und sich einladen zu lassen, das Haus zu inspizieren. Aber niemand scheint da zu sein.

Später, am Abend, sitze ich im letzten kalten Licht auf unserer Bank. Nach dem jüdischen Kalender ist ein Jahr seit seinem Todestag vergangen, es ist der dreißigste April. Und es ist genau ein Jahr, seit wir hier, auf derselben Bank, das letztemal zusammensaßen und von der Zukunft redeten. Hier kann ich mit Jerome reden, und weil niemand mehr im Park ist, rede ich laut mit ihm, sage ihm, wie sehr er mir noch immer fehlt. Warum haben wir einander so sehr verfehlt? frage ich, flehe ihn an, mir ein Zeichen zu geben, daß er mich liebt, lauter sinnlose Dinge, aber wenn ich hier sitze, glaube ich mit meiner ganzen irrationalen Überzeugung an ein Wunder. Im Leben hat er mir fast jeden Wunsch erfüllt, nicht immer gleich, aber am Ende doch, deshalb kann ich es nicht akzeptieren, daß er mir diesen größten Wunsch versagt, plötzlich dazusein und zu vollenden, was wir auf Tag und Stunde genau vor einem Jahr begonnen haben. Hier kann ich ihn lieben, die Liebe schiebt sich vor alle anderen Gedanken und ist ein großes, weites Gefühl, das die Gegenwart erfüllt. Sie breitet sich über die ganze Stadt, die Wolkenkratzer von Downtown Boston im Abendlicht, den Teich, die Trauerweiden, die ihre grünen Schleier ins Wasser tauchen. An allen Orten, an denen wir zusammen waren, empfinde ich einen bitteren und zugleich glücklichen Schmerz, und die Straßen, an die ich keine gemeinsame Erinnerung habe, sind leer und taub, ich suche sie nicht auf, sie sind nicht schlechter als andere Orte, es ist nur zu spät für sie.

Wie eine Süchtige gehe ich in den nächsten Tagen durch die Stadt, immer auf der Suche nach Jeromes Gegenwart, flüchtig und ungreifbar wie ein längst verschwundener Duft, aber wo sonst soll ich ihn suchen, wenn nicht hier. Beim Old Statehouse beginne ich mit meiner Wanderung, hier stieg er zum letztenmal aus dem Auto, um den kurzen Weg zum Münzengeschäft zu gehen. Von da mache ich den weiten Bogen, den der Krankenwagen gefahren sein muß, von der Tremont Street zur Cambridge Street, zwischen den Wolkenkratzern Downtown hinunter zum Charles River bis vor die Einfahrt des Mass General Hospitals, an der *Emergency Entrance* steht. Die Stadt zerfällt mir nicht mehr wie früher in Ausschnitte und

Gegenden, sie ist eine einzige Landschaft aus Erinnerungen, und jede Straße, jede Ecke hat ihren eigenen Geruch und ihre eigene Atmosphäre, jede Wahrnehmung hat ihr eigenes Gewicht durch die Erinnerung an Jerome. Ich laufe die Charles Street hinunter zum Boston Common, weg vom Spital, als käme er mir entgegen. Für eine kurze Spanne Zeit bin ich glücklich in diesem unwirklichen Leben wie unter einer Glaskuppel, die man schüttelt und dann ist man von einem Gestöber aus Flitter oder Schnee umwirbelt, während draußen die Sonne scheint. Ich bin allein in Boston unter der Glasglokke meiner Erinnerungen. Das Trauerjahr ist mit dem heutigen Tag zu Ende.

Bist du glücklich, frage ich Ilana nach unserem letzten Besuch an Jeromes Grab. An den Rändern des Friedhofs lagert das rötliche Licht eines zu Ende gehenden Tages. Dieses Mal sind Ilana und ich allein hergekommen.

Sie faßt mich um die Schultern und drückt mich fest an sich. Nächstes Mal, beginnt sie, und ich lege meinen Finger auf ihre Lippen: Nicht, ich bin abergläubisch geworden, sag bitte nichts vom nächsten Mal.

Sie lacht: Dann lasse ich es dich schriftlich wissen.

Und du, fragt sie, hast du eine Antwort bekommen?

Ich kann es dir im Augenblick nur so erklären, sage ich, wie es bei Isaac Babel stehen würde, den dein Vater so sehr mochte: Sie fuhr in seine Stadt, und das Herz war ihr schwer von den Verlusten des vergangenen Jahres. Sie traf sich mit der Tochter, dem Kind ihrer jungen Jahre, und sie fuhren an sein Grab an einem sonnigen Frühlingsnachmittag. Kein Mensch außer ihnen war da. Zunächst standen sie und redeten, später setzten sie sich auf die Grabeinfassung zu seinen Füßen und redeten, bis die Sonne auf sie herabbrannte. Sie sprachen über ihn, die Frau redete von ihrer Liebe, die er zu Lebzeiten nicht begriffen hatte. Sie sprachen auch über ihr jetziges Leben, an dem er keinen Anteil mehr hatte, und manchmal wandten sie sich an die Inschrift mit seinem Namen auf dem schwarzen Marmor, auf dem die Frau nicht vorkam, und fragten, hörst du uns? Ich liebe dich, sagte seine Frau, ich will, daß du mir endlich eine Antwort gibst, und die Tochter lachte und sagte, das hat er tausendmal beantwortet, aber du bist taub. Nach drei Stunden erhoben sie sich und gingen fort. Es war ihnen vorgekommen, als sei er die ganze Zeit der Dritte in ihrem Gespräch gewesen, als hätten sie sich dort an seinem Grab getroffen und sich mit ihm unterhalten, genauso wie früher am Eßtisch am Schabbat. Und weil es ihnen schien, als hätte er zugehört und alles vernommen und richtig ausgelegt, was sie gesagt und an ihn gewandt gedacht hatten, gingen sie glücklich und getröstet fort. Es schien ihr, als habe er ihr geantwortet und ihr eine Dankbarkeit und Zuversicht mit auf den Weg gegeben, die sie seit vielen Monaten nicht gekannt hatte. Sie fühlte, daß er sie gehört hatte, und sie war gewiß, daß er sie liebte. So ähnlich hätte Isaac Babel es ausgedrückt, sage ich zu Ilana, mir aber fehlen die Worte, ich kann es mir nicht erklären, was heute geschehen ist und warum ich mich so anders und erleichtert fühle. Vielleicht ist es ja auch die Freude über dein Glück, zu sehen, wie du strahlst und wie sich in deinem Leben alles zum Guten gewendet hat. Und doch werde ich das irrwitzige Gefühl nicht los, Jerome hätte mich erhört und das sei ein untrügliches Zeichen seiner Liebe. So hätte es doch sein können, nicht wahr?

GLOSSAR

Bar Mizwah: »Sohn des Gebotes«, Bezeichnung für einen Jungen bei Vollendung des dreizehnten Lebensjahres. Damit ist er volljährig und nimmt aktiv am religiösen Leben teil. Nach seinem dreizehnten Geburtstag wird er zur Torah-Vorlesung aufgerufen.

Challah: Geflochtenes Schabbatbrot, über das am Beginn des Schabbatmahls ein Segensspruch gesagt wird.

Chanukka: Einweihung. Achttägiges Fest meist im Dezember, das an den Makkabäeraufstand 165 v.d.Z. erinnert. Nach 1 Makk. 4,36–59 reinigte Judas Makkabäus den entheiligten Tempel und den entweihten Altar und brachte ein Brandopfer dar. Die Legende berichtet, daß ein kleiner Rest reinen Öls, das nur für einen Tag ausreichte, durch ein Wunder acht Tage lang brannte. Zur Erinnerung wird an der **Chanukkia**, einem achtarmigen Leuchter, jeden Tag ein Licht entzündet. Bei dem Familienfest werden in Öl gebackene Pfannkuchen **(Latkes)** gegessen.

Chessed: Nächstenliebe, Herzensgüte, Barmherzigkeit. Zentraler Begriff jüdischer Ethik.

Chewra Kadischa: Eine in allen jüdischen Gemeinden bestehende Beerdigungsbrüderschaft, zu deren Aufgaben die Leichenbestattung und der Gedächtnisgottesdienst gehören.

Chochem: Jiddisch für das hebräische **Chacham**, Weiser, Gelehrter.

Chuppa: Traubaldachin. Baldachin, unter dem die Trauung stattfindet. Nach der Zeremonie zertritt der Bräutigam ein Glas zum Zeichen der Trauer um den zweiten Tempel.

Frauenabteilung: hebräisch **ezrat naschim**. In orthodoxen Gemeinden, in denen in der Synagoge keine Frauenempore vorhanden ist, sitzen die Frauen von den Männern durch einen Vorhang oder ein Holzgitter getrennt.

Get: Scheidebrief, Scheidungsurkunde. Die rechtliche Voraussetzung für eine Trennung ist die Annahme des **Get**. Er muß auf einem besonderen Papier (meist Pergament) niedergeschrieben werden.

Halacha: das gesamte Gesetzessystem des Judentums. Umfaßt die Gebote und Verbote der mündlichen und schriftlichen Überlieferung.

Hamantaschen: Hefegebäck, das zu (siehe) **Purim** gegessen wird.

HaSchem: Der göttliche Name. Umschreibung für den Gottesnamen im alltäglichen Gebrauch außerhalb von Gebet und Liturgie.

Hohe Feiertage: Jom Kippur (Versöhnungstag) und **Rosch ha-Schana** (Neujahr) werden als die Hohen Feiertage bezeichnet.

Iyar: Der achte Monat im jüdischen Kalender, der nach dem Mond berechnet wird und daher leicht variiert. Der **Iyar** ist der zweite Frühlingsmonat.

Jahrzeit: Gedenken an den Todestag eines nahen Angehörigen. Zur Jahrzeit wird **Kaddisch** gesagt und ein Gedenklicht **(Jahrzeitkerze)** entzündet, das 24 Stunden brennen muß. Die Jahrzeit wird nach dem jüdischen Kalender berechnet, sie variiert daher und weicht vom Todesdatum der behördlichen Todesurkunde ab. Zur ersten Jahrzeit nach einem Todesfall wird der Grabstein gesetzt, bei dessen Enthüllung am Grab eine Gedenkandacht stattfindet. Damit endet das Trauerjahr. Während des Trauerjahres sagen die nächsten männlichen Angehörigen jeden Tag Kaddisch, danach wird Kaddisch nur noch zur Jahrzeit gesagt.

Jom Kippur: Versöhnungstag, höchster jüdischer Feiertag, an dem fünfundzwanzig Stunden lang gefastet wird.

Kaddisch: Trauergebet, wird bei verschiedenen Gelegenheiten gesagt, im Gottesdienst, zur Jahrzeit, von Trauernden elf Monate lang nach dem Todesfall, bei Bestattungen. Kann nur in Anwesenheit von zehn Männern **(Minjan)** gesagt werden. In orthodoxen Gemeinden sagen nur männliche Angehörige Kaddisch.

Kaschrut: Die jüdischen Speisegesetze, die darüber entscheiden, was koscher und was treif (rituell unrein) ist.

Krijah: kleiner Einriß am Kleidungsstück zum Zeichen der Trauer.

Labour Day: erster Montag im September, Schulbeginn und Ende der Sommersaison, Feiertag in den USA.

Lamed Vav: Der Zahlenwert der hebräischen Buchstaben Lamed und Vav ergibt die Zahl 36 und bezieht sich auf die **Lamed Vav Zaddikim,** die Mindestanzahl von 36 Gerechten, die in jeder Generation unerkannt in der Welt leben sollen und um deretwillen die Welt Bestand hat.

Ma'ariv: Abendgebet

Magén David: hebräisch »Schild Davids« , die zwei Dreiecke, die ein Hexagramm bilden, häufig fälschlich als Davidstern bezeichnet.

Mikwa: Becken mit fließendem Wasser aus einer natürlichen Quelle zum Zweck der rituellen Reinigung.

Mincha: Das zweite der drei Gebete, die jeder Jude täglich verrichten muß. Es wird kurz vor Sonnenuntergang gebetet, um zum **Ma'ariv** (Abendgebet) überleiten zu können.

Minjan: Mindestzahl von zehn Männern, die zum Ausheben der Torah und bestimmten Gebeten während des Gottesdiensts (u.a. Kaddisch) anwesend sein müssen.

Mizwa: religiöses Gebot

Mother Goose: Klassiker unter den gereimten Kinderbüchern.

Ne'ila: Abschlußgebet an **Jom Kippur**. Das Schließen der Tore (ursprünglich der Tempeltore bei Sonnenuntergang) wird symbolisch auf das Schließen der himmlischen Tore übertragen, d.h. zu dieser Zeit wird das »Buch des Lebens«

geschlossen, der Urteilsspruch über das Leben des Menschen im kommenden Jahr besiegelt.

Neschume: Hebr. **Neschuma,** Seele

New England Patriots: American Football Team

Noreaster: Kälteeinbruch aus dem Nordosten der USA mit orkanartigen Stürmen und starkem Regen bzw. Schneefall.

Pessach: sieben Tage währendes Fest zur Erinnerung an den Auszug aus Ägypten. Während des Pessach-Festes sollen sich keine gesäuerten Nahrungsmittel im Haus befinden. Deshalb wird am Abend davor alles Gesäuerte zusammengesucht und am Tag darauf verbrannt. Auch das Geschirr muß für Pessach ausgewechselt werden.

Pessach-Seder: Am Vorabend und ersten Abend des Pessachfestes wird das Seder-Mahl nach einer vorgeschriebenen Ordnung zelebriert. Dazu gehört u.a. der **Sederteller,** auf dem sich verschiedene symbolische Speisen befinden.

Purim: Freudenfest zur Erinnerung an die Rettung der persischen Juden vor der Verfolgung Hamans (Günstling des persischen Königs Xerxes) durch die Königin Esther. Es wird am 14./15. Adar (Februar, März) gefeiert. In der Synagoge wird die Megillat Ester (Esther-Rolle) vorgelesen. Es ist Brauch, sich zu verkleiden, Freunde und Arme zu beschenken, bestimmte Speisen **(Hamantaschen)** zu essen. Ein bei den Kindern besonders beliebtes Fest.

Red Sox: Bostoner Baseballteam

Rosch ha-Schanah: Neujahrsfest, am 1. und 2. Tischri (September, Oktober) gefeiert, Höhepunkt ist das Blasen des **Schofar** (Widderhorn), Beginn der zehn Bußtage, an deren Ende **Jom Kippur** steht.

Schabbat: Der siebte Tag der Woche, Ruhetag zur Erinnerung an das Ruhen Gottes nach der Erschaffung der Welt (Ex.20,11). Der Schabbat beginnt am Freitag abend mit Sonnenuntergang und dem Anzünden der Kerzen (jiddisch **Licht benschen**) durch die Hausfrau und wird mit dem Schabbatmahl fortgesetzt. Dazu gehören das Segnen der zwei Challot (siehe **Challah**), des Weines und das Händewaschen nach dem Kiddusch. Am Samstag vormittag wird die Torah ausgehoben und der Wochenabschnitt gelesen, der Schabbat endet am Samstag nach Einbruch der Nacht mit der so genannten **Hawdala**-Zermonie.

Sch'ma Jisrael: Beginn des Schriftverses »Höre Israel, der Herr, unser Gott, der Herr ist einig/einzig« (Dtn. 6,4). Hauptgebet der Juden. U.a. wird es auch beim Ausheben der Tora am Schabbat und an Festtagen gesagt. Es wurde das Bekenntnis der Märtyrer und wird als letztes Gebet vor dem Tod gesprochen.

Schiwa: Siebentägige Trauerzeit, bei der die Trauernden zu Hause bleiben, auf niedrigen Schemeln sitzen und keine Arbeit verrichten. Es ist eine **Mizwa,** Trauernde zu besuchen, zweimal täglich finden im Trauerhaus Gebete, die einen **Minjan** erfordern, statt.

Scheloschim: hebräisch »Dreißig«. Die ersten 30 Tage nach einem Todesfall. In dieser Zeit nehmen Trauernde nicht an öffentlichen Veranstaltungen teil und die nächsten männlichen Angehörigen sagen jeden Tag in der Synagoge **Kaddisch**.

Die 30 Tage werden beim Tod der Eltern oder der eigenen Kinder zu einem Trauerjahr verlängert.

Schul: Jiddisch für Bethaus, Synagoge.

Senior Prom: Abschlußball nach der Graduierung von der Highschool.

Tallit (Talles): Gebetsmantel, viereckiges Tuch aus Wolle, Baumwolle oder Seide, meist weiß mit blauen oder schwarzen Streifen, an dessen Ecken die Schaufäden angebracht sind. Der Tallit wird von Männern beim Beten getragen.

Thanksgiving: Feiertag in den USA, am letzten Donnerstag des November, zur Erinnerung an das erste Erntedankfest der Pilgerväter in der Neuen Welt.

Tischa be'Av: der neunte Tag des Monats Av, an dem der Überlieferung nach der erste und der zweite Tempel (586 v.d.Z. und 70 v.d.Z.) zerstört wurden. Trauer- und Fasttag.

Zedaka: Wohltätigkeit. Die Bibel verwendet den Begriff im Sinn von Frömmigkeit, Gerechtigkeit, rechtschaffenes Tun. Es handelt sich aber nicht nur um das Verteilen von Almosen, sondern man versteht darunter die Ausübung sozialer Gerechtigkeit. **Zedaka ve Chessed,** mitfühlende Nächstenliebe und gerechtes Handeln, sind die Grundpfeiler der jüdischen Ethik.